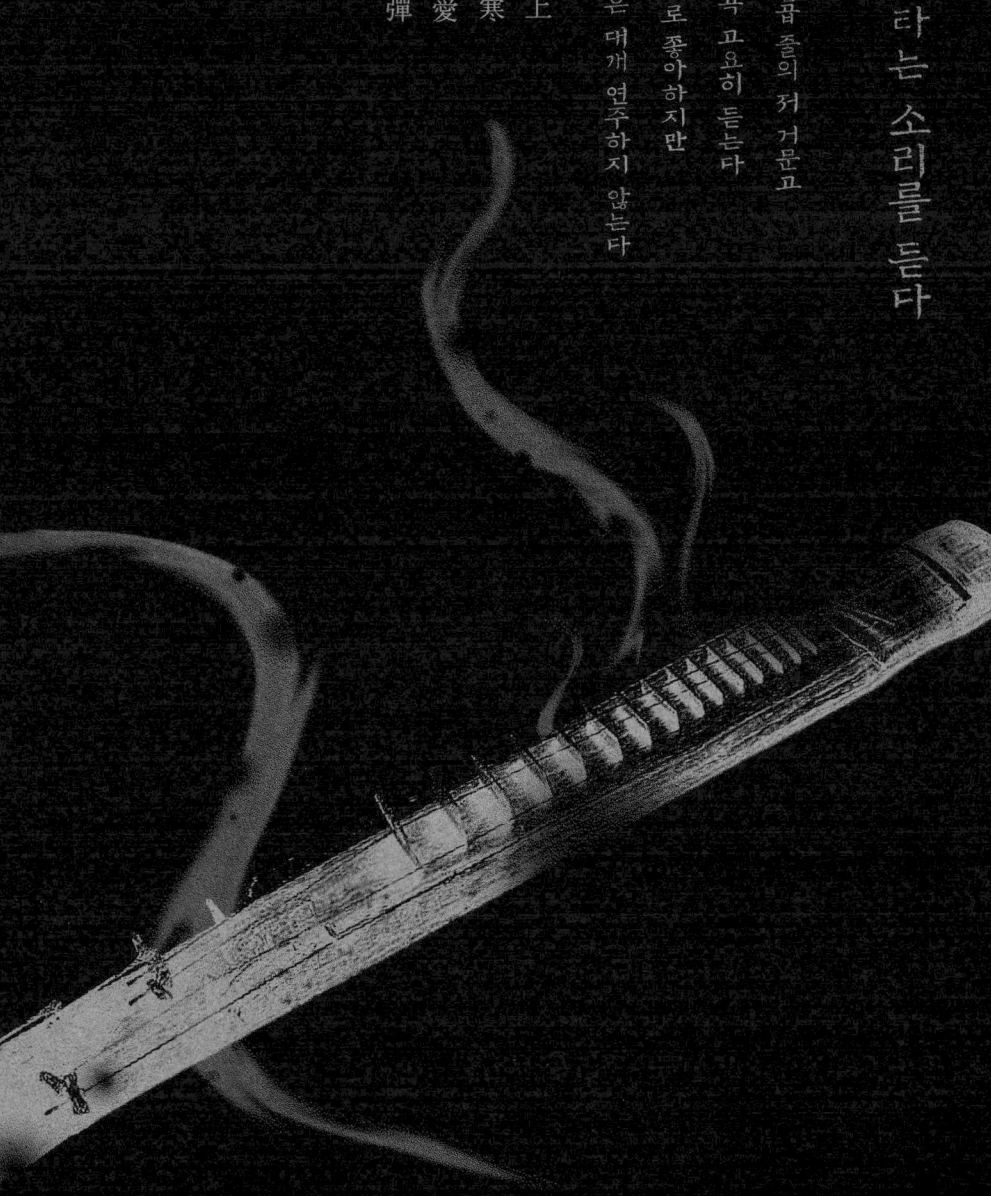

거문고 타는 소리를 듣다
聽彈琴
맑고 고운 일곱 줄의 거문고
차가운 송풍곡 고요히 듣는다
옛 가락 스스로 좋아하지만
지금 사람들은 대개 연주하지 않는다
泠泠七弦上
靜聽松風寒
古調雖自愛
今人多不彈

음공의 대가 1
일성 新무협 판타지 소설

초판 1쇄 찍은 날 § 2004년 12월 15일
초판 1쇄 펴낸 날 § 2004년 12월 25일

지은이 § 일성
펴낸이 § 서경석

편집장 § 문혜영
편집책임 § 서지현
편집 § 장상수 · 한지윤
마케팅 § 정필 · 강양원 · 이선구 · 홍현경

펴낸곳 § 도서출판 청어람
등록번호 § 제1081-1-89호
등록일자 § 1999. 5. 31
어람번호 § 제2-0489호

주소 § 경기도 부천시 원미구 심곡1동 350-1 남성B/D 3F (우) 420-011
전화 § 032-656-4452   팩스 § 032-656-4453
http://www.chungeoram.com
E-mail § eoram99@chollian.net

ⓒ 일성, 2004

ISBN 89-5831-347-1 04810
ISBN 89-5831-346-3 (SET)

※ 파본은 본사나 구입하신 서점에서 교환하여 드립니다.
※ 저자와 협의하여 인지를 붙이지 않습니다.

음공의 대가

Fantastic Oriental Heroes

일성 新무협 판타지 소설

목차

작가의 말 _6

글을 읽기 전에… _8

序章 _13

제1장 어린 음악가 _16

제2장 만월교 _32

제3장 거리의 악사(樂士)는 사라졌다 _49

제4장 광대 집단이라도 만들 심산인가? _60

제5장 미지의 세계, 음공 속으로 _71

제6장 악마금(樂魔琴) _82

제7장 주화입마? _102

제8장 진정한 음공을 향하여 _111

제9장 예상 밖의 상황 _126

제10장 악마(樂魔)의 서(書) _139

제11장 진법 수련은 필요없다 _147

제12장 소교주 마야 _161

제13장 세 번 절을 하십니까? _175

제14장 어색한 복도 _193

제15장 소나기 속에서 _210

제16장 시연(施戀) _230

제17장 회화루에서의 연주 _240

제18장 건방진 계집의 최후 _251

제19장 자만인가, 아니면 실력인가? _265

제20장 혈풍(血風)의 시작 _280

작가의 말

전역 후 학교 복학을 포기한 채 글을 쓰기 시작했습니다.

글을 쓴다는 것에 대한 아무런 지식도 없이 그저 좋다는 이유로, 쓰고 싶다는 생각으로, 또는 취미로 여기까지 오게 되었습니다.

돌이켜 보면 제 자신이 너무 무지했다는 생각이 들기도 합니다. 하지만 그런 생각은 잠시 접어두기로 했습니다. 뒤를 돌아보지 않고 앞으로만 나아갈 생각이었으니까요.

다행인 것은 고무림판타지를 알게 되었다는 것. 그곳에서 부족하나마 연재를 하게 되었고, 이제는 '연무지회'가 되어버린 글 쓰는 사람들의 모임 연무지동에서 글 쓰기에 대한 많은 것을 배울 수 있었다는 것입니다.

연무지회에서 그동안 저와 같은 습장생들에게 많은 도움을 주신 금강님과 작가님들, 그리고 충고와 조언을 아끼지 않은 동료 회원님들께 감사를 드립니다.

그리고 나만의 상상 세계를 표현하고 싶다는 작은 소망 하나로 모니터 앞에서 하루하루를 보낸 저를 믿고, 그간 묵묵히 지켜봐 주신 부모님께 감사드리며, 언제나 저를 지켜주신 하나님께 감사드립니다.

마지막으로 음공의 대가를 읽어주시는 모든 분들이 행복을 느낄 수 있었으면 하는 바람입니다.

글을 읽기 전에…
(무공과 음공의 간략한 설정 설명)

　무(武)는 '굳세다' 란 뜻을 가지며 인류의 탄생과 더불어 역사를 함께해 왔다. 처음 원숭이나 호랑이, 뱀 등 동물의 역동적인 동작에서부터 시작된 이것은 발전에 발전을 거듭해 무공(武功)이라는 체계적이면서도 학문적인 모습으로 변질되었다.
　지금에 이르러서는 수를 헤아릴 수 없는 무공이 생겨나고 수련 방법 또한 파생되었지만 사람들은 크게 세 가지 단계로 수련 방법을 분류하곤 했다.
　일(一)단계는 육체의 단련이다. 모든 무림인들이 이 과정을 겪어야 할 만큼 중요하면서도 기초가 되는 것이다.
　육체의 단련은 마음과 통한다는 진리가 있다. 좀 더 정확히 말해 육체의 고통은 사람의 마음을 무(無)로 만든다는 것인데, 고통에 의해 잡념이 없어지고 오로지 몸속에 느껴지는 힘의 흐름과 각 피부 속에서 분출되는 땀을 본능적으로 느낄 수 있게 된다는 말이다. 이 과정을 거치면 인간의 전신 감각이 천문학적인 수로 개발되며 내면 속에 꿈틀거리는 힘의 근원, 즉 무림인이 말하는 내공이라는 것을 느낄 수 있게 되는 단계이다.
　이(二)단계는 일단계를 거치며 느끼게 된 내공을 인위적으로 증폭시키는 것에 있다. 몸속에 흐르는 내공을 각 방법에 맞춰 혈도(穴道)로 옮기는 수련 과정으로 이 방법은 인간의 근력으로 낼 수 없는 초인적인 힘을 발휘할 수 있게 한다.
　지금에 이르러서는 심법(心法)이라 하여 각 문파마다 여러 가지 방법이 생겨났다.

　삼(三)단계는 무공의 원천이 되는 움직임이다. 일단계의 수련을 좀 더 체계화시킨 것으로 하나의 법칙화된 동작을 반복, 수련하는 것이 주요 목표이다. 권, 각, 장, 검, 도, 봉 등에 법(法)이라는 단어를 붙여 말하며, 이단계를 겪으면서 생기는 내공을 더해 좀 더 강하고 완벽해지는 총체적 단계이기도 하다.

　위와 같이 무공 수련에 세 가지 단계가 있는 반면 무공의 경지에도 단계가 있는데 크게 두 가지로 나눈다.

　세밀하게 따지면 한 가지당 세 단계로 분류되어 여섯 가지라 할 수 있다.

　첫 단계는 인간이 할 수 있고 이룰 수 있는 경지를 말한다.

　내공은 인간이 인위적인 수위를 매겨 표준화시켰는데 일명 갑자라 하여 한 갑자는 60년 내공 수련을 의미한다. 그리고 일 갑자 미만의 내공을 보유한 경지가 바로 첫 번째다. 인간의 근력에 내공을 실어 힘을 극대화시켜 속도와 파괴력을 증가시키는 것인데, 노력만 있다면 누구나 이룰 수 있는 기본적인 것이다.

　두 번째는 내공을 몸 밖으로 분출할 수 있는 경지다. 일 갑자 내공을 넘어야만 이룰 수 있고 움직임에 내력을 동반하게 되어 장풍(掌風)이나 검풍(劍風) 등을 사용할 수 있게 된다.

　세 번째는 밖으로 뿜어낸 내공을 무형(無形)에서 유형(有形)화시키는 단계이며 이 갑자 이상의 내력을 넘어야만 가능하다. 검기(劍氣)나 도기(刀氣) 등은 이때 나타나는 현상이다. 하지만 무공의 초식이 이 갑자가 되지 않아도 검기를 쓸 수도 있다. 문제는 지극히 한정적으로 일부만을 사용할 수 있게 된다는 점이다.

그 이후의 네 번째부터는 인간이 오를 수 없는 신의 경지를 뜻한다. 사람들이 말하는 신화경(神化境)이 그것으로, 말 그대로 신에 다다른다는 말이다. 단전이 받아들일 수 있는 내력이 최고조에 다다를 때 더 이상의 수련으로도 진전이 되지 않는 경우가 있다. '단전의 한계'라고도 말을 하는데 이때부터는 깨달음을 얻어 기의 성질을 변화시키고 내력을 축소시키며 더불어 단전을 넓히는 환골탈태(換骨脫胎)를 경험해야 한다. 신화경에 이르면 몸에서 분출되는 내력을 공간을 격해 사용할 수 있게 되며 검강(劍罡)이나 도강(刀罡) 등 강기무공(罡氣武功)을 구사하게 된다.

다섯 번째는 탈반경(脫拌境)이다. 모든 것을 버린다는 뜻이지만, 강호에서는 흔히 신화경의 경지를 벗어난다는 것을 의미한다.

이 경지에서는 다시 한 번 환골탈태를 겪으며 반로환동(返老換童)까지 경험한다. 탈반경에 들어서면 내력 소모가 최소화되고 공간을 격해 내력을 사물에 전달할 수 있게 되는데, 이기어검(以氣馭劍) 등이 바로 탈반경에 든 고수들에게 나타난다.

마지막 여섯 번째는 자연동화경(自然同化境). 자연과 합일된 사람이란 뜻이며 자연인(自然人)을 말한다. 손짓 하나로 태산(泰山)을 무너뜨리고 일검으로 바다를 가를 수 있다는, 사람들이 오르고자 하는 지고무상(至高無上)의 경지이다. 전설의 고대 무림에서 있었던 신선들이 펼치는 무공이지만 현 무림에서는 아무도 올라선 적이 없는 인간 최고의 경지임에 분명했다.

위와 같이 무공에는 수련 과정과 각 경지로 나뉘어 무림인들은 조금 더 강한 수련, 좀 더 높은 경지에 오르고자 뼈를 깎는 고통도 마다하지 않았다. 하지만 그 외에도 정형화된 수련 과정에 반(反)하는 무공도 있었다.

마공(魔功)이라 불리며 본신의 내공을 폭발적으로 끌어올리는 사이(邪異)한 방법이 있는가 하면 신공(神功)이라 하여 빠른 시일 내에 속성으로 내공을 연마하는 무공도 있는 것이다.

하지만 그 외에도 괴이편벽(怪異偏僻)하다고 알려진 것들도 있는데 대부분 무림인들에게 저급한 무공으로 인식되며 배척당했다. 그 대표적인 것이 바로 음공(音功)이다.

음공은 음에 내력을 실어 주위 환경에 영향을 주는 방법으로 대부분 흡성대법(吸成大法)이나 보양공(保養功) 등을 익힌 무림인들이 부수적으로 사용하는 무공이다. 흡성이나 보양공은 타인의 내력을 빼앗아 내공을 유지하고 발전시키는 것이기에 그것을 연마한 자들은 상대를 유혹해야 하기 때문이다.

남성은 여성을, 여성은 남성을 음공으로 끌어들인 뒤 환몽약(幻夢藥)이나 음약(淫藥) 등으로 정신을 혼미하게 만들고 내력을 빼앗는 것이 대부분이었다. 그래서 무림인들은 사공(邪功)으로 여기며 괄시하는 경향이 짙을 수밖에 없었다.

그것이 아니더라도 기루의 기녀들이 손님을 상대하기 위해 약간의 음공을 사용하기도 하기에 그리 좋은 인식을 주지 못했다.

또 음공이 제대로 평가를 받지 못하는 가장 큰 이유는 음공을 체계적으로 연마한 사람이 없기 때문이기도 했다. 체계화된 수련 방법이 없는 만큼 음공의 발전은 미비할 수밖에 없었고, 혹자는 '음공은 무공이 아니다' 라고 주장하는 자도 있을 정도였다.

序章

이백여 구의 시체 사이에서 그는 웃었다.

한 손엔 피리, 남은 한 손은 불끈 그러쥔 채……

그는 다시 한 번 자신이 만들어놓은 작품을 둘러보며 찬찬히 감상하기 시작했다. 이미 싸늘하게 식어버린 주검들. 상처 하나 없이 깨끗하게 쓰러진 모습은 아름다운 조각 작품이라 할 수 있었다.

하늘을 보자 암울하게 내리 깔린 먹구름 뒤로 비가 내릴 것만 같다. 그제야 그는 걸음을 옮기기 시작했다. 시체들이 발에 걸렸지만 신경 쓸 필요는 없었다. 걸리면 차고 가로막으면 밟고 지나가면 되니까.

─무슨 무공이냐?

불현듯 마지막까지 저항하던 늙은이의 얼굴이 떠올랐다. 경악과 불신으로 물든 그 표정 사이로 내뱉은 물음도……. 그리고 그의 대답.

―음공!

그나마 음공에 당했다는 걸 알고 죽은 것만으로도 행운이라고 해야 할까?
아니, 어쩌면 지옥에 가서 더욱 치를 떨지도 모른다. 무림인들이란 음공을 저급하다고 생각하고 있으니까. 그런 음공에 이백여 명이 한순간에 당했으니…….
그의 입꼬리가 다시 비틀렸다.
생각할수록 재밌지 않은가?
그러나 한편으론 씁쓸하기도 했다.
진정한 무의 극치는 작은 힘으로 큰 힘을 제압하는 것. 그리고 그의 생각으론 음공만큼 적격인 것도 없었다. 하지만 '잘못된 인식과 편견은 진리를 가린다'라는 말이 있듯 음공에 대한 사람들의 평가가 그랬다.
하기야 음공이 제대로 평가를 받지 못하는 가장 큰 이유는 자신처럼 체계적으로 연구한 사람이 없기 때문이기도 했으니 어쩔 수 없는 것일지도 모른다.
촤촤촤촤악!
먹구름은 곧이어 소나기를 불렀다. 떨어지는 비를 맞으며 그는 하늘을 보았다. 이십 년간의 연구. 구패(九覇)에게 패한 충격으로 은거한

지 이십 년 만에 드디어 무림사에 전무후무한 무공을 개발, 오늘 입증시켰다.

'이제 남은 건 실험 대상을 찾는 것뿐인데…….'

생각과 함께 그는 약간 어두운 표정이 되었다. 지금까지 연구한 음공을 직접 익힌 것도 대단한 것이지만 더 이상의 진전은 힘이 들었다. 검으로 화경의 경지에 올라선 그였기에 음공은 심법에서부터 맞지 않았다. 그렇다고 내공을 전폐시키고 처음부터 음공을 익힐 수도 없는 노릇.

"실패할 가능성이 높은 만큼 최대한 많은 아이들을 구해야겠군."

중얼거림을 끝으로 그는 음공을 익힐 실험 대상을 찾기 위해 길을 떠났다.

제1장
어린 음악가

 헌원세가(軒轅世家)의 가주(家主) 헌원정(軒轅情)은 눈앞에 무릎을 꿇고 있는 아이를 매섭게 노려보았다. 분노를 극구 삼키고 있었지만 오히려 그것이 더욱 무섭게 보였다.
 "똑바로 듣지 못하겠느냐?"
 낮게 깔린 그의 일갈에 힘에 부쳐 조금씩 내려가던 아이의 손이 번쩍 치켜들렸다. 하지만 그런 아이의 모습이 더욱 화가 나는 헌원정이었다.
 "내가 연주를 못하게 하였느냐?"
 "……."
 아이는 말없이 고개만 슬그머니 저었다.
 "내가 거리 연주를 못하게 했느냐?"

이번에도 저어지는 고개였다.
"그럼?"
"……!"
"그럼 무엇 때문이냐? 무엇 때문에 모두가 지나다니는 거리에서 음공 따위를 사용했느냔 말이다!"
서릿발 같은 헌원정의 기세에 아이는 무서워서인지, 아니면 힘이 들어서인지 떨기만 하고 있을 뿐이었다. 그때 방문이 열리며 오십대 초반 정도로 보이는 문사 차림의 사내가 만면에 미소를 머금으며 들어섰다. 가주 헌원정의 동생 헌원유(軒轅愈)였다.
"그만 하시지요, 형님."
"지금 그만 할 때가 아닐세. 자네도 들었지 않은가? 길거리에서 음공을 사용하다니……. 혹 다른 문파에 소문이라도 흘러 들어가면 어쩔텐가? 헌원세가를 이을 녀석이 저급한 음공 따위나 익혔다고 괄시하지 않겠느냔 말이야!"
"그도 그렇군요. 하지만 어린 지아가 어찌 그런 것까지 생각하겠습니까?"
그러면서 헌원유는 벌을 서고 있는 아이를 지그시 바라보았다.
"이제 충분히 반성하고 있겠지?"
기다렸다는 듯 대답은 곧바로 튀어나왔다.
"네!"
"훗, 녀석! 대답은 잘도 하는구나."
이어 그는 헌원정을 향해 다시 고개를 돌렸다.
"반성을 하고 있는 듯하니 그만 보내주십시오."

헌원정은 그래도 성이 가시지 않는지 한참 동안 아이를 노려보았다. 잠시 후 그는 아이에게 으름장을 놓았다.

"오늘 일은 용서해 줄 터이나 다음에도 음공을 사용해 헌원세가의 명예에 먹칠을 한다면 용서가 없을 것이다. 그리고 한 달간 외출 금지다. 알겠느냐?"

"네."

풀 죽은 대답과 함께 아이는 재빨리 방을 빠져나갔다. 그것을 보며 헌원정이 궁금한 듯 물었다.

"도대체 음공 따위를 누구에게 배웠지? 가르쳐 줄 사람이 없었을 텐데?"

"글쎄요. 음공이야 약간의 내력과 기술만 있으면 사용할 수 있다고 알고 있습니다만……. 그것도 아비인 웅화를 닮은 거겠죠. 그 녀석도 연주뿐만 아니라 음공에도 꽤나 심취했지 않습니까. 특별히 배워서 그런 것이 아니었던 것으로 알고 있습니다. 지아도 내공이 쌓임과 동시에 매일 악기를 연주했으니 자연스럽게 터득한 것이 아닐는지요."

별스러울 것도 없다는 듯 말을 하던 헌원유는 품속에서 서신 한 통을 꺼내 내밀었다.

"그보다 이것을 보십시오."

"뭔가?"

"남궁세가에서 온 전갈입니다."

"남궁세가? 거기에서 무슨 일인가?"

"두 달 후 남궁 가주의 생신에 형님을 초대한다는 내용입니다."

"허!"

순간 헌원정은 불쾌하다는 표정으로 실소를 흘렸다. 평소 검소하던 남궁 가주가 이런 일로 무림에 초대장을 보내는 일은 극히 드문 일이었지만 짐작 가는 것이 있었기 때문이다. 그는 신경질적인 반응을 보이며 서신을 뜯지도 않고 던져 버렸다.

"둘째 자식놈이 이번에 화경에 들었다더니 정말인가 보군. 전 무림에 자랑하고 싶은 것이겠지."

"그렇겠지요. 이것으로 남궁세가는 화경의 고수가 세 명이 된 셈입니다. 더욱 세력이 커질 것이고 문도 수도 날로 늘어날 겁니다."

"빌어먹을! 하필이면 같은 안휘에 위치해서 안 갈 수도 없고."

"어쩔 수 없지요. 많은 문파 사람들이 참석하는 것 같은데 형님만 빠진다면 오히려 모양새가 이상해질 테니까요."

"남궁철영(南宮徹令) 그 늙은이의 자랑을 들을 생각을 하니 벌써부터 심사가 뒤틀리는군."

"언제 출발할 생각이십니까?"

연신 한숨을 쉬던 헌원정이 창밖을 보며 대답했다.

"우선 하남성에 볼일이 있으니… 지금 바로 준비해 주게. 내일 아침에 출발하도록 하지. 하남에 갔다가 가려면 서둘러야 할 게야."

"알겠습니다."

"참, 그리고 경양(敬讓)은 요즘 어떤가? 무공에 발전은 있는가?"

그 말에 헌원유가 잠시 난감한 표정을 지었다. 헌원경양은 그의 아들로 엄청난 무공 발전을 이루어 헌원세가의 기대를 한 몸에 받고 있는 후기지수(後起之秀)였다. 하지만 화경의 문턱에서 더 이상의 진전이 없었기에 가주 헌원정을 안타깝게 만들고 있었다.

"여전합니다. 절 닮아서인지 더 이상 진척이 없습니다. 형님께서 좀 조언을 해주시면 어떻겠습니까?"

헌원정은 고개를 저었다.

"그것이 말로 설명이 된다면 얼마나 좋겠나. 화경에 올라서려면 우선 기의 성질을 깨달아야 하네. 사람마다 단전 속에 들어 있는 기의 성질이 다르니 나로서는 설명할 방법이 없지. 스스로 깨닫는 수밖에. 그런데 자네는 어떤가?"

"허허, 아직도 제게 미련이 남았습니까? 저는 포기하십시오. 이제는 나이까지 먹어 화경은 생각도 안 하고 있습니다. 그간 익힌 무공이나 퇴보하지 않으면 다행이지요."

헌원정은 다시 한숨을 쉬었다. 한 문파에 화경의 고수가 한 명 있는 것도 대단한 것이지만 헌원세가의 가주는 그것으로 만족할 사람이 아니었던 것이다. 그는 오대세가의 반열에 들고 싶어했고, 그중에서도 단연 으뜸이 되는 세가를 만들고 싶어했다.

하지만 산 너머 산.

전대 가주 헌원양이 있을 때는 그나마 가능성이 있어 보였는데 그가 죽고 화경의 고수가 자신밖에 남지 않자 지금에 이르러서 조바심을 넘어 불안함까지 생길 정도였다. 혹 자신이 죽고도 화경의 고수가 배출되지 않는다면 세력은 급격히 줄어들 것이 뻔했다. 헌원정은 회의적인 표정으로 입을 열었다.

"자넨 바쁠 테니 그만 나가보게."

"알겠습니다. 그럼."

그가 나가자 헌원정은 창밖을 바라보았다. 자신도 모르게 뱉어지는 한숨은 연이어지고 있었다.

'세가가 처음 창설될 때만 해도 이렇지는 않았는데…….'

생각과 함께 그는 예전의 하늘 높은 줄 모르고 올라가던 헌원세가의 명성을 기억해 냈다.

헌원세가는 헌원정의 조부(祖父)이며 무당(武當)의 속가제자였던 헌원영(軒轅瀛)에 의해 세워졌다. 그 후 헌원정의 아버지인 헌원양(軒轅羊)이 가주 자리를 물려받으며 세를 불리기 시작했고, 그가 신화경에 들어서면서 세가의 세력은 급속히 팽창해 나갔다.

헌원정 또한 아버지의 영향 때문인지 무공에 재능을 보였는데 그가 마흔이라는, 무림인으로서는 비교적 젊은 나이에 신화경에 올라서자 헌원세가의 힘은 안휘성에서 그 위상을 드높일 수밖에 없었다.

무림에서 화경의 고수에 올라서기란 어렵다 못해 거의 불가능에 가까운 것이 사실이다. 그것은 모든 무림인들의 꿈이었기에 그런 고수를 두 명이나 배출한 헌원세가에는 당연히 사천이라는 고수를 보유한, 안휘성(安徽省)에서 세 손가락 안에 드는 강력한 세력이 될 수 있었다. 하지만 지금 헌원정에게 한숨 쉬게 만든 문제의 시작은 그의 자식 헌원웅화(軒轅雄花)부터였다. 아버지인 헌원양이 나이 백삼십여 세에 병사(病死)한 후 헌원정은 뒤늦게 얻은 자식에게 모든 기대를 걸었기에 더욱 실망이 큰 것인지도 몰랐다.

사실 초반은 그리 문제가 되지 않았다. 헌원세가의 앞날이 밝은 듯 헌원웅화 또한 무공에 상당한 재능을 보였기 때문이다. 오히려 헌원정 자신보다 더 젊은 나이에 화경의 경지에 올라설지도 모른다는 기대까지 가지게 될 정도였으니 말이다.

그러나 헌원웅화의 나이가 십오 세를 넘어서면서부터 문제가 시작되었다. 거리 광대들의 악기 연주를 우연히 본 헌원웅화가 음악에 관심을 보이기 시작했기 때문이다.

처음 그가 악기를 다룰 때만 해도 그리 걱정하지는 않았었다. 무인이라도 악기 하나 정도는 다룰 수 있어야 된다고 헌원정 또한 생각하고 있었고, 평소 그의 지론을 따지자면 '무인도 무식해서는 안 되며 예술적 소양이 무공 실력만큼 뒷받침되어야 한다' 였으니까. 그런데 그게 아니었다.

문제는 점점 심각해지기 시작했다. 헌원웅화는 시간이 지날수록 무공 수련을 등한시한 채 오로지 악기 연주에만 매달렸던 것이다.

그 정도가 거의 광적으로 짙어지기까지 하자 그때부터 헌원정은 아들을 달래보기도 하고 으름장을 놓아보기도 했다. 세가를 이을 녀석이 금이나 피리 같은 하찮은 것에 빠져 있다는 사실이 용납되지 않았기 때문이다.

하지만 헌원웅화는 막무가내. 음악에서 헤어나오질 못했고, 결국 그의 나이 약관에 헌원정과 언쟁을 벌인 후 집을 나가 버렸다. 훗날 헌원웅화가 궁중 악사가 되었다는 소리를 접한 헌원정은 고래고래 자식놈을 욕하고 저주를 퍼부었다.

그렇게 완전히 헌원웅화를 잊어버리고 조카들에게 기대를 걸고 있는데 어느 날 헌원세가로 헌원웅화가 찾아들었다. 그가 집을 나간 지 정확히 팔 년이 지난 후였다.

헌원정은 그를 내치려 했다. 하지만 그가 죽을병에 걸려 삼 년을 넘기지 못한다는 소리를 듣고는 어쩔 수 없이 그를 만나보기로 결정했다. 사실 거기에는 또 다른 이유가 크게 작용했다. 헌원웅화가 집으로 들어올 때 품 안에 사내아이가 안겨 있다는 소리를 들었기 때문이다.

혹시나 하는 생각에 수하를 시켜 헌원웅화를 집무실로 불러들인 그는 가타부타 말도 없이 헌원웅화의 품에서 꿈틀거리고 있는 아이에 대해 짧게 물었다.

"누구냐?"

팔 년 만에 조우한 아버지의 물음이 야속하게 느껴졌겠지만 병으로 인해 얼굴이 핼쑥해진 헌원웅화는 힘겹게 입을 열 뿐이었다.

"아들입니다. 아버지의 손자이기도 하지요."

"혼인을 했다는 말이냐?"

고개를 끄덕이는 헌원웅화를 보며 헌원정은 놀람과 함께 괘씸하다는 듯한 표정을 지었다.

"고얀 놈! 정말 네 멋대로 살았구나!"

"죄송합니다."

"네놈에게 그런 말 듣고 싶어 보자고 한 것은 아니다. 그런데 왜 며느리는 같이 오지 않았느냐?"

"일 년 전에 사고로……."

순간 헌원정의 이마에 주름이 잡혔다. 그리고 혀를 차던 그는 시선을 돌려 앙증맞은 손을 내밀어 흔드는 아이를 바라보았다. 아직까지 아들 헌원웅화의 행동과 말투가 마음에 들지 않았지만 그것은 손자의 모습 때문에 저 멀리 달아나 버릴 수밖에 없었다.

"이름은 무엇이냐?"

"……?"

"아이의 이름 말이다."

"지(祉), 헌원지(軒轅祉)라 지었습니다."

"헌원지라……."

이름을 되새기던 헌원정은 고개를 끄덕였다.

'그래, 시간이 좀 더 걸리겠지만 조카들보다는 낫겠지.'

비록 그가 보지도 못한 며느리였지만 그녀를 닮아서인지 잘생긴 사내아이 헌원지가 아들의 품에 안겨 웅얼대는 모습은 그로서 도저히 뿌리칠 수 없는 유혹으로 다가왔다.

"예전의 네 행동을 생각한다면 용서할 수가 없으나 아이를 생각해서 그에 대해 덮어두도록 하겠다."

말투는 여전히 못마땅한 듯했지만 사실 그 이후로 헌원정은 아들 헌원웅화에게 상당히 신경을 썼다. 웅화가 집을 나간 후부터 원수처럼 멀어진 사이였지만 부지 간에 보이지 않게 흐르는 정은 쉽게 끊을 수 있는 것이 아니었다. 하지만 좋은 약과 용한 의원을 불러들였음에도 불구하고 헌원웅화의 병을 고칠 수 없었고, 단지 삼 년이라는 기간을 사 년으로 늘였을 뿐이다. 집에 돌아온 지 사 년이라는 힘든 투병 생활 끝에 아내를 따라 땅에 묻히게 되었던 것이다.

"쯧쯧쯧!"

옛날 생각에 혀를 차던 헌원정은 문득 고개를 저었다. 이미 지나간 일을 생각해 봐야 마음 고생만 될 뿐 지금의 문제만으로도 충분히 머리가 아픈 그였다.

"헌원지 이놈!"

그는 나직하지만 강한 어조로 손자의 이름을 되뇌었다. 생각할수록 괘씸하게 느껴졌던 것이다.

헌원지의 재능은 그의 아들 헌원웅화보다 훨씬 뛰어나 헌원정을 기쁘게 해주었지만 반대로 걱정거리도 만들어주고 있었다. 하지만 헌원웅화는 투병 중에도 아무것도 알지 못하는 어린 헌원지에게 다양한 악기 연주법을 가르쳤던 모양. 네 살 때부터 혼자 있을 땐 피리와 금을 자주 연주했는데 전혀 멈추려 하지 않았다. 헌원웅화가 죽고 난 후에도 몇 번을 말렸지만 고집스러움이 제 아비 헌원웅화를 닮아 있었다.

헌원웅화로 골머리를 썩은 것도 모자라 이제는 손자 헌원지까지 같은 문제를 안겨주고 있었으니…….

결국 헌원정도 포기를 하고야 말았다. 어린 손자를 심하게 혼을 낼 수도 없을뿐더러 헌원웅화의 전철을 되밟을까 걱정이 되기도 했던 것이다.

음악도 열심이었지만 무공도 소홀하지 않는다는 점이 그나마 다행이라면 다행이었다. 가르쳐 주는 무공은 어김없이 소화를 해냈고, 다른 아이들에 비해 무공 성취도 상당히 빨랐으니 그것으로 위안을 삼을 수밖에.

그때부터 헌원정의 생각이 바뀌었다. 무인의 길만 걸어준다면야 음악에 빠져도 상관없다는 생각을 하기 시작했던 것이다. 그리고 헌원세가의 집사를 맡고 있는 양정(量定)의 조언도 그의 생각에 한몫 거들었다.

"어린아이 때부터 무언가에 심취하면 나이가 찰수록 금방 싫증을 내는 법입니다. 하지 못하게 말리면 오히려 더 하고 싶은 것이 사람이 아니겠습니까? 하물며 아이는 더하지요. 그저 하는 대로 지켜만 보신다면 언젠가는 악기 연주에 싫증을 느끼고 멀리할 것입니다. 그리 심려하지 마십시오."

"내가 생각을 잘못했다. 양 집사의 말을 듣는 것이 아니었어. 그때 확실히 혼을 내주었어야 하는데……."

헌원정은 후회와 함께 내일 아침 하남으로 출발할 준비를 하기 위해 자신의 방으로 향했다.

다음날 아침, 헌원세가 외원에 있는 작은 정원에 피리 소리가 은은히 울려 퍼졌다. 그리고 그 소리를 중심으로 젊은 하인, 하녀들이 몰려 있었다.

그들은 난감한 기색을 역력히 드러내고 있었다. 하루를 시작하기 위한 준비로 가장 바쁜 아침 시간에 헌원지에게 붙잡혀 있었기 때문이다. 은은한 피리 연주가 귀를 즐겁게 해주기는 했지만 마음은 다른 곳에 가 있으니 제대로 감상이 될 리가 없었다.

헌원웅화에게 세 살 때부터 피리와 금을 배웠던 헌원지. 배움의 기간이 짧았지만 재능을 물려받아서인지 헌원웅화가 죽고도 이 년간의 꾸준한 연습 끝에 지금에 이르러서는 일곱 살짜리 아이의 연주라고는 믿기지 않을 정도로 뛰어난 실력을 가지고 있었다. 하지만 벌써 이각이라는 시간 동안 헌원지의 피리 연주를 듣던 그들 중 이십대 초반 정도의 하녀가 곡이 끝나자마자 씁쓸한 미소를 지으며 투정 부리듯 입을 열었다.

"도련님, 이제 저희들 모두 가봐야 합니다. 이러다가 아침 조회 시간에 늦어요."

그 말에 헌원지가 인상을 썼다.

"한 곡만 더! 이번이 진짜야!"

"하지만 너무 늦으면 양 집사 어르신에게 혼난다니까요."

여인이 짐짓 두려운 표정을 짓자 다른 하인, 하녀들도 같은 표정으로 헌원지를 애처롭게 바라보았다.

"도련님, 제발!"

"지금부터가 진짠데……."

어제부로 두 달간 외출 금지령이 떨어진 헌원지는 밖에서 연주를 할 수가 없게 되자 어쩔 수 없이 하인과 하녀들에게 자신의 연주를 들려주기로 마음먹었다. 하지만 그들의 표정을 보니 더 이상 붙잡을 수 없다는 것을 알 수 있었다. 부족한 것 없이 자란 그였기에 제멋대로이기는 했지만 아직은 큰일난다는 듯한 어른들의 표정을 그냥 흘려 넘길 정도는 아니었던 것이다.

아쉬움을 드러내던 헌원지가 슬며시 부탁하는 어조로 물었다.

"그냥 내가 붙잡고 있었다고 하면 안 돼?"

"그러면야 저희도 좋지요. 하지만 저희 일을 다른 사람이 해야 하는데……. 그리고 오늘은 정말 안 돼요. 가주님께서 하남으로 가시기 전에 정문을 대청소해야 한다는 소리를 들었는데……."

순간 헌원지가 그녀의 말을 끊었다.

"할아버지가 하남으로 가신다고?"

"네. 거기에 가셨다가 남궁세가로 다시 가신다던뎁쇼."

 비교적 상세히 알고 있는 하인의 말에 헌원지의 표정이 밝아지기 시작했다.

 "하남이 먼 곳이야?"

 "그럼요."

 "얼마나 걸리는데?"

 "글쎄요……. 남궁세가까지 들렀다 오신다고 하셨으니 아마 두 달은 족히 걸리지 않을까요?"

 그 말에 헌원지가 자리에서 벌떡 일어났다.

 "알았어. 나, 이만 갈게!"

 무언가 급한 듯 쪼르르 달려가며 던진 헌원지의 외침에 하인과 하녀들은 고개를 갸웃거렸다.

 반 시진 뒤 가주 헌원정이 하남으로 떠나고 난 후 헌원세가 내원 복도에서 요란한 발소리가 들렸다. 그리고 '드르륵' 거리며 기척도 없이 헌원유의 집무실 문이 벌컥 열렸다.

 헌원유는 가주의 동생으로 총관을 맡고 있었기에 이런 식의 방문은 있을 수도 없는 실례되는 것이었다. 하지만 당사자 헌원유의 얼굴에는 불쾌한 표정이 전혀 없었다. 오히려 미소만 가득할 뿐. 방문을 열고 들어선 예의없는 녀석이 바로 헌원지였기 때문이다.

 헌원유는 웃음을 흘리며 헌원지를 바라보았다. 무슨 일로 자신을 찾아왔는지 짐작이 갔던 것이다. 하지만 그는 짐짓 아무것도 모르겠다는 듯 의아한 표정으로 헌원지를 향해 물었다.

 "무슨 일로 바쁘신 악동께서 날 찾아오셨나?"

헌원지는 선뜻 대답하지 않고 달려올 때와는 달리 느린 걸음으로 탁자로 다가갔다. 탁자는 어린 헌원지의 가슴 높이까지 올라와 있었다. 그는 탁자에 두 손을 올려놓은 후 헌원유의 표정을 조심스럽게 살피기 시작했다. 그 모습이 웃겼는지 헌원유가 껄껄거리며 먼저 입을 열었다.

"할아버지 때문에 왔느냐?"

그의 말에 헌원지가 배시시 웃었다.

"네. 멀리 여행 가셨다면서요?"

"그랬지. 그런데 그게 너와 무슨 상관이냐?"

잠시 주춤거리며 할 말을 찾던 헌원지. 또다시 장난기 가득한 미소를 지었다.

"지금 밖에 나갈 건데……."

"호! 지금 나가시겠다? 어제 할아버지가 한 말씀을 벌써 잊어버린 것은 아니겠지? 외출 금지인 걸로 아는데?"

"모른 척해주시면 되죠."

"허허허, 과연 그럴까? 내가 모른 척해도 세가 안에 있는 많은 사람들은 어쩔 거냐?"

헌원유의 장난 섞인 협박이었지만 이 일곱 살짜리 악동은 나름대로 그것까지 생각하고 온 모양이었다. 바로 대답이 튀어나왔다.

"밖에 나갈 일 없으세요?"

"나를 말하는 것이냐?"

"네."

"글쎄다……. 특별한 볼일은 없는데?"

"갈 일 없으면 만드세요. 제가 대신 심부름 해드릴게요."

반강제적인 아이의 권유에 헌원유는 잠시 멍한 표정을 짓더니 이내 유쾌하게 웃음을 터뜨렸다.

"하하하, 네놈이 나를 이용해 수를 쓰려는구나! 할아버지가 아시면 나보고 뒷감당을 다 하라고? 고얀 놈! 좋아, 묻는 말에 대답해 주면 네 말대로 심부름을 시켜주마."

"뭔데요?"

"음악이 그렇게 좋으냐?"

물어볼 가치도 없다는 듯 대답은 바로 튀어나왔다.

"네."

"어디가?"

"음……."

잠시 침묵이 이어졌다. 아직 그런 것까지는 생각해 보지 않았던지 헌원지는 한참 동안 눈을 치켜뜨며 생각에 잠긴 듯하는 것이다.

잠시 후 대답할 말이 생각난 얼굴이 되더니 그가 주절거리기 시작했다.

"음… 마음대로 소리를 조절하는 게 좋아요. 그리고 또… 내가 하는 연주를 듣는 사람들의 표정을 보는 것도 좋아요. 또……."

헌원유가 고개를 갸웃거렸다.

"표정? 표정이 어떤데?"

"음악에 따라 달라요. 기쁠 때도 있고 슬퍼할 때도 있어요. 그게 재밌어요."

"허허, 사람 표정을 보는 것이 재밌다? 그래서 어제는 음공까지 사용했느냐?"

헌원지가 웃으며 대답했다.

"네, 그걸 사용하면 사람들이 표정을 더 잘 짓거든요. 어제 어떤 아줌마는 눈물까지 흘리던걸요. 얼마나 보기 흉했다구요. 그런 걸 보는 게 얼마나 재밌는 줄 모르죠?"

"허허허, 나는 네 녀석이의 행동이 더 재밌구나. 좋다, 약속은 약속이니 보내주마. 대신……."

헌원유는 잠시 엄한 표정이 되어 헌원지를 노려보았다.

"너무 늦으면 안 된다. 오후 수련 때까지는 들어오너라."

"알겠어요."

대답과 함께 헌원지는 올 때와 마찬가지로 부리나케 방에서 달려나갔다. 얻을 것을 다 얻었다는 듯 뒤도 돌아보지 않는 동작이었다.

제2장
만월교

조용한 밀실. 탁자에 놓인 촛불이 어두운 실내를 은은히 비춰주고 있었다. 길게 늘어진 탁자 위에 올려진 약간의 다과가 장식품처럼 삭막한 분위기를 바꿔주고 있었지만 그에 관심이 없는 듯 만월교의 팔대 장로들은 심상치 않은 분위기만 풍기며 자리에 앉아 있을 뿐이었다.

만월교는 '둥근 만월을 숭배한다' 하여 붙여진 이름으로 종교 집단의 성향이 짙은 단체였다. 실제 교주가 만월을 대신해 교도(敎徒)들의 믿음을 한 몸에 받고 있으며 그의 말은 진리요 세상의 법칙이라 할 수 있다.

"갑자기 장로회가 소집된 이유가 무엇입니까?"

장로 중 하나가 조심스럽게 입을 열었다. 오십이 조금 넘어 보이는 얼굴이지만 실제 나이는 칠십삼 세. 이름은 없고 명호는 흑설랑(黑雪

狼)이라 불렸다. 패도적인 흑마장(黑魔掌)이 장기인데 무표정한 얼굴이 여름에도 서리가 내릴 것 같다 하여 붙여진 명호였다.

흑설랑 장로는 모든 일을 제쳐 두고 회의에 참석하라는 교주의 밀명이 이해가 가지 않았다. 이런 경우는 흔치 않았기 때문이다.

물음은 장로들에게 했지만 시선은 실내의 반대편, 붉은 천으로 가려진 작은 방으로 향했다. 더 정확히 말해 거기에 드러나 있는 검은 그림자, 만월교의 구대 교주 만월대제(滿月大帝)에게였다.

만월교는 종교 집단인만큼 교주는 신이었고, 다음 교주도 무공의 고하(高下)와는 상관없이 교주의 피를 이어받은 직계 자손에게만 대물림되었다. 혹 교주의 자식 중 남자가 없다 해도 여자에게 물려주기도 했는데, 그것은 만월교인 대부분이 중원에 비해 남녀 차별이 비교적 적은 묘족들의 영향을 받은 탓이었다.

만월대제도 그런 경우로 삼십오 세에 교주로 등극해 벌써 칠십 세가 넘은 여인이었다. 천성이 차갑고 호전적인 그녀는 무공도 뛰어나 지금에 이르러서 만월교에서 세 손가락 안에 드는 극강의 고수가 되어 있었다. 특히 일대 교주가 창안해 교주에게만 대대로 전해진다는 마성강(魔醒罡)을 극성으로 익히고 있었다.

제사장로 흑설랑의 말에 교주를 대신한 제일장로 모양야(茅陽夜)가 대답했다. 그는 평소엔 온화한 얼굴로 사람들을 편안하게 한다 하여 청면(淸面)을, 독문 무공인 독화신공(毒花神功)을 펼칠 때 짐승처럼 날뛰어 사람의 혼을 빼앗는다 하여 수(獸) 자를 합쳐 청면수(淸面獸)라는 명호로 불렸다. 역시 화경의 고수로 교주를 보좌, 안위와 안전을 책임지는 백이십 세의 장로 중 최고령이자 최고의 고수였다.

"이번 교주님과의 여행에서 놀라운 사실을 알게 되었소. 그 때문에 여러분과 상의드릴 일이 있어 이렇게 급회(急會)를 신청한 것이오."

모두들 의아한 시선을 던졌다.

"무슨 일인데 그러십니까?"

"교주님께서 중원 진출을 결심하셨소."

"예?"

장내는 조용한 동요가 일어날 수밖에 없었다. 이십여 년 전 중원 진출의 쓴 패배를 기억하고 있던 몇몇의 장로들은 침음성까지 흘리기도 했다.

그 엄청난 피해를 수복하기 위해 얼마나 많은 노력을 떠안았던가!

당시 중원에 목을 놓고 온 교도들의 수는 헤아릴 수 없을 정도였던 것이다.

무림은 크게 중원과, 북해, 동방, 서역, 남만으로 나뉘었다. 나라의 국경을 경계선으로 한 것 같지만 기실 중원을 중심으로 한 지리적, 무공적 분류일 뿐이었다. 하지만 거기에 한 가지 더 구별 짓는 항목이 있었다. 바로 중원의 남쪽 끝에 위치한 귀주(貴州)와 운남(雲南), 광서(廣西) 지방이었다. 중원인 것은 사실이지만 남쪽인 남만의 영향을 받아 비교적 중원인으로 개화되지 않은 데다 식생활과 풍습이 많이 다른 탓 때문이었다. 하지만 실질적인 이유는 바로 정사(正邪)의 반목이 없다는 데 있었다.

중원은 정사로 나뉘어 끝없는 반목을 거듭하며 치열한 암투를 벌이고 있는 반면 귀주 이남 무림은 정사의 구별이 없는 중간 위치를 고수하고 있었던 것이다. 그 때문에 중원무림인들은 그들을 남무림이라 따로 분류하며 배척하고 있었다. 은근히 깔보는 경향까지도 드러내고 있었으며 종종 중원 진출을 노리는 몇몇 세력을 격패(擊敗)시켜 몰아낸 적도 있었다.

만월교도 그중 하나였다. 남무림에서 강력한 열두 세력 중 단연 최고 자리를 지키고 있었지만 이십 년 전 패배를 맛본 후 공식적인 활동을 중단하고 대외적으로 잠적해 버렸다. 밖으로 정확히 알려진 바는 없었지만 현재 귀주 운남에 퍼져 있는 교도들의 수가 이십만이 넘었고, 그중 무공을 익힌 자가 삼만, 고수를 골라 꼽는다면 일만이 족히 넘는 강력한 무력 집단이었다.

그들의 중원 진출은 오래전부터 시작되었다. 일대 교주가 교(敎)를 창시하고 이대 교주가 기반을 잡은 후 삼대 교주가 첫 번째 중원 진출을 노렸던 것이다.

하지만 실패. 그 후 사대부터 쭉 중원을 노리며 노력해 왔지만 그 또한 모두 실패로 돌아갔고, 결국 팔대 교주는 중원의 힘이 막강하다는 것을 통감하며 진출을 포기함과 함께 교의 힘을 키우는 데에만 전력을 다했다.

그런데 그의 딸인 지금의 구대 교주가 등극하며 아버지의 평생의 노력으로 일궈낸 힘을 이용해 이십 년 전 중원 진출을 노렸다. 하지만 호남연합맹(湖南聯合盟)에 막혀 엄청난 피해를 떠안고 물러나야만 했다.

호남연합맹이란 호남 지역에 위치한 중원의 정파 연합이었다. 무림맹이라는 것이 따로 있긴 했지만 그와 관계없이 현 중원무림 세력들은 각 지역마다, 그리고 이해관계에 얽혀 수많은 연합 세력을 맺고 있었다.

중원 진출 실패 당시 구대 교주는 많은 생각을 할 수밖에 없었다. 숱하게 중원 진출을 노렸건만 한 번도 성공하지 못했다는 것은 큰 충격이었기 때문이다. 세력으로 따진다 해도 중원의 어떤 문파보다 뛰어나다고 자부했으니 당연했다.

그래서 뼈저리게 얻은 결론은 하나였다.

단일 세력으로는 절대 중원 진출에 성공할 수 없다는 것!

그래서 장로들과의 회의 끝에 중원 진출은 잠시 미뤄두고 잃었던 힘을 회복하는 즉시 남무림 전체를 통합하자는 계획을 세웠다. 남무림에 퍼져 있는 수많은 세력들이 힘을 합친다면 중원 진출이 그리 어렵지만은 않다는 생각에서였다. 그런데 갑자기 교주가 중원 진출 의사를 밝혀 온 것이다.

장로들은 어안이 벙벙한 표정을 지으며 잘못 들은 것이 아닌지 서로를 바라보며 확인하기에 바빴다. 그중 장미같이 붉은 머리를 곱게 기르고 있는 제삼장로 적화두(赤火頭) 유용(喩龍)이 이의를 제기했다. 장로의 자리에 올라섰지만 무공보다는 지략에 뛰어난 인물로 만월교의 모든 재정을 담당하고 있는 자였다.

"지금은 귀주에서의 우리 입지도 확고하지 않은 상황입니다. 이십 년 전의 패배 후 힘을 키운다는 명목으로 많은 사업체까지 없앤 후이기에 더욱 어렵습니다. 좀 더 시간을 두고 생각해 보심이 어떻습니까?"

"남무림 통일 계획은 조만간 시작할 예정입니다. 이미 상당한 힘을 회복한 상태. 달단방(韃靼房), 섬타문(孅打門), 운남파(雲南派)가 우리와 이미 뜻을 같이하고 있다는 것을 알고 있을 테고, 이번에 새로이 적룡문(赤龍門)이 동조의 뜻을 밝혀왔습니다."

모양야 장로의 말에 제사장로 흑설랑이 놀란 표정을 지었다. 적룡문은 귀주 동쪽에 위치한 문파로 문도 수 칠천이 넘는, 남무림에서 강력한 힘을 과시하는 열두 세력 중 하나였기 때문이다. 지금은 은거를 하고 있지만 전대의 문주가 화경의 고수로 귀주의 호랑이라 불리고 있었고, 현 문주 또한 그의 아들로 상당한 검의 고수로 알려져 있었다.

"정말 적룡문이 우리의 의사에 응해왔단 말입니까?"

"그렇소. 이번 여행에서 그곳도 들렀고 적룡신검(赤龍神劍) 야일제(冶日帝) 문주와도 이야기를 나누었소. 우리가 움직이기만 하면 뒤를 받쳐 주기로 약속한다 했소. 그들의 힘까지 더해진다면 우선 귀주를 손쉽게 얻을 것이고, 강서와 마지막으로 점창파(點蒼派)가 버티고 있는 운남까지 순탄하게 포섭할 수 있을 것이오."

그러자 모두가 의아한 시선이 되었다.

제육장로, 외눈인 독목야차(獨目夜叉) 마영(馬令)이 급히 물었다. 성정이 급한 그는 고집스럽기로 유명한 구십이 세의 노고수였다. 거대한 부월(斧鉞)을 사용했는데, 성격과 달리 그의 무공은 상당히 섬세하다는 평가를 받고 있었다.

"그렇다면 해볼 만하지요. 하지만 이해가 안 가는 부분이 있습니다. 남무림을 통일하자면 적어도 십 년 이상은 걸릴 것입니다. 그런데 벌써부터 교주님께서 중원 진출을 논한다는 것은 아둔한 저로서는 이해할 수가 없군요."

모양야 장로가 슬며시 사람 좋은 미소를 지었다.

"겉으로 보면 그렇지요. 하지만 남무림을 통일하는 이유가 무엇이오?"

"……."

"최종 목표는 중원 진출이 아니겠소? 계획대로 된다면 일 년 후 직접적으로 우리의 남무림 통일기가 시작될 것이오. 그리고 향후 십오 년이면 우리의 손에 남무림이 쥐어져 있을 것입니다. 하지만 교주님께서는 아직도 중원무림인들의 잠재력을 잊지 않고 계십니다. 원체 단결력이 좋아야 말이지요. 피해를 최소화해야 합니다. 그러기 위해서는 지금부터 준비를 해야지요. 기한은 빠르면 이십 년에서 늦는다면 이십오 년 정도를 잡고 있습니다. 남무림을 통일하더라도 곧장 중원을 넘볼 수는 없을 테니까요."

"그것은 고수를 양성하자는 말씀?"

"그렇소."

모두 얼떨떨한 표정이 되었다. 역시 성격 급한 육장로 마영이 반박을 하고 나섰다.

"하지만 고수를 키우기가 그리 쉽지만은 않습니다. 저희들도 정기적으로 교도들의 자식들 중 뛰어난 아이들을 골라 수련을 시키고 있지만 그중 고수는 열에 한두 명 정도만 건질 수 있습니다. 절정 대열에 올라서는 아이들은 더욱 적지요. 대량으로 고수를 키운다 해도 실제 전투에서 써먹을 수 있는 자들은 극히 적으니 오히려 재정 낭비가 아닐까 생각합니다."

마영이 문제를 제기하자 유용 장로도 그에 동조를 하고 나섰다. 재정을 담당하고 있는 만큼 그에 관해서였다.

"또 다른 문제점이 있습니다. 절정고수를 키우는 데 이십 년이란 시간은 너무 짧다는 것입니다. 무리를 해서 오천 명을 수련시킨다 해도 그중 성취가 높은 아이들은 많아야 오백 명 정도? 그것은 제쳐 두고라도 오백 명의 고수를 키우기 위해 오천이나 되는 수련생들을 이십 년간 교육시키는 데 들어가는 자금은 천문학적인 액수입니다."

"맞습니다."

모든 장로들도 찬동했다. 당장 눈에 보이지 않는 결과를 준비하기 위해 자금을 낭비하기보다는 남무림을 통일하는 것이 우선이라는 생각이 컸던 것이다. 모두들 고개를 끄덕이며 한마디씩 거들기 시작하자 장내가 술렁일 수밖에 없었다.

잠시 후 모양야 장로가 좌중을 진정시켰다.

"아아, 모두 조용히 하시오. 나도 그런 사실을 모르진 않소. 그리고 왜 이런 결정을 내렸는지 지금부터 설명을 해주겠소."

"따로 계획한 일이 있다는 말씀이십니까?"

"그렇지 않다면 그대들을 왜 모이라 했겠소?"

"……."

문득 모양야가 물었다.

"혹시 공손손이라는 자를 아시오?"

"이십 년 전 전 무림을 돌아다니며 수많은 비무를 자행했던 검의 고수를 말하십니까?"

"그렇소. 이번 교주님과의 여행에서 그를 우연히 만날 수 있었소."

좌중에 놀라움의 탄성이 흘러나왔다.

그중 누군가가 급히 물었다.

"죽은 것이 아니었습니까? 구패(九狽)에게 패한 후 어디선가 객사했다는 소문이 있었습니다만?"

"아니오. 그는 자신의 무공의 한계를 한탄하며 또 다른 무공을 연구하고 있었던 모양이오."

"허허! 놀라운 소식이로군요. 그런데 그 말씀은 왜……. 혹시 그가 우리 만월교에 들어온다는 말씀이십니까?"

"그렇소. 하지만 그것이 다가 아니오. 그는 이십 년 동안 연구했던 무공을 모두 우리에게 넘기기로 했소. 그리고 그것을 이번 고수 육성에 사용할 생각이오."

지금까지 침묵을 지키고 있던 제팔장로 마독조(魔毒爪) 구로(舊勞)가 의문스런 표정을 지었다. 나이는 오십오 세로 장로 중 가장 적었지만 그의 칼날같이 길고 서슬퍼런 손톱으로 펼치는 마독신조(魔毒神爪)는 교 내 교도들에게 두려움을 선사해 주는 무서운 고수였다. 그리고 마지막 화경의 고수로 교주와 모양야 장로와 마찬가지로 원래 나이보다 훨씬 적어 보이는 것도 그 때문이었다. 설핏 보아서는 이제 삼십대 중반 정도였기에 젊다 못해 어리게까지 느껴졌다.

"도대체 얼마나 대단한 무공이기에 그러십니까?"

"음공!"

"……!"

"뭐라고 말씀하셨는지 다시 한 번……."

모양야가 확인하듯 또렷이 대답했다.

"음.공.이라고 했소."

"허!"

"말도 안 되는!"

여기저기서 실소가 터져 나왔다. 어떤 장로는 황당한지 입을 다물어

버렸다. 공허한 눈빛만을 모양야 장로에게 보낼 뿐.

침묵은 한참 동안 계속되었다. 모양야 장로가 말한 의미는 그런 분위기를 만들기에 충분하고도 남았던 것이다.

'음공이라니……!'

자신들을 놀린다고 생각했는지 불현듯 제사장로 흑설랑이 불쾌한 표정을 지으며 입을 열었다.

"모양야 장로님께 이런 말 하기는 뭣하지만, 혹시 우리를 상대로 농을 하는 것은 아닙니까? 솔직히 저는 믿기 어렵습니다. 색마들이나 익히는 저급한 음공 따위를 막대한 자금을 써서 고수 양성에 쓰자니… 누가 믿을 수 있겠습니까?"

그의 노기 어린 목소리에도 모양야 장로는 여전히 미소로 일관하고 있었다.

"허허허! 내가 어찌 여러분들께 그럴 수가 있겠소. 좀 더 들어보시오. 처음 말했듯 공손손은 음공을 이십 년간 연구했소. 그리고 지금까지 알려진 바와는 달리 음에 내력을 실어 상대방에게 직접적인 영향을 주는 방법을 알아냈다고 했소. 실제로 교주님과 함께 그의 음공을 직접 경험해 보았는데 놀라웠소. 그의 말대로 음공의 고수들을 양성한다면 막강한 힘을 얻을 수 있으리라 판단되오."

"도대체 어떤 효과를 낼 수 있기에 그러는 것입니까?"

"음공은 적의 수에 구애를 받지 않소. 음이 퍼지기 시작하면 모든 공간이 그 파장으로 울리게 되고, 거기에 내력을 싣는다면 사정권 안에 있는 자가 몇 명이든 단번에 제압할 수가 있다는 말이오. 적의 수가 많으면 많을수록 음공의 효과는 더욱 막강하오. 공손손의 말을 빌리자면 단시간에 대량 살상이 가능하다는 말이지요."

그의 말이 끝나자 질문이 쏟아지기 시작했다. 또 다른 장로가 물었다.

"그렇다 하더라도 모든 고수들을 제압하리라고는 생각되지 않는데, 그건 어떻게 생각하십니까? 상당한 내공 고수라면 별 영향을 주지 못할 텐데요?"

"그렇습니다. 약점이 있다면 시전자의 내력보다 높은 경지에 있는 고수는 죽일 수 없다는 것이지요. 하지만 상관없소. 상당한 내가고수라 하더라도 음의 영향을 완전히 벗어나는 것은 아니니 말이오. 음공에 대항하려면 내력을 지속적으로 끌어올려야 하는 것이 사실이고 상당한 내력 소모를 각오해야 할 것이오. 그렇다면 움직임에 제약이 뒤따르는 것은 인지상정(人之常情). 음공의 고수를 투입한 후 살아남은 자들은 소수의 정예가 외곽에서 대기하고 있다가 공격하면 쉽게 해결되는 문제지요. 공손손의 말로는 음공이 상당한 수준에 이르면 같은 영향권이라도 상대에 따라 음공의 영향 유무(有無)를 결정할 수 있다고 했소. 끊임없는 음공으로 움직임이 부자연스러운 상태이기에 소수로도 충분히 승산이 있다는 판단이오."

"하지만 짧은 시간 동안에 강력한 고수를 양성하기란 어려울 겁니다. 이십 년이란 시간을 수련시키더라도 절정고수를 키워내기란 여간 힘이 들지 않습니까?"

"그 점은 전혀 걱정할 필요가 없습니다. 음공은 지금까지의 무학과는 그 궤를 완전히 달리한다고 들었지요. 이론적이기는 하지만 보통의 수련을 거치는 것보다 엄청난 속성으로 고수를 키울 수 있다고 공손손은 자신했습니다."

"흐음, 하지만 이론과 실제는 다릅니다. 실례되지 않는다면 한 가지 물어봐도 되겠습니까?"

"해보시오."

"공손손의 음공 실력은 어느 정도입니까?"

"그의 음공을 직접 경험했지만 생각대로 상당했습니다. 하지만 음공이라는 전혀 새로운 무공에 대한 놀라움이 더욱 컸지요. 실제로 그의 음공이 내는 힘이 그리 대단하지는 않았습니다. 절정고수들을 상대하기에는 조금 무리가 있는 것도 사실입니다."

장내에 있던 장로들의 표정이 미미하게 뒤틀렸다. 약간의 기대가 무너지며 실망하는 표정까지 내비쳤다. 공손손은 화경의 고수로 알려져 있었고 그런 그가 시전하는 음공이 절정고수도 상대하지 못한다면 뻔하다는 생각이었기 때문이다. 하지만 모양야 장로는 별로 신경 쓰지 않는 얼굴로 설명을 이었다.

"그렇다고 실망할 필요는 없습니다. 그는 이미 검으로 화경의 경지에 올라선 고수입니다. 그가 말하길 음공을 제대로 성취하려면 속성으로 내공을 익힐 수 있는 마공보다는 정순한 정도의 심법을 익히는 것이 좋다고 했습니다. 거기에 음기가 강한 심법을 섞어 개조한다면 더욱 성취가 빠를 것이라는 말도 했지요. 공손손 자신은 내력을 순식간에 끌어올릴 수 있는 수라양강심법(修羅陽剛心法)으로 화경의 경지에 올라섰기에 내공을 전폐하고 다른 심법을 사용할 수 없다고 했습니다. 그래서 대성할 수 없었을 뿐 음공이 약하다는 말은 결코 아니지요. 실제 수련 기간은 십오 년 정도지만 이론만 맞아떨어진다면 그 기간 동안 대량 살상 능력을 갖춘 고수들을 양성할 수 있을 겁니다."

"……."

또다시 침묵이 이어졌다. 하지만 전과 달리 장로들의 표정에는 약간의 호기심이 담겨 있었다. 음공의 고수 양성을 긍정적으로 생각하기 시작했던 것이다.

더 이상 침묵이 싫었던지 맞은편의 붉은 천에 담긴 검은 그림자에서 목소리가 흘러나왔다. 여인의 그것이라고 보기에는 조금 탁하면서도 어눌한 소리였다.

"모든 장로들이 긍정적으로 생각하기를 바라는 바다."

말은 극히 짧았지만 그녀의 말로 모든 것은 한순간에 결정되어 버렸다. 교주는 신이었고 실내에 있는 장로들은 그것을 지키고 수호해야 하는 교도들일 뿐이었으니까.

교주가 결정을 했다면 번복은 불가능! 지금 모양야 장로를 통해 음공을 설명한 것도 이들을 이해시키려고 했을 뿐 반대가 심하다 하여 결정을 번복하려고 한 것은 결코 아니었다.

모양야 장로가 통보하듯 최종적으로 말했다.

"사실 모험이 큰 도박일 수도 있습니다만 차후 성공했을 때를 생각하십시오. 우리에게 떨어지는 결과는 달콤하다 못해 너무 엄청난 것임을 잊지 마시기 바랍니다."

그의 말이 끝나고 모든 결정이 확실시 되자 그때부터는 실질적인 계획을 짜기 시작했다. 여러 가지 건의와 제의가 오가는 가운데 유용 장로가 걱정스러운 듯 모양야 장로를 보며 입을 열었다.

"다른 문제는 그리 어렵지 않습니다만 아이들을 구하는 것이 가장 시급합니다. 몇 명 정도를 예상하고 계십니까?"

"한 천 명 정도?"

"애초에 걱정한 만큼은 아니군요. 하지만 그 또한 어렵기는 마찬가지입니다. 무공에 재능있는 아이들을 얻자면 본 교의 아이들을 어떻게 해서든 차출하면 됩니다. 조금 모자란다면 되는대로 구해올 수도 있겠지요. 하지만 무공적 재능보다 음악적 재능이라면… 글쎄요……."

"지금 당장 해야 하는 것은 아닙니다. 어렵다는 것을 알기에 상당한 기한을 두기로 교주님께서도 허락을 하셨습니다. 급할수록 돌아가라는 말도 있으니까요. 그래도 이 년 이상은 걸리지 않아야 합니다. 빠르면 빠를수록 더 좋고요."

"그렇다면 실제 수련 기간은 이십 년보다 훨씬 줄어들겠군요."

"그렇습니다. 교주님과 먼저 이야기를 나눈 바, 계획대로라면 십육 년 정도를 잡고 있습니다. 그렇기에 최대한 빨리 아이들을 구해 많은 수련을 시키는 것이 우리에게 이롭습니다."

"그렇다면 이 일은 이장로님께서 맡기로 하는 것이 어떻겠습니까?"

모든 시선이 제이장로 통천(通天)에게로 향했다.

그는 만향신(萬香身)이라는 명호를 가졌으며 만 개의 향기가 나는 몸이라는 뜻답게 신법의 대가였다. 평소 교 내의 정보와 감찰을 책임지고 있었기에 그의 수하들 대부분이 정보 능력에 상당히 뛰어났고, 이번 일에도 꽤 적합하다 할 수 있었다.

그런 면에서 본다면 팔대장로 중 홍일점(紅一點)이며 교 외(敎外)의 모든 정보를 총괄하고 있는 제칠장로 용검수(龍劍秀) 화령(花玲)이 적격이겠으나 지금 남무림 상황을 전부를 파악하고 있어야 하기에 그녀의 수하들을 뺄 여력이 전혀 없었다.
　자신이 지목되자 통천 장로도 흔쾌히 허락을 했다.
　"제게 맡겨주신다니 최선을 다하겠습니다. 하지만 남무림에 한정하기에는 무리가 있겠습니다."
　"무슨 말씀이신지?"
　"남무림 외에 중원과 남만 쪽으로도 알아보는 것이 빠르지 않을까 생각합니다만, 어떻습니까?"
　"그건 통천 장로께서 결정을 하시오. 하지만 결코 정보가 새어서는 안 됩니다. 보안 유지를 철저히 해주시오."
　"알겠습니다."
　"또 한 가지, 이번 일은 약간 성가시기는 하지만 아주 중요한 것이기도 합니다."
　"무엇입니까?"
　"말했듯 음공을 익히려면 마공이나 사공보다는 정파의 심법이 효과가 크다는 공손손의 말이 있었습니다. 제게 따로 부탁을 했는데 정도의 심법 중에서도 특히 정순한 심법을 구해달라는 것입니다. 아이들을 구하는 기간 동안 그 심법에 음기를 더해 새로운 심법을 개발해야 한다더군요."
　모양야 장로는 말을 하며 주위를 둘러보았다.
　"누가 해주시겠습니까?"
　"제가 하지요. 그 정도라면 그리 어렵지 않습니다."
　조용하고 차분한 목소리가 실내에 울려 퍼지자 차갑던 분위기가 순간적이나마 밝아지는 듯했다. 말을 한 자는 교 외 정보를 담당하고 있는 화령 장로였다.

　그녀는 일흔이라는 나이에 맞지 않게 삼십대 후반의 중후하면서도 고풍스런 외모를 가지고 있어 은근히 교 내에서도 인기가 많은 여고수였다. 묘족들이 대부분을 차지하고 있으니 여인들 성격은 대체적으로 거셌고, 그렇기에 생겨난 결과였다. 실제 그녀의 외모가 상당히 뛰어난 덕도 한몫하고 있었다.

　모양야 장로가 환하게 웃으며 고개를 끄덕였다.

　"바쁘신 화령 장로께서 수고를 해주신다면 걱정이 덜어지겠군요. 그럼 부탁하겠소. 이번 일도 빠르면 빠를수록 좋습니다."

　"알겠습니다."

　대충 정리가 되자 흑설랑 장로가 다른 문제를 제시했다.

　"수련생들의 교육은 당연히 공손손이 맡겠지요. 그렇다면 궁금한 점이 하나 있습니다."

　"무엇이오?"

　"그들을 교육시킨다면 공손손도 우리 만월교의 교도가 된 것이라 할 수 있지 않습니까?"

　"그렇습니다만……?"

　"그렇다면 그의 직책이 무엇인지……. 화경의 고수에게 대주(隊主) 정도의 직책을 줄 수는 없는 노릇 아닙니까."

　"그건 그가 우리에게 동조 의사를 밝힐 때 이미 교주님께서 결정하셨습니다. 조만간 장로회는 아홉 명으로 구성될 겁니다. 이제부터 공손손 장로라 불러주시고 제구장로를 맡게 될 것도 알아두셨으면 합니다. 하지만 정식 활동은 수련생들의 교육이 완전히 끝이 날 때 시작할 것입니다. 그 문제가 가장 중요하니까요. 혹 다른 질문은 없소?"

기다렸다는 듯 제육장로 마영이 물었다.

"아직 시작은 하지 않았지만 음공의 단체가 본 교에 새로 생기는 것인데 그들의 명칭은 무엇으로 할 생각이십니까?"

"그것은 저도……."

모양야 장로도 거기까지는 생각하지 않았다. 그는 말끝을 흐리며 붉은 천에 드리워진 그림자, 교주에게 시선을 돌렸다. 훗날 만월교의 중심 세력으로 성장할 수 있는 단체이기에 함부로 지을 수가 없기 때문이었다. 모양야 자신이 임의로 결정할 수는 더 더욱 없는 노릇.

교주에게 묻고자 고개를 돌린 것인데 붉은 천을 뚫고 어눌한 목소리가 바로 흘러나왔다. 이미 생각하고 있었던지, 아니면 지금 생각난 것인지는 모르겠지만 그녀의 말을 듣고 모두들 흡족한 표정을 지었다.

그중 제이장로 통천 장로가 고개를 끄덕이며 교주의 말을 반복해 읊조렸다.

"악마대(樂魔隊)라……."

제3장
거리의 악사(樂士)는 사라졌다

그로부터 한 달 후!

"어디 가십니까, 공자님?"

정문을 향해 뛰어가는 헌원지를 이상하게 생각한 늙은 노파가 고개를 갸웃거리며 물었다. 그러자 헌원지는 걸음을 멈춘 후 짜증스러운 표정으로 간단히 대답했다.

"밖에."

"무슨 일이 있으십니까?"

"아니야. 종조부(從祖父)님 심부름 가는 거야."

밖에 나가고 싶을 때마다 종조부인 헌원유의 핑계를 대는 헌원지였다. 그는 이제 헌원유의 허락도 받지 않고 일주일에 두 번 이상씩 눈치를 봐가며 슬쩍슬쩍 밖으로 나다니고 있었다. 간혹 물어오는 하인들에게는 당연히 지금처럼 헌원유의 심부름을 핑계 삼았다.
 헌원지가 말과 함께 바쁜 듯 걸음을 옮기다 이내 몸을 돌려 다시 노파를 향했다. 그는 걱정스러운 표정을 숨기지 못하고 주위를 잠시 살폈다. 그리고 이어지는 나직한 속삭임.
 "할아버지에겐 말하지 마. 만약 할아버지에게 말하면 알지?"
 한껏 인상을 쓰며 으름장을 놓는 헌원지였지만 일곱 살짜리 아이가 하는 협박은 그리 무섭지 않았다. 특히 산전수전 다 겪은 노파 정도의 나이가 되면 더 더욱 그럴 것이다. 하지만 노파는 그것이 재밌는 모양이었다. 터져 나오려던 웃음을 억지로 참으며 어린 헌원지에게 맞장구를 쳐주는 것이다.
 "아이고! 무섭습니다, 공자님. 제가 어찌 공자님 말씀을 거역하겠습니까. 늦지 않게 일 보고 오십시오."
 헌원지는 자신의 협박이 먹힌 것 같자 흡족한 듯 고개를 끄덕이며 발이 보이지 않게 정문을 향해 달렸다. 그가 사라지고 잠시 후 노파가 미소를 지으며 고개를 설레설레 저었다.

 헌원세가는 안휘의 중심 합비(合肥)에 자리잡고 있다. 하지만 세력이 큰 문파가 대부분 그러하듯이 도시 외곽에 위치한 마을에 장원(莊院)이 있었다. 사천이나 되는 고수를 보유했기에 엄청나게 큰 건물이 필요했고, 도시 안에 그런 거대한 장원을 짓기는 곤란했기 때문이다.
 실제 사천이 넘는 무사들이 장원에 기거하는 것은 아니지만 무사와 하인, 하녀, 그리고 그들에 딸린 식솔들 때문에 장원에 생활하는 인원은 오천이 넘었다.

헌원지가 악기를 들고 가는 곳은 언제나 정해져 있었다. 세가를 나와 오른쪽 길로 일 리 정도 가다 보면 번화가가 나오는데, 음식점과 노점상이 줄줄이 이어져 있어 언제나 사람들이 북적이는 곳이었다.

그는 그중 일대에서 가장 큰 음식점인 대화반점(大化飯店) 정문 옆에 자리를 잡았다. 이곳은 언제나 그가 자주 이용하는 자리였고 사람들이 가장 많이 다니는 곳이기도 했다.

헌원지가 준비한 보료를 바닥에 깔고 어린아이가 연주하기 좋게 특수 제작된 작은 금(琴:손가락으로 퉁기거나 술대로 줄을 쳐 소리를 내는 현악기의 통칭. 가야금, 거문고 비파 등이 이에 속한다)을 풀어놓자 지나다니던 사람들이 하나둘씩 모여들기 시작했다. 헌원지가 이곳에서 연주를 한 것도 이미 몇 달이 지난 일이었기에 일대에서는 꽤 유명했던 것이다. 특히 주위에서 장사를 하는 노점상의 주인들이나 음식점에서 식사를 하는 손님들은 헌원지 덕분에 공짜 음악을 듣는다며 좋아했다. 연주가 끝나면 어김없이 박수를 치며 약간의 돈을 던져 주는 자도 상당히 많았다.

띠띠딩! 띠띵!

몇 가닥의 줄이 퉁겨지며 가늘게 진동했다. 연주를 하기 전 명주실로 꼰 줄을 풀거나 당겨 조율하는 간단한 행동을 시작한 것이다. 하지만 헌원지는 눈을 감으며 인상을 쓰고 있었다. 무슨 대단히 중요한, 그리고 한 치의 오차라도 나면 큰일이라도 나는 듯한 진지한 표정이었다. 이것은 예전 자신의 아버지가 했던 행동으로 기억도 나지 않을 어린 나이 때부터 다섯 살 때까지 그것을 습관적으로 지켜보아 왔던, 헌원지에게는 따라 해보고 싶은 것이었다.

조율이라는 하찮은 것에도—실제 악기 연주에서 중요한 것이지만 어린 헌원지는 그렇게 생각하고 있었다—팔십 먹은 노인의 그것처럼 인상을 쓰던 아버지의 모습이 어린 헌원지에겐 여간 멋있어 보이지 않았기 때문이다.

땡땡땡!

마지막 조율이 끝나자 줄을 차례로 퉁긴 그는 흐뭇한 표정으로 고개를 한 번 끄덕였다. 그리고는 눈을 떠 금을 찬찬히 살피는데, 이 모습 또한 아이가 아닌 초로의 노인이 고뇌하는 듯한 과장된 행동과 표정이었다.

연주는 곧이어 시작되었다. 몇 달간 이곳에서 연주를 경험한 헌원지는 나름대로 장시간을 연주할 때 쉬운 것에서 어려운 것으로, 지루한 곡에서 빠른 곡으로 점차 바꾸어야 한다는 것을 터득했다.

초반부터 경쾌한 음악, 슬픈 음악을 연주하면 뒤이어 연주되는 느리고 지루한 음악에 사람들이 싫증을 느낄 수 있기 때문이었다.

우선 느리면서도 장중한 저음이 울리고 박자에 맞춰 가늘고 긴 고음이 간간이 끼어들자 제법 분위기가 잡혀가기 시작했다. 사실 지금 연주되는 곡은 칠현금(七絃琴)을 연주할 때 기초가 되는 쉬운 곡이지만 헌원지는 고개를 끄덕이기도, 젓기도 하며 숨 쉬기 어려운 듯 인상을 찡그리기도 했다. 귀로 듣는 것만이 아닌 눈으로 보여지는 것도 상당히 신경 쓰는 그였기 때문이다. 오히려 연주보다는 보여지는 모습에 더욱 신중한 모습을 표현함으로 사람들의 눈요깃거리가 되고자 했다.

일각가량 지나고 이제는 느리지만 기교가 조금 섞인 곡이 시작되었다. 사람들은 어린아이가 세상의 모든 고뇌를 짊어진 듯한 표정을 짓는 모습이 기특하고 재밌는지 숨죽여 연주를 듣고만 있었다. 그 곡까지 끝이 나자 다음부터는 점차 빠른 곡, 손이 보이지 않을 정도로 경쾌한 음악의 연속이었고 터져 나오는 사람들의 감탄성과 어우러져 최고조의 분위기가 연출되었다.

짝짝짝짝!

급기야 박수까지 나왔다. 이어 귀가 어지러울 정도로 현란하게 연주되던 곡이 뚝 끊어지더니 이내 느린, 그래서 더욱 구슬프게 들리는 곡이 연주되었다.

갑작스런 분위기의 반전에 사람들은 다시 숨죽이며 조용해졌지만 이내 헌원지와 같이 고뇌하는 표정으로 인상을 쓰거나 심지어 여인들은 눈물을 흘리기까지 했다.

"감사합니다. 오늘은 여기까지 할게요."

연주를 마치고 헌원지는 거리의 악사들처럼 슬머시 일어서더니 심각한 표정으로 고개를 깊숙이 숙여 끝까지 경청해 준 사람들에게 예를 표했다. 연주자로서의 마무리 행동까지 멋지게 보여준 것이었다.

"와!"

사람들이 감탄하며 갈채를 보낸 것도 그때부터였다. 그러면서 모두들 헌원지를 힐끔거리며 소곤거리는데 대부분 헌원세가의 차기 가주라는 등 어린아이가 놀라운 실력을 가졌다는 등 그런 이야기들이었다.

그날도 어김없이 헌원지가 깔아놓은 보료에 동전이 쌓이기 시작했다. 사람들이 모두 사라지자 그제야 헌원지는 보료에 깔린 동전을 모으며 미소를 지었다. 이것도 길거리 연주를 하는 중요한 원인 중 하나였기 때문이고 결코 소홀히 할 수 없었다.

모든 악사들이 그러하든 연주자는 좋은 악기를 원한다. 헌원지도 마찬가지였다. 욕심이 많은 아이이기에 더욱 악기에 대한 욕심이 많을 수밖에 없었다.

돈 욕심이 없는 그가 길거리 연주에서 번 돈을 모으게 된 것도 몇 달 전 악기점에서 마음에 드는 금을 본 때문이었다.

할아버지에게 부탁을 하면 쉽게 구할 수 있겠지만 경험으로 보아 분명 혼이 나야 할 것이고, 그것이 싫은 헌원지였다. 총관인 종조부님에게도 부탁할 수 있는 일이었지만 할아버지의 눈치가 보였는지 유독 악기만은 사주지 않았다.

"삼십육, 삼십칠, 삼십팔, 삼십구. 하! 총 삼십구 문이나 벌었네?"

서른아홉 개의 동전을 거머쥔 헌원지는 평소보다 많은 돈이 들어오자 기쁜 표정으로 보료에 싸인 동전을 품속에 넣었다.

그 후 그는 즉시 악기를 정리하기 시작했다. 한 냥은 세가로 돌아갈 때 당과를 사 먹어야겠다는 즐거운 생각과 함께였다. 그런데 숙여진 고개로 갑자기 빛이 가려지며 그림자가 드리워졌다.

헌원지가 의아함을 드러내며 고개를 들자 태양을 후광처럼 등지고 선 사내가 자신을 내려다보고 있는 것이 보였다. 순간 헌원지는 움찔거릴 수밖에 없었다. 등에 무언가를 메고 있는 사내, 그의 허리에 걸린 검이 눈에 들어왔기 때문이다.

가려진 태양 빛의 역광 때문에 사내의 얼굴은 자세히 볼 수 없었지만 몸에서 풍기는 기운은 평범한 사람이라도 충분히 느낄 수 있는 괴상한 사기(邪氣)를 뿜어내고 있었다. 그리 깊이는 아니지만 무공을 익힌 헌원지가 그것을 몰라볼 리는 없었다. 본능적으로 수상한 자라는 것을 감지하고는 두려운 목소리로 입을 열었다.
"누, 누구세요?"
"……."
한동안 대답은 들려오지 않았다. 그에 따라 헌원지의 표정은 점점 더 두려움이 짙어져 갔다.
기분 나쁜 사내에게서 벗어나기 위해 재빨리 악기를 싼 그가 막 걸음을 때어놓으려는데 그때서야 껄끄러운 소리가 들려왔다. 사내의 목이 울렁이는 것으로 보아 그의 것인 모양이었다.
"좋은 음악이었다!"
순간 헌원지가 몸을 돌려 사내를 바라보았다. 흑색 경장에 보통 사람보다 머리 하나는 더 있을 정도로 커 보이는 사내였다. 수염 없이 매끈하게 생긴 사내는 웃고 있는 듯했다. 입가에 넓어져 가는 선을 그리고 있었다.
"아직 어린데… 언제부터 음악을 배웠느냐?"
수상한 자와는 상대하지 말라던 할아버지의 당부가 생각났으나 헌원지는 의외로 쉽게 대답해 주었다.
"세 살 때부터요."
"누구에게?"
"아버지요."
"호! 아버지가 대단한 음악가였던 모양이구나?"
헌원지는 사내의 칭찬에 조금 전의 두려움이 완전히 사라졌는지 미소를 지었다.
"그럼요. 궁중 악사였는걸요."

"궁중 악사?"

"네. 사람들 말로는 황실에서도 가장 연주를 잘했대요."

"하하하."

사내는 말없이 웃음을 터뜨린 후 헌원지의 두툼하게 부풀어 오른 가슴을 보며 물었다.

"듣기로 너는 헌원세가 가주의 손자라던데 그 돈은 무엇에 쓰려고 모으는 것이냐?"

"악기를 사려고요. 대성악기점에 마음에 드는 악기가 있는데, 비싸요."

사내가 고개를 갸웃거렸다.

"가주님께 말하지 그러느냐? 그런 악기는 수십 개도 더 사주실 수 있을 텐데."

"에이! 할아버지는 제가 음악 하는 걸 굉장히 싫어해요. 오늘도 할아버지 없는 틈을 타서 몰래 나온걸요."

"그래?"

사내는 이해를 한다는 표정으로 고개를 끄덕였다. 그는 헌원지가 연주를 시작할 때부터 멀리서 지켜보고 있었고 미약하기는 하지만 줄을 퉁길 때 손가락에 내력을 실었다는 것도 알고 있었다. 가주의 손자가 음공 따위를 하고 있으니 당연히 싫어했을 것이다.

잠시 후 사내가 슬며시 웃음을 흘리며 물었다.

"내가 선물 하나 줄까?"

"……?"

"나도 칠현금이 있는데, 솔직히 난 연주를 못하거든. 네 실력을 보니 부족하기는 하지만 조금만 더 다듬으면 충분히 내가 가진 악기를 다룰 수 있을 것 같구나.”

악기 이야기가 나오자 헌원지의 눈이 빠르게 변했다.

“보여줄 수 있어요?”

“그럼!”

말과 함께 사내는 등에 메고 있던 짐을 풀어 천을 걷었다.

순간 헌원지는 눈을 감아야 했다. 금이 모습을 드러내는 순간 너무 번쩍거렸기 때문이다. 헌원지는 쓰라린 눈을 비비며 다시 금을 훑어보았다.

금은 지금까지 보지 못했던 최상급이었다. 보통 금은 오동나무와 밤나무를 맞붙여 검은 칠을 한 후 안족(雁足:악기의 줄을 떠받치는 받침대)을 세우고 그 위에 명주실로 꼰 현(絃)을 거는 것이 보통이었다. 하지만 이 금은 겉 재질부터가 완전히 달랐다. 몸통을 나누어 붙인 것이 아닌 통자로 제작되어 있는 것이다.

더욱 놀라운 것은 몸통 전체가 은으로 제작되었다는 것이다. 그리고 중앙에 놓여 있는 안족은 금으로 백조가 날개를 펴고 있는 모양을 하고 있어 더욱 고급스럽게 보였다.

화려한 몸통답게 줄도 달랐다. 명주실이 아닌 쇠줄. 어떻게 만들어진 것인지는 몰라도 생긴 것만으로도 헌원지의 마음을 빼앗기에 충분한 악기임이 분명했다. 대성악기점에 있는 금과는 완전히 차원이 다른 것이었으니 말이다.

헌원지가 소스라치게 놀라며 물었다. 하지만 표정과 달리 입은 귀밑까지 걸려 있었다.

"정말 저 주실 거예요?"

"그럼. 하지만 조건이 있는데……."

"뭔데요? 말만 하세요. 제가 다 들어드릴게요."

순간 사내의 한쪽 입가가 슬며시 올라갔다. 하지만 헌원지로서는 눈치챌 수 없을 정도로 빠르게 사라졌다. 곧이어 걱정스러운 표정을 지은 사내가 대답했다.

"이 금은 아주 옛날 금의 장인이 만든 것으로 사람의 마음을 움직일 수 있는 뛰어난 음악가에게만 주라고 하셨다는구나. 그런데 네 실력으로는 조금 부족한 것 같아서 말이야. 나중에 실력을 더 키우면 그때 너에게 주마."

"지금 주세요. 저도 그 정도 실력은 있어요."

사내는 고개를 저었다.

"확실히 뛰어난 것은 맞지만 이 금을 연주할 정도는 아니야. 정 지금 갖고 싶다면 나를 따라가겠니?"

아무리 헌원지가 순진한 일곱 살 아이라고 하더라도 모르는 사람을 덥석 따라갈 정도로 멍청하지는 않았다. 오히려 영악하다는 표현이 옳을 것이다.

헌원지는 다시 의심스러운 표정을 지으며 사내를 아래위로 훑어보았다.

"어딜 가는데요?"

"내가 아는 금의 달인이 있는데 그분에게 너를 보이려고. 그분이 네 연주를 듣고 허락한다면 너에게 이 금을 주마. 어때?"

"어디 있는데요?"

"여기에서 그리 멀지 않다. 저곳으로 가면 대나무 숲이 있는 것 알지?"

사내는 손을 들어 번화가를 빠져나가는 길을 가리켰다.

"거기에 초가(草家) 하나가 있는데 날 기다리고 있단다."

생각 있는 사람이라면 한번 의심해 볼 만한 말이었으나 헌원지로서는 거기까지 생각이 미치지 않았다. 아니, 희귀한 금에 대한 철없는 아이의 욕심이 이성을 마비시켰다고 하는 게 옳을 것이다.

곧바로 고개를 끄덕인 헌원지가 오히려 사내를 재촉하기 시작했다.

"빨리 가요."

"아, 알았다. 천천히 가자."

사내는 짐짓 귀찮은 반응을 보이며 헌원지에게 이끌리듯 걸음을 떼었다. 하지만 얼굴에 피어오르는 음흉한 미소는 숨기기 힘든 모양. 자꾸만 지어지는 미소를 감추기 위해 부단히 노력하는 중이었다. 헌원지가 점혈을 당해 기절할 때까지.

사내와 헌원지는 번화가를 빠져나와 대나무 숲으로 사라져 갔다.

그 후 합비에서 헌원지를 본 사람은 없었다.

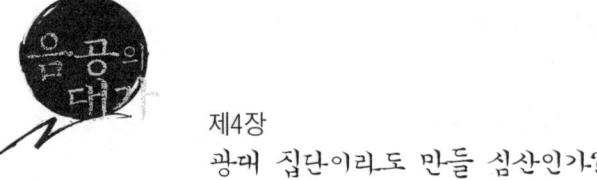

제4장
광대 집단이라도 만들 심산인가?

　헌원세가는 벌집을 쑤신 듯 벌컥 뒤집혀 있었다. 수많은 사람들이 모든 일을 제쳐 두고 합비 전체를 헤매고 다녔던 것이다. 세가를 이을 헌원지가 감쪽같이 사라졌으니 당연한 결과였다.
　하지만 삼 일간의 수색에도 헌원지의 행방은 모호하기만 했다. 흑의 경장 차림의 사내를 따라 대나무 숲으로 간 후 보지 못했다는 노점상 주인들의 정보만 입수했을 뿐.
　헌원유는 속이 타 미칠 지경인 듯 한껏 쓴 인상을 풀 줄 몰랐다. 연신 방 안을 왔다 갔다 하며 안절부절못하더니 급기야 피가 고일 정도로 입술을 깨물었다. 헌원지를 밖으로 보내지만 않았어도 이런 일은 없었을 것이 아닌가. 모든 책임이 자신에게 있다고 생각하자 더욱 속이 쓰라린 그였다.

"무조건 찾아라!"

무사들을 닦달해 밤낮을 가리지 않고 수색을 지시한 그는 충혈된 눈으로 공허하게 천장을 바라보았다. 그때 방문이 거칠게 열리며 누군가가 들어섰다. 헌원유가 고개를 돌려보니 가주 헌원정이었다.

헌원지가 사라진 다음날 새벽, 아무리 수색을 해도 찾을 수가 없자 볼일이 일찍 끝나 남궁세가로 가지 않고 바로 합비로 돌아오고 있던 가주에게 급히 연락을 넣었는데 지금 도착한 것이다.

헌원정의 꼴은 말이 아니었다. 손자가 사라졌다는 말에 경공술을 펼쳐 달려왔는지 땀에 흠뻑 젖어 있는 상태였다. 숨까지 헐떡이는 그가 다급히 물었다.

"지아는? 지아는 찾았느냐?"

헌원유는 긴 한숨을 쉰 후 말없이 고개를 떨궜다. 이윽고 눈물까지 맺힌 눈을 들어 기어들어 가는 목소리로 말했다.

"죄, 죄송합니다, 형님. 제가 그만……."

"허!"

헌원정은 탄식을 흘리며 천장을 바라보았다. 정신이 혼미해지는 것을 느낀 그는 고개를 저어 표정을 굳히며 다시 물었다.

"어떻게 된 일이냐?"

"죄송합니다. 사실은……."

헌원유는 한 달 전 헌원지와 있었던 일을 설명하기 시작했다. 그 후 지금까지 수색의 진척 상황도 설명했지만 듣고 있던 헌원정은 그의 말을 끊으며 노한 표정으로 단호하게 외쳤다.

"무사들뿐만 아니라 하인, 하녀, 그리고 가솔들 전부 풀어라! 합비와 그 일대, 그도 안 된다면 안휘, 아니, 중원 전체를 뒤져서라도 찾아야 한다!"

"알겠습니다."

헌원유는 자책 어린 표정으로 밖으로 뛰쳐나갔다. 잠시 후 방 안에 아무도 없게 되자 헌원정은 자리에 풀썩 주저앉았다. 그 또한 스스로를 질책하기 시작했다. 손자의 거리 연주를 말리지 않은 것이 지금에서야 뼈저리게 후회가 되는 그였다.

그보다 남들의 이목을 생각해 호위를 붙이지 않은 것이 더 더욱. 아니, 합비에서 감히 누가 헌원세가 가주의 손자를 납치해 가겠는가라는 안이한 생각을 한 것부터가 후회가 되고 있었다.

"찾아야 돼. 어떤 방법을 써서라도… 반드시!"

                *   *   *

남궁세가는 안휘성 남부에 위치한 황산(黃山)에 똬리를 틀고 있었다. 황산은 안휘 남부를 잇는 칠십이 봉이나 되는 거대한 산으로 아름답기로는 오악(五岳)을 능가한다고 사람들은 말하곤 했다.

바위, 소나무, 온천이 특히 유명해 명나라 때의 지리학자이자 여행가였던 서하객(徐霞客)은 중국의 산하를 두루 여행한 후에 이렇게 말했다고 한다.

"오악을 본 후 평범한 산은 눈에 들어오지 않았다. 하지만 황산을 본 후에는 그 오악조차 눈에 들어오지 않았다."

그 아름다운 황산에 자리한 남궁세가에 수많은 사람들이 몰려들기 시작했다. 사실 유명한 명소였기에 항상 북적이는 곳이지만 이번은 그 모습이 조금 달랐다. 대부분이 검(劍), 도(刀) 등 무기를 든 무림인이었기 때문이다.

바로 남궁 가주의 여든두 번째 생신을 축하하기 위해 몰려든 축하객들이었다.

산 어디에 이런 곳이 숨어 있었나 싶을 정도로 거대한 전각들이 즐비하게 늘어선 남궁세가는 칠천의 고수를 보유한, 안휘에서 막강한 세력을 가지고 있는 무림세가였다. 특히 기관진식(機關陣式)과 용병술(用兵術)로 이름이 높은데, 그 막강한 무력을 기반으로 각종 이권에 개입해 막대한 이득을 취하고 있기도 했다.

때문에 황산 근처에는 이렇다 할 큰 사파 세력이 없었는데 그나마 몇 개 있는 문파는 숨소리조차 죽이고 있는 실정이었다.

무림 여기저기에서 수많은 축하객들이 몰려든 통에 세가의 인원들은 안내와 행사 준비로 엄청난 곤욕을 치러야 했다. 하지만 나름대로 잘 진행이 되고 있었고, 사람들 모두 기쁜 표정들로 일관했다. 특히 남궁 가주의 생일 당일 날 있었던 행사는 분위기가 최고조에 달했다. 이유는 이번에 새로 신화경의 경지에 들어선 가주의 둘째가 수많은 참석자들 앞에서 검무를 추었기 때문이다.

화경의 고수가 추는 검무이니만큼 화려한 검기와 강기가 하늘로 솟구쳐 사람들을 현혹시켰고 서른여덟이라는, 무림인으로서 상당히 젊은 나이에 화경의 경지에 올라선 가주의 둘째 남궁강(南宮罡)에 대해 찬사가 터져 나오는 것은 당연했다.

역시 오대세가 중 하나라는 말이 나돎과 동시에 남궁세가는 이로써 다시 한 번 그 위상을 무림에 알리게 되었다.

행사가 모두 끝이 난 후 남궁세가 내원에 위치한 거대한 방에 서른 명의 사람이 긴 원형 탁자를 중심으로 앉아 담소를 나누고 있었다. 남궁 가주 남궁철영을 비롯하여 그를 축하하고자 찾아온 무림의 노고수들이었다. 대부분 구파일방의 장로들이거나 세력이 강한 문파에서 온 배분 높은 자들이었다.

"허허허, 남궁세가의 위세가 이렇게 대단하니 이제부터 안휘 정파의 앞날이 걱정 없겠습니다."

당문(唐門) 삼영대(三營隊)의 수장이자 장로인 당곽(唐蠖)이 앞에 놓인 차를 마시며 입을 열을 열었다. 이름 때문인지, 아니면 생김새 때문에 이름을 그리 지었는지 원숭이를 닮은 그의 말에 옆에 있던 태영문(太翎門)의 문주(門主) 막양(莫羊)이 고개를 끄덕이며 동조를 했다.

"어디 안휘성뿐이겠습니까? 전 중원이 걱정없겠지요. 얼마 전 남궁강이 화경을 깨달았다는 말은 들었으나 실제로 보니 정말 뛰어나더군요. 젊은 나이에 그만한 성취를 이뤘으니 남궁세가의 앞날은 더욱 빛날 것입니다."

그 말이 끝남과 함께 다른 사람들도 한마디씩 거들기 시작했다. 모두 남궁세가를 치켜세우는 것이었기에 남궁철영도 흡족한 표정일 수밖에 없었다. 그래도 쑥스럽기는 한지 손을 저으며 겸양의 태도를 보였다.

"무슨 그런 말씀들을 하십니까? 감당하기가 힘들군요. 어디 저희 남궁세가뿐이겠습니까? 저희를 비롯한 오대세가도 있고 구파일방, 무림맹에 소속된 강력한 문파도 많은데 그에 비하면 남궁세가는 달 밑의 반딧불일 뿐이지요."

제갈세가(諸葛世家)에서 온 화정검(火正劍) 제갈양회(諸葛諒會)가 그 말을 받으며 웃음을 흘렸다.

"가주께서는 너무 겸손하시군요. 허허허!"

문득 그가 생각난 듯 물었다.

"참, 그런데 선배님께서는 왜 안 보이십니까?"

제갈양회가 말한 선배란 남궁세가의 전 가주이자 남궁철영의 아버지인 남궁화(南宮花)를 가리키는 것이었다. 남궁화는 오래전 아들에게 가주 직을 물려주고 은거한 화경의 고수로 무림에서는 일도마단(一刀摩斷)이라는 명호로 불리고 있었다. 일찍 도도(刀道)의 극의를 깨달은 그는 지금에 이르러서는 안휘 최고의 고수일지도 모른다고 사람들 사이에서 조심스레 이야기가 나올 정도였다. 은거한 지 벌써 삼십 년이 지났으니 얼마나 더 강해졌겠느냐 하는 생각에서였다.

제갈양회의 말에 남궁철영이 슬며시 미소를 지으며 고개를 저었다.

"허허, 아버님께서 어디 저에게 관심이나 있겠습니까? 오히려 혼이 나 내려고 오지 않으면 감사하지요."

사람들이 저마다 미소를 지으며 고개를 저었다. 사실 전 가주인 남궁화의 불같은 성격을 잘 알고 있기 때문이었다. 특히 자식들에게 엄하기로 유명했다. 그의 그런 성격 때문에 남궁철영의 동생인 남궁철의(南宮鐵衣)가 십 년간 세가에서 쫓겨났을 정도로.

청성파(靑城派)의 영일 진인(永日眞人)이 웃음을 흘리며 말했다.

"무량수불, 그 모습이 그립군요. 예전 집회를 할 때 어찌나 목소리가 크시던지……. 허허허, 그래도 한번 인사를 드리고 싶었는데 아쉽군요. 어디 여행이라도 가셨는지요?"

"그렇습니다. 일 년 전 청해(靑海)로 가셨습니다. 거기에 친구 분이 계시다더군요."

"청해라면 혹시 곤륜파(崑崙派)의 정성 진인(井星眞人)을 만나러 가신 건 아닐까요?"

곤륜파는 구파일방 중 하나였지만 거리가 너무 먼 탓에 참석하지 않았다. 그 외에도 남무림으로 분류된 운남의 점창파, 구파일방은 아니지만 중원무림과 밀접한 관련이 있는 동방의 장백파(長白派) 또한 거리가 있어 표국(鏢局)을 이용해 급히 선물만 보내왔을 뿐 참석하지 않았다.

"글쎄요, 저에게는 그저 친구 분을 만나러 간다고만 하셨습니다만 생각해 보니 그런 것도 같군요."

담소는 가벼운 분위기 속에 계속되었다. 제자가 무공 수련을 게을리해 골치가 아프다든지, 무림에 어떤 일이 있었다든지……. 대부분 이야기를 하며 웃고 흘려들을 수 있는 것들이었다. 그런 중에 환영문(幻影門)의 장로 장막(長幕)이 그간 자신이 알아낸 있는 이야기를 슬며시 꺼냈다.

환영문은 정파 소속이긴 하지만 그 행동이 조용하며 지극히 은밀한 문파였다. 정보 집단이니 당연한 것이겠지만 같은 정도(正道)를 걷는 문파에서도 이들에 대해서는 정확한 정보가 없을 정도였다.

심지어는 본거지가 어디 있는지, 문주의 얼굴이 어떻게 생겼는지, 문도 수가 얼마나 되는지도 정확하지 않았다. 하지만 정보력만큼은 개방과 더불어 정파 최고였고 무림맹에서도 상당한 발언권과 권한을 가지고 있었다.

"혹시 요즘 들어 부쩍 많은 아이들이 사라진다는 소리를 듣지 못했습니까?"

처음 들어보는 말이었기에 남궁철영이 의아한 표정을 지었다.

"무슨 말씀이신지……. 아이들이 사라지고 있다니요?"

"저희도 정말 우연한 기회에 포착한 사실이라 정확하지는 않습니다만, 최근 한 달간 많은 아이들이 사라지고 있습니다. 지금까지 파악된 바로는 백여 명 정도?"

"그 정도라면 저희가 모를 리 없을 텐데요? 정말입니까?"

장막의 말에 개방의 안휘 분타주 개양걸(開陽乞)이 물었다. 분타주는 비교적 낮은 직급이었지만 개양걸은 장로까지 겸하고 있기에 이 자리에 참석할 수 있었던 것이다.

그의 표정은 상당히 굳어 있었다. 같은 정보 집단인지라 자신들이 감지하지 못한 정보를 환영문만 알았다는 것에 대한 씁쓸함과 약간의 창피한 마음 때문이었다.

정막도 그런 기분을 알아챘는지 상당히 조심스럽게 설명을 하기 시작했다.

"말했듯이 저희도 우연히 알아낸 사실입니다. 안휘와 호남, 호북, 사천 등지에서 아이들이 사라진다는 소리를 간간이 들었으나 신경 쓰지 않고 있었지요. 그 수가 너무 미약한 데다 장기간에 걸쳐 이뤄지고 있어 크게 드러나지 않았거든요. 평소에도 그 정도 아이들이 사라지는 것은 흔한 일이지 않습니까?"

"그렇지요. 그런데 다른 문제가 있습니까?"

"그렇습니다. 얼마 전 화룡문(火龍門) 공수(公首) 장로의 셋째가 사라져 저희에게 아이를 찾아달라며 부탁을 해온 일이 있었습니다."

순간 여기저기에서 탄성이 터져 나왔다. 화룡문의 세력은 그리 크지 않지만 절정고수가 많기로 유명했다. 특히 공수 장로는 문주보다 강한 고수로 알려져 있는데 그가 유명한 것은 무공보다는 오히려 자식을 사랑하고 아끼는 행동 때문이었다. 그 농도가 너무 짙었기에 사람들 사이에서는 팔불출이라고 불리기도 했다.

그런 공수는 무공보다 그림과 글재주에 특출한 재능을 보인 셋째 공양을 유달리 아꼈는데 항상 옆에 두고 다니는 그 아이가 사라졌으니 사람들의 놀라움은 클 수밖에 없었다.

잠시 좌중을 훑어보던 장막이 계속 말을 이었다.

"그래서 저희는 은밀히 조사를 시작했지요. 그러면서 유사한 사건을 살피기 시작했는데 놀라운 공통점을 찾아냈습니다."

"무엇입니까?"

"아이들 모두 음악이나 시, 서예 등 예술에 재능이 있다는 사실입니다."

개양걸이 고개를 갸웃거렸다.

"그것만으로 공통점이라고 보기에는 무리가 있는 것이 아닙니까?"

"저희도 그렇게 생각했기에 최근 일 년 전부터 사라진 아이들에 대해 조사를 했습니다. 놀랍게도 대부분 비슷한 재능이 있더군요. 광대의 자식들이나 음악가의 자식들이었지요. 나이는 오 세에서 십 세 사이였습니다."

"그것이 정말입니까?"

"그렇습니다. 하지만 단서는 그것뿐 다른 것은 알아낼 수가 없더군요."

남궁철영이 의아한 표정으로 말했다.

"그 말씀이 사실이라면 정말 이상하군요. 예술적인 재능이 있는 아이들이 대량으로 사라진다니……. 무엇 때문에? 설마 동일범의 소행일까요?"

"어쩌면……. 하지만 우연의 일치일 수도 있습니다. 저희 환영문이 민감하게 반응한 탓일 수도 있고요."

"그렇다고 보기에는 공통점이 걸리는군요."

남궁철영의 말에 백씨세가(百氏世家)의 백령장(百靈壯)이 조심스럽게 말했다.

"혹시 사파에서 세력을 키우기 위해 납치한 것은 아닐까요?"

"그럴 가능성도 있습니다. 종종 그런 일을 해왔던 자들이니까요. 하지만 지금까지는 무공에 재능있는 아이들을 납치해 고수로 양성했을 뿐입니다. 예술적 재능은 아무리 생각해도 영……."

장내에 잠시 침묵이 감돌았다. 의미 모를 사건을 나름대로 정리하느라 생각할 시간이 필요했던 것이다. 하지만 그때 개양걸 분타주가 피식 웃으며 분위기를 완전히 바꾸었다.

"혹시 모르지요. 광대 집단이라도 만들어 떠돌이 생활을 하고 싶어서인지도."

그의 엉뚱한 말에 사람들의 입에서 웃음이 터져 나왔다.
 "하하하, 듣고 보니 개 장로님의 말이 꽤 그럴듯하군요. 어떤 짓을 할지 모르는 녀석들이니 충분히 가능성은 있지요."
 "하하하하하!"

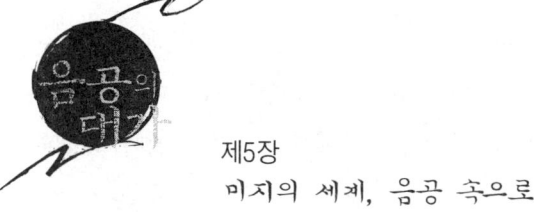

제5장
미지의 세계, 음공 속으로

　조용한 밀실에 네 명의 사내가 앉아 있었다. 은은히 풍기는 사이한 기운은 이들이 평범한 고수가 아님을 증명하고 있었다. 만월교의 제일장로 모양야와 제이장로 통천, 제삼장로 유용, 그리고 이 년 전 새로 영입된 제구장로 공손손이었다.
　"어떻게 됐소?"
　모양야 장로가 입을 열자 악마대 양성을 위해 아이들을 책임졌던 통천 장로가 대답했다.
　"계획대로 인원을 모두 채웠습니다."
　"수고하셨소. 사실 일 년을 넘길 줄 알았는데 오히려 그 절반의 시간 만에 해결했군요. 그래, 어려운 일은 없었소?"
　"최대한 비밀을 유지하기 위해 상당한 노력을 했으니 크게 염려할

미지의 세계, 음공 속으로 71

일은 없었습니다. 의외로 중원이 알짜더군요. 거기에서만 오백여 명의 아이들을 데려올 수 있었습니다. 그리고 교도들의 자식들 중 오십여 명, 귀주, 광서, 운남에서 삼백여 명, 남만에서 이백여 명입니다. 정확하게 천팔십이 명이지요."

"예상했던 인원을 초과했군요. 하기야 많으면 많을수록 우리는 좋지요. 그런데 최면은 걸었소?"

"네. 구화야대라법(口話夜對羅法)으로 과거를 기억하지 못하게 최면을 걸어놨습니다. 어린아이들이라 크게 필요하진 않겠지만 그래도 조심해서 나쁠 것은 없지요. 최면이 걸리지 않는 녀석들은 좀 더 강한 술법을 사용했으니 그쪽은 그리 걱정하실 필요는 없을 것입니다."

"모든 것이 계획대로 진행되는군요. 그럼 공손손 장로는 어떻소?"

"화영 장로께서 현천무환심법(玄天武還心法)을 빨리 구해주신 덕분에 개량하는 데 성공했습니다."

"현천무환심법은 무당파(武當派)의 것이 아니오?"

"그렇습니다. 하지만 너무 정순함에 치우친 데다 운기 운행 방법의 까다로움에 비해 내공을 늘이는 데 많은 시간이 소요되기에 이제 버려진 심법이지요. 무당에서도 익히는 자가 없을 정도입니다."

통천 장로가 걱정스러운 듯 물었다.

"그것으로 되겠소? 들어보니 그리 좋은 심법 같지는 않은 것 같소만?"

"상관없습니다. 어차피 정순한 심법이면 되니까요. 음공을 익히는 데는 오히려 적격입니다. 게다가 속성으로 내공을 늘이기 위해 음기를 더할 수 있게 개조를 했으니 이론적으로는 전혀 무리가 없습니다."

"하지만 이론과 현실은 다르니 문제지요."

"어차피 일 년간은 신체 단련 때문에 아이들은 익히지 못할 겁니다. 그간 문제가 없는지 다시 한 번 찬찬히 검토해 봐야지요."

"일 년간?"

순간 모양야 장로가 놀란 표정을 지었다. 보통 심법을 익히기 위해서는 몸속에 흐르는 내공을 깨닫기 위해 신체 단련을 하는 것이 정석이지만 일 년 만에 그것을 느끼기란 상당히 힘이 들기 때문이다. 하물며 어린아이들은…….

정파에서도 아이들에게 육체적 수련을 강요한다. 하지만 그것은 아이들이 충분히 견딜 수 있는 아주 간단한 것이었고, 대부분 기초적인 권각법(拳脚法)이나 검도법(劍刀法) 등을 병행한 단순한 것이었다. 아이들마다 다르지만 최소한 이 년에서 길면 오 년 정도의 시간이 걸려야 내공이 무엇인지를 느낄 수 있는 것이 대부분이었다. 그런데 공손 손이 일 년 만에 그것을 마무리한다고 하니 놀랄 수밖에.

통천 장로를 비롯해 유용 장로도 모양야 장로와 같은 표정이 되었다.

"무슨 소리요? 일 년이라니? 설마 일 년 동안 내공을 깨달을 수 있게 수련시킬 거란 말이오?"

"그렇습니다."

통천 장로는 실소를 머금었다.

"일 년이라면 강한 수련이 될 텐데 아이들이 버틸 수 있을지 의문이군요. 조금 늦더라도 안전하게 하는 것이 낫지 않겠소?"

"강한 아이만이 살아남는 법이지요. 견디지 못한 아이들은 필요없습니다. 그 일 년 후의 수련은 그보다 더 심할 테니까요."

그 말에 재정을 담당하고 있던 유용 장로가 돈 문제를 슬쩍 들고 나왔다. 하지만 심각한 표정이 아닌 분위기 전환을 위한 소리였다.

"허허, 그래도 그간 들어간 금액이 상당합니다. 그리고 앞으로도 악마대에 막대한 자금이 들어갈 겁니다. 좀 살살 해주시오."

"하하하, 알겠습니다. 그런데 수련 장소는 정해졌습니까?"

"본 교에서 삼십 리 떨어진 숲에 열 개의 삼층짜리 막사를 마련해 놨습니다. 그 외에도 개인 연공실과 주문하신 악기, 그리고 수련 도구들을 충분히 구비해 놨으니 그 점은 염려 마십시오. 혹 모자란 점이나 필요하신 것이 있다면 즉시 말씀해 주십시오. 교주님께 아뢰어 바로 지원해 드리겠습니다."

"신경 써주셔서 감사합니다."

"저에게 감사할 필요는 없습니다. 이건 모양야 장로님께서 직접 책임지셨으니까요."

모양야 장로는 미소를 지으며 그에 답했다.

"허허, 이 늙은이가 한 일이 뭐가 있다고……. 저도 지시만 했을 뿐입니다. 자, 오늘 회의는 이것으로 마치지요."

마지막으로 그가 일어서며 당부했다.

"이번 일은 교 내에서도 극비임을 다시 한 번 각인시키십시오. 삼십 리나 떨어뜨린 것은 그것 때문이고, 수련을 마칠 때까지 그곳은 금역이 될 것입니다. 교주님의 허락 없이는 아무도 접근할 수 없으며 역으로 나올 수도 없습니다. 특히 그곳에 파견된 고수들에게 보안 유지를 각별히 주의하라고 하시오. 그리고 아이들 감시도 철저히 해야 할 것이오."

"명심하겠습니다."

*　　　*　　　*

천 명이 넘는 아이들의 수련이 시작되었다. 수련은 지독할 만큼 잔인했다. 잠 많은 아이들을 묘시 초(卯時初:새벽 5시)부터 기상시켜 만월교도들이 마령산(魔靈山)이라 부르는 험준한 산을 오르는 것부터 시작해 오전에는 아이들로서는 도저히 불가능해 보이는 각종 체력 훈련이 병행되었다.

오후도 마찬가지였다. 음공을 익힐 아이들이었지만 무공의 기본을 알아야 한다는 공손손의 생각에 의해 기초적인 권각법에서 검도법 등 다양한 외가 무공 수련이 동반되었다. 실제 전투에서 음공을 사용한다 하더라도 음공에 영향이 미치지 않는 고수를 만났을 경우 그에 대한 대비도 해야 했기에 이루어지는 훈련이었다.

저녁 이후는 그나마 나았다. 글과 함께 시와 서예, 그림 등을 배우며 익히는 시간이었기 때문이다.

그 외에 각종 악기와 음공의 이론에 대해서도 배우기 시작했는데, 원래 그런 쪽으로 재능이 있는 아이들인지라 그 방면으로는 상당한 관심과 진전을 보였다.

처음 아이들은 수련을 견디지 못했다. 울면서 칭얼대는 아이들도 있었고 노골적으로 저항하는 아이들도 있었다. 하지만 그런 아이들에게는 어김없이 혹독한 체벌이 가해졌으며 한 달이 지나자 누구도 불평하지 않았다.

　점차 시간이 지날수록 아이들도 훈련에 익숙해졌는데 공손손은 그것을 그냥 보아 넘기지 않았다. 양팔과 다리, 그리고 허리에 모래주머니를 달게 한 것이다. 그 양과 무게는 시간이 갈수록 점차 무겁게 변했고, 아이들은 이 일 년간을 지옥 같은 시간으로 지내야 했다.

　의외로 아이들은 잘 견뎌주었지만 낙오자 또한 있었다. 천팔십이 명이 일 년간의 수련이 끝나자 팔백여 명으로 줄어 있었다. 그중 절반은 수련을 견디지 못한 아이들이고 나머지 절반은 일 년간의 강력한 수련에도 불구하고 몸속에 흐르는 내공을 느끼지 못한 아이들이었다. 그 아이들은 금역을 벗어나 다른 곳으로 보내어져 각자 재능에 맞는 다른 무공을 익히게 했다. 상당한 재정을 들이며 데려온 아이들을 죽일 수는 없기 때문이었다.

　이 년째부터 수련 양상은 조금 달라졌다. 오전의 체력 단련을 없앤 것이다. 체력 단련을 새벽 한 시진으로만 줄이고 오전은 내공 수련에 주력했다. 열 살도 채 안 된 아이들에게 세 시진 이상의 내공 수련은 엄청나게 힘든 것이었지만 공손손은 오히려 모자란다는 생각까지 하며 심하게 아이들을 다그쳤다. 그러자 걱정하던 문제가 서서히 드러나기 시작했다.

　운기 방법이 까다로운 심법인데다 내공 수련 중에는 잡념을 없애야 하는데 주위가 산만한 아이들에게 무리였던 것이다. 자신의 실수를 자인한 공손손는 급히 개조한 심법을 아이들에 맞게 다시 바꿀 수밖에 없었다. 그 결과 시간이 지날수록 낙오자는 줄게 되었지만 여전히 떨어져 나가는 아이들은 있었다.

그렇게 이 년이 흐르자 이백 명의 아이들이 또 낙오되어 있었다. 대부분 과다한 내공 수련에 의한 주화입마(走火入魔)였다. 공손손은 쓴웃음을 지으며 속으로 줄어드는 악마대에 대해 아까워했지만 어쩔 수 없었다.

사 년째부터는 완전히 새로운 수련 계획이 짜였다.

묘시 초에 기상하여 체력 단련이 아닌 내공 수련으로 하루를 열었다. 내공 수련 방법도 바뀌었는데 음기를 훨씬 강화한 현천무환심법이었다.

그 후 오전은 신법(身法)과 경공술(輕功術)을 더한 수많은 외가 무공 수련을 했다. 이것도 예전과는 완전히 방법을 달리했다. 완전히 숙달시키기 위한 수련이 아닌, 최대한 다양한 무공을 익혀 많이 알게 하는 수련으로 바뀌었다. 음공을 익힐 아이들이 다른 무공을 깊이 깨우칠 필요는 없으며 많이 숙지하고만 있으면 된다는 생각에서 공손손은 만월교에 있는 것에서부터 그 외에 자신이 알고 있는 모든 무공을 아이들에게 가르치려고 노력했다.

하지만 경공술과 신법은 예외로 정확하고 심도있게 가르쳤다. 몸을 움직이는 방법은 무림인이라면 당연히 높은 경지에 올라야 하기 때문이었다. 어떤 무공에서도 빼놓을 수 없고 중요한 것이 바로 몸의 움직임이었다.

실제로 무림에서 대결을 펼칠 때 경공술이 떨어진다면 자신보다 약자에게 당하는 수가 있을 수 있었다. 그것을 미연에 방지하고자 공손손은 아이들에게 경공과 신법에 대해서 상당히 애를 썼다.

그 후 오후는 본격적으로 내공 수련을 시켰다. 저녁이 될 때까지 쉼

없이 수련을 시켰으며 간간이 주화입마에 걸려 쓰러지는 아이들이 나왔다. 하지만 처음 이 년간의 내공 수련 때보다는 그 수가 급격히 줄어 다행이 아닐 수 없었다.

가장 많이 바뀐 것은 저녁부터 자기 전까지 두 시진이었다. 그 시간은 그간 배웠던 음공에 대한 이론을 실습하기 시작했다. 몸속에 담긴 내공을 악기에서 흘러나오는 음에 실어 주위에 퍼뜨리는 기본적인 것에서부터 음의 파장에 내력을 실어 그 파장을 극대화해 주위 사물에 영향을 주는 방법 등 다양한 것을 배우고 익히게 했다. 역시 아이들은 여기에 많은 관심을 보였다.

또다시 이 년이 흘러 아이들도 모두 열 살을 넘게 된 후부터는 본격적인 음공의 수련이 있었다. 모든 수련을 최소한으로 줄이고 음공에만 파고들기 시작했다.

놀라운 일이 여기에서 벌어졌다. 지금까지 아이들의 무공 성장을 보면 다른 문파에서는 상상도 할 수 없을 정도로 엄청난 진보를 보인 것이 사실이지만 개조한 심법을 이용해 음공을 시전하는 수련을 겪으면서 전보다 훨씬 더 엄청난 진보를 보였기 때문이다.

심법 자체가 음공에 적합한 것이기에 그런 것도 있지만 음공이 원래 끊임없이 내공을 끌어내 써야 하는 무공이기에 음공을 시전하면서 동시에 내공 수련도 된 덕분이었다.

그러나 그것은 공손손의 추측일 뿐. 속성으로 내력을 성장할 수 있다는 이론은 이미 이십 년간의 연구 끝에 파악한 상태였다. 하지만 공손손조차 이렇게 놀랄 정도로 빠르게 성장하는 이유를 정확히 알 수 없었다. 음공 자체가 아직 개발이 전혀 되지 않은 미지의 무학이었기에 이해가 불가능한 것은 당연했다.

그러던 어느 날, 공손손이 아이들을 불러 모았다. 수련을 시작한 지 칠 년이 넘었을 때였다.

그간 아이들은 많이 성장해 있었다. 반면 그 수가 많이 줄어 있기도 했다. 수련을 견딘 아이들은 모두 오백여 명이 조금 넘었다.

아이들이 모두 모이자 괴상한 음기가 사방으로 풍겨 나가기 시작했다. 기를 갈무리하는 방법을 배웠지만 오백 명이란 아이들이 한 장소에 밀집되어 있었기에 은근히 풍겨 나오는 기운은 어쩔 수 없었다. 그치가 떨리는 사이한 기운에 공손손은 흠칫했지만 이내 태연한 표정을 지으며 외쳤다.

"오늘부로 지금까지의 수련은 모두 마친다! 앞으로 너희들에게 수련을 강요하는 일을 없을 것이다."

"……?"

약간의 환호성을 기대한 공손손은 아이들에게서 별반 반응이 없자 피식 미소를 지으며 다음 말을 이었다.

"하지만 완전히 끝이 난 것은 아니다. 교관이 없고 내가 가르치는 일도 없겠지만 너희들 스스로 수련을 해야 한다. 나는 내가 알고 있는 모든 이론을 가르쳤고, 너희들은 그 방법을 완전히 익혔다. 하지만 그것으로 무림에 나가서 살아남기란 불가능하다. 나는 음공을 연구했지만 아직 음공에 어떤 기술이 있고 어떤 힘이 나오는지 정확히는 모른다. 그것을 알아내고 키우는 것은 이제 너희들 몫이다. 스스로 무공을 수련하라는 말이다. 알겠느냐?"

"……!"

역시 조용했다.

순간 공손손의 얼굴에 음흉한 미소가 실렸다.

"흐흐흐, 단 명심해야 할 것이 있다. 삼 년 후 너희들의 실력을 평가할 것인 바, 기대에 미치지 못하는 녀석들에게는 죽음뿐이다. 명심하도록! 어차피 실력이 없다면 무림에 나가는 즉시 죽겠지만……. 이해했으면 모두 해산!"

그것으로 그의 말은 끝이 났다. 그 후 그의 말대로 아이들은 자신과의 싸움에 들어갔다. 평가 기준이 어떤 것인지는 모르나 죽지 않겠다는 마음가짐으로 처절한 수련이 다시 시작된 것이다. 오히려 전보다 더 강도 높은 수련이 될 수밖에 없었고, 내력 증강도 훨씬 빠른 진전을 보이기 시작했다.

공손손의 아이들에 대한 태도도 이때부터 약간씩 달라지기 시작했다. 예전에는 야차와 같이 몰아붙였지만 이날 이후에는 아이들 개개인을 찾아다니며 수련에 도움을 주기도 하고 상담을 받으며 진보가 느린 아이들에게 수련 방법을 연구, 제시하기도 했던 것이다.

어떤 녀석들은 음공과 함께 다른 무공을 익히기를 원하기도 했는데 공손손은 그것도 말리지 않았다. 원하는 무공을 상부에 보고를 넣어 천년무고(千年武庫:만월교의 수많은 무공 비급을 보관하는 장소)에서 꺼내어 아이들에게 직접 전달해 주기도 했다.

그렇게 시간이 흘러 다시 삼 년이 넘어가자 그날도 어김없이 아이들을 찾아가기 위해 집무실을 나서려던 공손손이 갑자기 걸음을 멈춰 세웠다.

"무슨 일인가?"

갑자기 나타난 사내가 부복을 하더니 대답했다.

"장로회가 소집되었습니다."

"장로회?"

공손손은 의아한 표정을 지었다. 자신이 장로인 것은 사실이지만 아이들의 교육 탓에 대부분의 회의는 빠지고 있었기 때문이다. 이렇게 회의가 열린다는 보고를 금역에 들어온 이후 아직 한 번도 받은 적이 없었다.

"무슨 급한 일이라도 있나?"

"소인은 잘 모르겠습니다. 단지 공손손 장로님을 모셔오라는 명을 받았을 뿐입니다."

공손손은 허름한 자신의 복장을 한번 보고는 인상을 찡그리며 입을 열었다.

"알겠네. 옷을 갈아입고 가겠다고 전해주게."

"알겠습니다."

사내가 귀신같이 사라지자 공손손은 다시 방으로 들어가 자신이 가진 옷 중 가장 깨끗해 보이는 것으로 갈아입기 시작했다. 하지만 그 또한 허름하기는 매한가지였다.

제6장
악마금(樂魔琴)

"어서 오시오, 공손 장로."

공손손이 회의실로 들어서자 이미 자리를 차지하고 있던 장로들이 반갑게 맞이했다.

공손손은 얼떨떨한 표정으로 장내를 둘러보았다. 무거울 것만 같았던 회의 분위기는 전혀 찾아볼 수 없었고 길게 늘어진 탁자 위에는 다양한 음식과 술병이 나열되어 있었다.

사정을 전혀 알지 못하는 공손손이 자리에 앉으며 물었다.

"교에 무슨 좋은 일이라도 있습니까?"

그가 앉기 바쁘게 묻자 외눈박이라 험악하게 보이는 독목야차 마영 장로가 웃으며 대답했다.

"있지요. 공손 장로는 그간 금역에 있었기에 교 내 사정을 잘 모르겠지만 최근 들어 본 교에 좋은 일이 많이 일어났습니다."

"그렇다니 다행이군요. 한데 무슨 일인지 물어봐도 되겠습니까?"

"본 교가 남무림을 평정하기 위해 동분서주(東奔西走)하고 있다는 것은 알고 있겠지요?"

"그렇습니다만……."

"그 때문입니다."

말과 함께 미소를 짓는 마영은 그간 만월교에 있었던 일을 설명하기 시작했다.

만월교는 십 년 전 악마대 양성과 동시에 타 문파 교섭에 더욱 열을 올렸다. 그전까지도 동조를 구한 문파가 꽤 있긴 했지만 좀 더 많은 협력자가 있어야 한다고 판단했기 때문이다.

그렇게 협력자를 구한 지 어느덧 칠 년. 만월교로서도 놀랄 만큼 많은 세력을 남무림 통일 계획에 끌어들일 수 있었다. 총 열일곱 개 문파의 지원을 받기로 한 것이다.

그 후부터는 그간 반대를 해왔던 문파를 장악하는 데 전력을 기울였다. 아직은 공식적으로 드러날 때가 아니라고 여겼기에 아주 은밀하게 움직였지만 그래도 힘으로 굴복시킨 문파가 지금까지 아홉 개나 됐다.

"그리고 며칠 전, 장화문(裝畵門)의 항복을 받아냈습니다."

마지막 설명에 공손손이 놀랍다는 표정을 지으며 물었다.

"장화문이오? 장화문은 문도 수 사천이나 되는 강한 문파라고 들었는데, 아닙니까?"

"맞소. 하지만 감히 우리와 비교할 수는 없지요. 게다가 화령 장로께서 약간의 수작을 걸었기에 아주 손쉽게 뜻을 이룰 수 있었습니다."

"어떤 수를 썼습니까?"

"타 문파를 이용해 전쟁을 벌일 것처럼 꾸민 후 고수가 대량으로 빠져나간 틈을 타 야밤에 들이쳤지요. 본거지를 그렇게 무너뜨린 후 가솔들과 문주의 아내, 자식을 인질로 잡자 어쩔 수 없는지 항복을 하더이다. 그때 그 표정을 봤어야 하는데. 하하하!"

통쾌한 듯 웃는 그는 목이 마른지 잔을 들어 입으로 술을 쏟아 부었다. 이어서 유용 장로가 입을 열었다.

"오늘은 그간의 실적을 자축하는 의미도 있지만 앞으로 벌어질 큰 전쟁에 대한 사기 충전의 의미도 있습니다."

남무림을 하나의 세력으로 규합하기 위해 모종의 계획이 이루어지고 있다는 사실은 공손손도 만월교에 입교하면서부터 알고 있었다. 하지만 그 방법은 대부분의 회의에서 제외됐기에 모를 수밖에 없었다.

"큰 전쟁이라니요?"

"지금까지 저희는 전면에 나서지 않았습니다. 가상 분파를 만든 후 아주 은밀하게 포섭과 항복을 받아냈지요. 하지만 이제 어느 정도의 힘을 키운 데다 여러 문파의 힘을 얻었으니 전면으로 나설 생각입니다. 지금까지 우리 만월교는 귀주무림의 삼 할의 힘을 얻었습니다. 나머지야 각자 떨어져 있으니 각개격파(各個擊破)를 한다면 충분히 승산이 있지요. 예상은 이 년 정도를 잡고 있습니다만, 그 후 귀주를 완전히 통합한다면 다음은 더욱 쉬울 겁니다. 계획대로라면 운남과 강서는 오 년 안에 우리 손안에 들어올 것이라 예상하고 있습니다."

그 말에 제팔장로 마독조 구로 장로가 껄껄 웃으며 맞장구를 쳤다.

"계획대로만 된다면 말이지요?"

"하하하, 그렇지요. 그리고 지금처럼 이런 식으로만 진행된다면 더 빠를 수도…….."

그때 실내 안쪽으로 또 다른 방을 경계로 쳐져 있는 붉은 천이 자동적으로 말려 올라갔다. 그러자 교주의 모습이 드러났다.

그녀의 외모는 그리 뛰어난 편은 아니었다. 하지만 화경의 경지에 올라 팔십 세라는 나이에 걸맞지 않은 몸매와 얼굴, 그리고 몸을 치장한 화려한 장신구, 묘족 특유의 화장이 묘하게 조화를 이루어 신비로운 분위기를 풍기고 있었다.

특이한 것은 방 안에 그녀 혼자만이 아니라는 것이었다. 이제 갓 열 살 정도 되는 소녀가 교주 옆에 나란히 앉아 있었다.

그녀의 이름은 마야(魔夜)였다. 교주에게 자식이 없는 관계로 육 년 전 교도들의 자식들 중 가장 무공 자질이 뛰어난 아이를 데려와 소교주로 삼았는데, 그녀였다. 아마 삼사십 년 후면 마야가 만월교를 이끌게 될 것이고, 그렇기에 만월교 총단에서는 절대적인 지휘를 가진 금지옥엽(金枝玉葉)일 수밖에 없었다.

교주는 창백한 표정으로 좌중을 둘러보고 있었다. 그 모습에 장로들이 안쓰러운 듯 교주를 바라보며 미미하게 인상을 찌푸렸다.

사실 교주는 몇 년 전부터 무공 수련에 열중하고 있었다. 남무림 통일에 앞서 교주의 무공 좀 더 발전시킬 필요가 있었기 때문이다.

그녀가 현재 익히고 있는 것은 천마강양장(天魔剛陽掌)이라는 무공으로, 천마강양장이란 교주에게 전해지는 오대비급 중 하나였다. 본신의 내력을 폭발적으로 끌어올려 최고 다섯 배 이상의 장력을 내뿜는 무공이 그것이었다.

화경에 올라선 후에도 꾸준한 수련으로 강해지고 있는 그녀였지만 출가경에 오르기란 그리 쉬운 일이 아니었다. 언제 이루어질지 모르는 뜬구름을 잡기보다 오히려 내력을 강력하게 끌어올리는 무공을 익히는 것이 낫다는 판단에서 시작된 연공이었다.

무림에도 이와 비슷한 무공들이 많지만 천마강양장의 매력은 다른 무공에 비해 진기 소모가 아주 적다는 것에 있었다. 모든 내력을 끌어올려 몇 번 사용한 후 탈진하는 다른 무공보다는 비교적 적은 내력으로 그보다 더 큰 파괴력을 낼 수 있으니 아주 강력한 무공이라고 할 수 있었다.

하지만 단점도 있었다. 그 위력만큼이나 익히기가 까다롭고 성취가 낮다는 것이었다. 천마강양장은 총 십이성으로 이루어져 있는데 십성까지는 아무런 변화도 일어나지 않는다. 게다가 십일성까지 이루어도 겨우 진기 유도로 인해 장력을 뽑아낼 수 있을 뿐 위력도 그리 큰 편이 아니었다. 다만 십이성을 모두 익히면 그간의 노력을 다 보상받고도 남을 만한 파괴력을 지닌다는 점이 특이한 무공이었다.

교주는 지금 구성까지 익힌 상태로 앞으로 갈 길이 멀었지만 장로들의 노고를 치하하기 위해 연공실에서 일부러 나온 것이었다.

모양야 장로가 초췌한 그녀의 안색을 살피며 조심스럽게 입을 열었다.

"안색이 창백해 보이십니다, 교주님. 괜찮으신지요?"

그의 물음에 교주는 고개만 한 번 끄덕인 후 말했다.

"오늘을 기점으로 그동안 숨어서 힘을 키워왔던 만월교는 세상에 우뚝 서게 될 것이다. 앞날을 위해 오늘은 마음껏 즐기도록 하라!"

장로들이 비장한 목소리로 동시에 외쳤다.

"감사합니다, 교주님! 만월교의 천하 통일을 위해!"

그 후 실내는 다시 화기애애한 분위기를 되찾았다. 모두들 잡담을 나누며 술과 안주를 먹고 마시며 즐겼다.

이야기꽃이 피어나는 가운데 갑자기 생각난 듯 술잔을 내려놓던 통천 장로가 공손손에게 슬며시 물었다.

"참, 그런데 악마대의 수련은 어떻게 진행되고 있습니까? 성과는 있습니까?"

모두가 관심이 있었던 부분이라 자연 공손손에게 시선이 쏠렸다. 공손손은 자신만만하게 대답했다.

"지원을 아끼지 않은 교주님 덕분에 상당한 성과를 거뒀습니다. 예상 수위를 넘어 오히려 제가 놀랄 정도입니다."

그 말에 제칠장로 화령이 궁금증을 드러냈다.

"어느 정도인데 그러시죠?"

공손손은 잠시 뜸을 들여 더욱 궁금증을 불러일으킨 후 놀라지 말라는 듯 의미심장한 미소를 지었다. 잠시 후 그는 한 자 한 자 또박또박 말했다.

"지금 정도의 실력이라면 음공이 시전되는 순간 방원 이십 장 내에 있는 일 갑자 정도의 고수는 손 한 번 놀려보지 못하고 즉사할 수밖에 없을 겁니다."

순간 여기저기에서 탄성이 터져 나왔다. 장로들은 모두 놀란 표정으로 공손손을 바라보았다.

음공 자체가 내력을 이용하는 것이지만 자신보다 강한 상대에게 영향을 줄 수는 있어도 죽일 수는 없다는 것을 공손손에게 이미 들었기에 더욱 그랬다. 한데 일 갑자 정도의 고수를 죽일 수 있다는 말은 아이들의 내공이 일 갑자를 훨씬 웃돈다는 뜻이 아닌가?

"도대체 내공 수위가 어느 정도나 되오?"

"거의 대부분이 이 갑자 정도에 도달했습니다."

"허!"

"그럴 수가!"

상상도 할 수 없는 일이었다. 타 문파에서는 이 정도 속성으로 내공을 연마한다는 자체를 이해하지 못할 것이다. 평균적으로 십오 세 안팎의, 그것도 상당한 재능이 있는 아이들이라 해도 이 갑자를 넘지 못하는 것이 대부분이었기 때문이다. 아니, 이 갑자는 고사하고 일 갑자에도 오르지 못한다는 말이 맞았다. 가문의 직전제자여서 뛰어난 무공을 익히거나, 아니면 기연을 얻어 빠른 성장을 보이지 않고서야 거의 불가능하다고 해야 옳았다. 그것도 이십 세 선후 정도 되어야 가능할까?

그런데 악마대 아이들은 많아야 이제 십팔 세 정도가 아닌가 말이다. 그보다 어린아이들도 상당수 있었다.

"정말 놀랍군요."

하지만 공손손은 그것도 별스러울 것 없다는 태도였다.

"그리 놀라운 것은 아닙니다. 그것은 평균적인 수준일 뿐, 정말 대단한 녀석들도 많은데 저보다도 살상 능력이 강하고 음공의 영향권이 넓은 아이도 있습니다."

"정말입니까?"

"제가 어찌 거짓을 고하겠습니까?"

그러자 지금까지 말없이 듣고만 있던 교주에게서 어눌한 목소리가 흘러나왔다. 그녀의 얼굴에도 궁금하다는 표정이 역력했다.

"가장 강한 아이는 누구지?"

"예? 아, 악마금(惡魔琴)이란 녀석입니다."

순간 공손손의 표정이 미미하게 떨렸다.

"악마금?"

"네. 악마대 모두에게는 악마라는 성이 주어졌고, 이름은 삼 년 전 자신이 원하는 대로 붙여주었습니다."

"어느 정돈가?"

"그것이……."

공손손은 잠시 난감한 얼굴이 되었다. 그가 말끝을 흐리자 성격 급한 마영이 다급히 재촉했다.

"어떻다는 말이오?"

"그러니까… 저도 이해가 잘 안 되는 녀석이어서 말하기가 좀……."

"그렇게 말하니 오히려 더욱 궁금하군요."

마영의 말에 교주도 동조했다.

"보고 느낀 대로 말해 보라."

교주까지 나서자 어쩔 수 없는지 공손손이 더듬거리며 설명하기 시작했다.

"화, 화경의 경지에… 올라선 녀석입니다."

"……."

장내에 침묵이 이어졌다. 놀람도 컸지만 그보다 믿을 수가 없었기 때문이다. 그것은 장로들뿐만 아니라 교주 또한 같은 생각이었던 모양이다. 입을 벌린 채 멍하니 공손손을 바라볼 뿐 누구도 말을 하지 않았다.

가장 먼저 정신을 차린 것은 모양야 장로였다. 그가 고개를 저으며 불신이 가득한 목소리로 물었다.

"올해로 몇 살입니까?"

"여, 열일곱인 것으로 알고 있습니다."

장로들은 거짓말하지 말라는 노골적인 표정으로 한마디씩 하기 시작했다.

"그럴 수가!"

"말도 안 됩니다! 열일곱에 화경이라니!"

"있을 수가 없지요. 장난치시는 것 아닙니까? 어찌 그런 일이 있을 수 있다는 말입니까?"

공손손도 특별히 변명할 말이 없었다. 난감한 표정만 연신 이어질 뿐이었다.

교주가 물었다.

"왜 그런 것이지?"

공손손이 의아한 듯 고개를 들었다.

"무슨 말씀이신지……?"

"어떻게 화경에 도달할 수 있었느냐 말이다."

"저도 그것을 정확히 파악하지 못하고 있습니다. 다만 나름대로 추측만 할 뿐이지요."

"추측이라면 어떤 것인가?"

"네, 화경의 경지에 도달하기 위해서는 우선 단전에 더 이상 내공이 쌓이지 않을 정도로 내공이 충만해야 한다는 것은 모두 아실 겁니다. 보통 삼 갑자 정도가 평균치인데 그것은 다 성장한 어른들에 한해서입니다. 그래서 저는 녀석의 나이에 문제가 있다고 보고 있습니다."

"나이?"

"그렇습니다. 아직 단전이 제대로 커지지 않은 나이인데다 어릴 때부터 속성으로 내공을 익히는 바람에 삼 갑자가 되기도 전에 단전에 내공이 가득 찬 모양입니다. 그 덕분에 깨달음을 얻어 화경이 되지 않았나 추측하고 있습니다."

교주가 고개를 끄덕였다.

"그럴듯하군."

하지만 통천 장로는 여전히 이해가 안 되는 모양이었다.

"아무리 단전에 내공이 가득 찼다 하더라도 화경에 올라서려면 기의 성질을 깨달아야 합니다. 기를 압축시켜 양을 줄이고 단전에 더 많은 내공을 쌓을 수 있게 해야 된다는 것이지요. 그 후 환골탈태를 겪으며 단전은 더욱 커지게 됩니다. 그런데 그 깨달음을 얻기가 하늘의 별 따기만큼이나 어렵습니다. 한데 어찌 십 년 정도밖에 무공을 익히지 않은 아이가 화경에 들 수 있단 말입니까?"

"아마 음공의 특성 때문이 아닌가 생각합니다. 물론 이것도 추측입니다만."

"음공의 특성이라니요?"

"음공은 무공과 궤를 완전히 달리합니다. 음공을 익히기 위한 심법을 따로 만들 정도이니까요. 그 때문에 깨달음도 다른 무공과는 달리 소리에 대한 깨달음과 그 파장을 이해하는 것에 변화가 일어나는 게 아닌가 싶습니다. 실제로 그 녀석과 이야기를 나누어보았는데, 소리에 실어내는 내력을 유형화시키는 방법을 알고 난 후부터 갑자기 몸이 변하기 시작했다더군요."

화령 장로가 물었다.

"어느 정도의 실력을 가지고 있습니까?"

"음의 파장에 강기를 실어 뿜어낼 수 있습니다."

다시 경악성이 터져 나왔다. 화경의 고수에 들어서면 강기를 사용할 수 있는 것이 사실이지만 음공으로 사용하는 강기는 상상이 잘 안 되는 것이 사실이었다. 하지만 음공이 대량 살상을 할 수 있는 폭넓은 공격력을 가진 만큼 대단할 것이라는 생각은 어렴풋이 들었다.

공손손은 악마금과의 대화가 생각났는지 실소를 머금으며 말을 이었다.

"그 녀석은 그것을 음강(音罡)이라고 하더군요."

"음강이라······."

"그렇습니다. 파괴력도 대단합니다. 다른 무공처럼 일자나 반월형이 아닌 원형으로 전 사방에 물결치듯 강기를 뿜어내는데 한번 발동이 걸리면 웬만한 신법의 고수가 아니고서는 피할 곳이 없을 정도로 수십 개의 강기를 순식간에 뿜아냅니다. 뿐만 아니라 호신음강(護身音罡)이라는 것도 개발해 냈는데, 그것은 정말 피할 곳이 없습니다."

"어떤 겁니까?"

"지면을 중심으로 거의 반구형(半球形)의 강기가 퍼져 나가는 것이지요. 푸른 막 같은 것인데 몸을 중심으로 이십 장까지 퍼집니다. 그의 말로는 그것을 한순간 터뜨려 그 안에 있는 모든 것을 초토화시킬 수도 있다더군요."

이제 장로들은 아무 말도 하지 않고 듣기만 하고 있었다. 공손손 장로가 말하는 그 순간부터 지금까지 경악만 하고 있다는 것도 인지하지 못한 상태일 정도니 당연했다. 그만큼 놀라움의 연속이었고 갈수록 태산이었다.

얼마나 더 놀라운 말을 할지…….

그때 교주가 감탄했다는 듯 말했다.

"그런 녀석이라면 어떤 문파에 갖다 놓아도 단시간에 전멸시키겠군."

공손손 장로는 마지막으로 아쉽다는 표정을 지으며 이렇게 말을 마무리 지었다.

"하지만 문제는 환골탈태를 겪었음에도 아직 화경의 고수들만큼의 내공을 소유하지 못하고 있다는 것입니다. 그래서 호신음강을 만들어 그것을 터뜨리는 경우에는 한 번 사용하면 탈진 상태에 이른다 합니다. 기술적인 문제도 많아 음강도 그렇게 자유자재로 사용할 수 있는 것도 아닙니다. 앞으로 어떻게 성장할지 지켜봐야 할 녀석이지요."

"앞으로 좀 더 아이들에게 신경을 쓰도록 하라. 그 아이들이 어떻게 성장하느냐에 따라 우리 만월교의 미래가 결정될 것이다."

"명심하겠습니다."

    *   *   *

그는 칠 년간의 지옥 같은 시간을 보냈다. 그 칠 년의 지옥이 눈앞에서 지나갔을 때 그에게 유일하게 주어진 선물은 악마라는 더러운 성뿐이었다.

그는 비파, 해금 등 현악기를 좋아했다. 특히 칠현금을 좋아했는데, 우습게도 그 이유 때문에 자신의 이름을 금이라 칭했다.

그래서 그는 악마금이었다.

그 후 삼 년간은 동료들과 같이 처절한 자신과의 싸움의 연속이었다. 하지만 그는 특이했다.

대개 악마대의 아이들은 음에 살인적인 내력을 실어 퍼뜨리는 방법을 집중적으로 연구, 수련했고 그것을 대성하려 했다. 이 갑자가 넘는 녀석들은 검의 고수가 검기를 사용하듯 음기(音氣)를 상용하기도 했는데 휘몰아치는 연주에 퍼져 나가는 음의 기운에 은은한 빛을 동반했다.

그러나 악마금의 수련 방법은 완전히 달랐다. 인위적으로 내력을 음에 실어내는 방법을 중단하고 소리 자체를 연구하고 있었던 것이다.

그것은 그가 어릴 때부터 사람들에게 연주를 들려주고 그 반응을 살피며 생겨난 습관 같은 것 때문인지도 몰랐다. 소리의 크기와 저음과 고음에 반응하는 사람들의 표정에 관심이 있었고 좋아했기에 이곳에 와서도 유독 음공이라는 자체보다는 소리에 집착했던 것이다.

소리에서 일어나는 파장, 진동, 공기의 떨림.

그 모든 것이 그의 연구 대상이었다. 그에 따라 사람들의 반응이 달라진다는 것을 알고 있었기 때문이다.

그러던 어느 날, 소리는 소리가 아닌 공기의 진동이라는 것을 깨닫게 되었다. 그 후 그는 급격히 빠른 진보를 보였다. 내공 습득도 다른 아이들에 비해 빠른 편이었지만 그보다는 음 자체를 조종할 수 있게 되면서 기술적인 측면이 발달하기 시작했다.

내공을 이용해 소리의 힘을 극대화시키는 것이 아니라, 소리에 자신의 내공을 맡길 수 있게 되었기에 여러 가지 신기한 무공을 시전할 수 있게 되었다. 그 후 몸에서 퍼지는 음기를 좀 더 응축시켜 유형화시키는 데 주력했고, 결과로 음강과 호신음강을 만들어낼 수 있었다.

그사이 몸에도 변화가 일어났다. 미세하기는 했지만 신체 골격이 바뀌고 몸이 가벼워짐을 느낄 수 있었던 것이다. 악마대 아이들이 사부님이라 부르는 공손손 장로에게 그 말을 했을 때는 화경에 올라선 징조라는 말을 들었을 뿐이었다.

당시 별스럽게 생각하지 않았지만 삼 년 후 아이들의 평가가 이루어질 때 그는 악마대 최고라는 소리를 들을 수 있었다.

부스슥!

악마금은 자리에서 일어나 밖으로 향했다. 새벽부터 시작한 내공 수련이 벌써 오후를 넘어가고 있었기 때문이다. 이후부터는 명상을 할 생각이었다. 명상은 막사에서 동쪽으로 오 리 정도 떨어진 공터를 애용했기에 그곳으로 향하는 중이었다.

최근 들어 그는 음의 파장과 진동 수에 대해 많은 생각을 하고 있었다. 같은 소리라도 크기가 달랐고 진동이 다르고 퍼지는 영향권이 다르다는 것을 알고 있었기 때문이다. 그것이 무엇 때문인지 정확히 파악하고 싶었다. 그는 그것을 '소리의 색깔'이라 정의를 내렸다.

그리고 정확한 소리의 색깔을 파악할 수만 있다면 자신이 내는 악기 소리뿐만 아니라 세상에서 나는 어떤 소리든지 조종할 수 있다고 굳게 믿고 있었다.

공터를 향하는 길 중간에는 작은 냇가가 있었다. 그는 가던 길을 멈추고 냇가로 걸음을 옮겼다. 아직까지 아침을 먹지 않았고 점심도 걸렀다는 생각이 들었던 것이다.

냇가에 몸을 숙인 그는 손에 물을 담아 입속으로 흘려보냈다.

쪼로록!

아주 작은 시원함이었지만 갈증은 해소되었다.

아쉬움이 남았던 탓일까.

다시 손을 담그려는 순간 그는 인상을 찡그렸다. 수면에 담긴 자신의 모습을 보였기 때문이다.

악마대 전원에게는 몇 년 전부터 이상한 특징이 생겨나고 있었다. 그것은 외형적, 그리고 성격적인 변화였다. 음공을 익히면 원래 그런 것인지 모든 아이들의 성격은 개성이 강하다 못해 독특했다. 극도로 예민한 녀석들이 있는가 하면 보기만 해도 나태해질 정도로 게으른 녀석, 꼴사납게도 남성을 좋아하는 녀석, 조금만 건드려도 죽일 듯 살기를 풍기는 녀석 등등 가지각색이었다.

악마금도 무어라 정확히 구별 지을 수는 없지만 역시 특이한 것은 마찬가지였다. 굳이 따지자면 어디로 튈지 모르는 공 같다고나 할까? 특히 행동이나 말투는 상당히 반항적인 면이 많아 종종 오해를 사기도 했다.

가장 큰 변화는 역시 외형적인 면이었다. 본격적으로 음공을 익히기 시작하면서 모두들 조금씩 변하기 시작했는데 여자같이 예뻐진다는 것이 공통적인 특징이었다.

어떤 녀석들은 그것을 좋아하기도 했다. 대부분 외모에 신경 쓰는 녀석들로 사내 녀석들이 귀고리와 장신구 등을 달고 다니는 녀석들도 있을 정도였다. 반면 또 다른 녀석들은 그것을 극도로 싫어했다.
 악마금도 후자에 가까운 편이었다. 아름다운 것은 좋았지만 그 자신이 아름다워지는 것은 바라지 않았다. 남자는 남자답게 생겨야 한다는 생각을 그는 하고 있었던 것이다. 하기야 그것도 요즘처럼 개인 시간이 많이 생겨난 후부터 든 배부른 생각이었다.
 팡!
 그는 남자의 그것 같지 않은 수면에 비친 자신의 얼굴을 때린 후 자리에서 일어나 다시 갈 길을 재촉했다.
 공터에 도착한 그는 언제나처럼 자리에 앉아 눈을 감았다. 몸속에 흐르는 기운을 자연스럽게 심법에 따라 옮기고 곧이어 무아의 상태에 빠져들었다. 그는 그 상태에서도 최대한 주위의 모든 소리에 귀를 기울였다.
 처음에는 큰 소리가 들렸다. 바람 소리, 바람에 나뭇잎이 쓸리는 소리 등. 좀 더 시간이 지나자 점점 작은 소리까지 감지할 수 있었고, 나중에는 나뭇잎이 떨어지는 미세한 소리까지 들을 수 있게 되었다.
 그는 더욱 귀에 신경을 집중시켰다. 사람의 귀로 감지할 수 없는 것도 듣고자 했던 것이다. 이 세상의 모든 소리를 듣고 그 색깔을 파악하고 싶었다. 심지어는 바닥에 고정되어 있는 작은 돌부리의 소리조차도.
 그것이 이번 수련의 최종 목표였다.
 고정되어 있는 돌멩이에도 소리가 있다고 악마금은 생각했다. 실제로 돌멩이의 소리가 아니더라도 온도가 있는 이상 그 주위로 미세한 공기의 흐름이 있을 것이고, 공기가 흐른다는 것은 소리가 있다는 말이기 때문이다. 그것은 말로 표현 못할 정도로 너무 느린 공기의 파장이 겠지만 어쨌든 그는 그것까지 감지하고 색깔을 구별할 생각이었다.

그렇게 한참을 명상에 잠겨 있던 악마금이 살며시 눈을 떴다. 그러자 바로 앞에 공손손이 서 있는 것이 보였다.

"어쩐 일이십니까?"

아이들의 자유 수련이 시작된 후부터 공손손에 대한 악마금의 인식은 많이 바뀌어 있었다. 게다가 자신이 화경에 들어선 후부터는 자주 찾아왔기에 다른 아이들에 비해 좀 더 스스럼없이 대하고 있었다.

"오늘 장로회에서 네 이야기가 나왔다. 상당한 관심을 보이더군."

악마금은 별 표정 변화 없이 고개만 끄덕였다.

"그럼 제게 특별 대우라도 해주겠답니까?"

"그런 것이 어디 있나?"

"손해만 보겠군요."

"손해?"

"주는 것 없이 주목만 받으니 손해 아닙니까?"

"듣고 보니 그렇군. 그런데 요즘은 무슨 수련을 하고 있지?"

악마금은 손을 들어 삼 장 정도 떨어져 있는 곳을 가리켰다. 그곳에는 어디에서나 흔히 볼 수 있는 평범한 작은 돌멩이 하나가 놓여 있었다.

공손손이 의아한 표정으로 고개를 갸웃거렸다.

"저게 뭔가?"

"돌멩이입니다."

"내가 그것을 몰라 묻는 것 같으냐?"

악마금은 노기 어린 공손손의 표정을 재밌다는 듯 바라보더니 피식 미소를 지었다.
"저 녀석이 내는 소리를 듣기 위한 수련을 하고 있었습니다."
"돌멩이 소리를?"
"잘못된 거라도 있습니까?"
"아니, 그런 것은 아니지만……."
공손손은 잠시 떨떠름한 표정을 지었다. 가만히 있는 돌멩이가 어찌 소리가 있겠느냐라는 표정이었다.
"그보다 다른 녀석들처럼 좀 더 강력한 내력을 실을 수 있게 개발하는 것이 어떻겠나? 이미 화경에 들었으니 훨씬 빠른 내력을 키울 수 있을 것 아닌가."
악마금은 고개를 저었다.
"진정한 음공은 소리에 내력을 싣는 것이 아니라고 생각합니다."
"그럼?"
"소리를 지배하는 것이지요. 그러기 위해서는 모든 소리를 감지할 수 있어야 합니다. 보기에는 느리게 느껴지겠지만 또 모르죠, 갑자기 엄청나게 강해질지. 하하하!"
"허! 네놈 말처럼 시간 낭비가 아니라면 나도 바랄 것이 없겠다."
비꼬는 듯한 말을 흘린 공손손은 더 이상 이야기하기 싫은 듯 휙 하니 몸을 돌려 사라져 갔다.
악마금은 다시 눈을 감고 명상에 잠겼다.
그 후부터 악마금은 꾸준히 이 수련 방법을 고집했다.
그렇게 시간이 지나고 일 년이 훌쩍 흐른 시간,
그날도 어김없이 명상에 잠겨 소리를 파악하고 있는데 갑자기 윙윙

거리는 진동이 귓속으로 파고들었다. 순간 악마금은 두 눈을 번쩍 떠 언제나 그 자리를 고수하던 돌멩이를 바라보았다.

긴가민가하는 마음에 다시 눈을 감고 청력을 끌어올렸다. 역시 같은 반응을 감지할 수 있었다.

"된 건가?"

악마금은 기분 좋은 미소를 지었다. 하지만 아직은 확신할 수 없었기에 다른 곳으로도 청력을 끌어올렸다.

그 후는 탄탄대로였다. 시간이 지날수록 익숙해지기 시작했는데 나무, 꽃, 심지어는 자신의 몸에서도 소리가 있다는 것을 알게 되었다.

악마금은 움직이지 않는 물건에서 흘러나오는 미세한 소리를 음파(音波)라고 이름 지었고, 그 음파를 감지하는 속도가 빨라지자 드디어 다른 수련에 매달렸다. 내공을 밖으로 흘려 소리를 조율하고 조종하는 방법이 그것이었다.

하지만 그리 쉽지만은 않았다. 다른 무공처럼 무학의 깨달음이 아닌 하나의 기술을 알고자 하는 것이기에 쉽게 잡힐 것 같았는데 그렇지 않았던 것이다. 잡힐 듯 잡히지 않아 신경만 날카로워질 뿐.

혹시 내공이 약해 그런 것이 아닌가 싶어 내공 수련에도 상당한 투자를 했지만 역시 깨달을 수는 없었다.

그렇게 다시 이 년이 지났을 때였다. 악마금의 나이가 벌써 약관(弱冠:남자 나이 이십 세)이 된 봄에 이르렀을 때 내공을 밖으로 발출하여 소리와 융합할 수 있는 방법을 깨달을 수 있었다. 하지만 문제가 생겼다.

"크윽!"

갑자기 오한이 들고 기혈이 역류하는 느낌에 악마금은 급히 호흡을 멈추고 가부좌를 틀었다. 그는 즉시 눈을 감으며 지금껏 익힌 심법을 이용하여 내력을 조종하기 시작했다. 하지만 좀체 역류하는 기운을 막을 수가 없었다.

"크윽!"

다시 신음이 터져 나왔다. 오한은 이제 몸 전신을 강타하고 있었다. 땀이 비 오듯이 쏟아지며 몸이 바들바들 떨리더니 이내 피를 토해내고야 말았다.

"어어? 이게……?"

혼미한 정신을 뒤로하며 마지막 말은 이어지지 않았다. 그러나 마음속으로 확신하며 말했다.

'주화입마? 그럼 죽는 건가?'

털썩!

급기야 그는 바닥에 쓰러졌다. 그리고 온 힘을 짜내어 한마디를 내뱉었다.

"빌어먹을!"

욕이었다.

**제7장
주화입마?**

"어떻게 된 건가?"

정신을 차리지 못하고 부들부들 떨고 있는 악마금을 보며 공손손이 다급히 물었다. 우연히 그곳을 지나다가 악마금을 발견해 데려온 소년이 대답했다.

"잘 모르겠습니다. 인기척이 들리기에 가봤더니 이 상태로 쓰러져 있었습니다."

공손손은 즉시 악마금의 옷을 벗긴 후 단전에 손을 올려놓았다. 그리곤 경악성을 터뜨렸다.

"이럴 수가!"

그는 다시 세심하게 악마금을 살펴보기 시작했다. 증상이 주화입마와 비슷했기 때문이다. 기혈이 역류하며 단전의 기가 흩어지고 있었다. 그런데 의아한 것은 단전의 형태는 정상이라는 것이었다.

주화입마를 당하면 단전이 서서히 파괴되는 것이 정상이다. 마지막에 모든 내력이 사라지고 눈, 코, 입 등 오공(五孔)에서 피를 쏟고 죽는 것이 대부분이다. 하지만 그런 증상은 없었다.

공손손은 고개를 갸웃거렸다. 지금까지 살아오면서 들어보지 못한 증상이 일어나고 있었기 때문이다. 그는 즉시 소년에게 명했다.

"장방(長紡)을 데려와라!"

장방이란 금역 안에서 악마대를 돌보기 위해 만월교에서 파견된 의원이었다. 혹 내력으로 인한 증상이 아닌 신체적인 병인가 싶어 내린 결정이었다.

소년은 즉시 몸을 날려 밖으로 향했다.

한참 후, 가는 눈에 흰 수염을 길게 기른 노문사가 방 안으로 들어서며 물었다.

"누굽니까?"

"이 녀석일세. 한번 보게."

장방은 혼절해 있는 악마금에게 다가가 진맥을 시작했다. 한참을 살피던 그가 역시 고개를 갸웃거리며 말했다.

"이상이 없습니다만……."

"그럴 리가! 그럼 이 녀석이 왜 이런단 말인가? 며칠 전만 해도 멀쩡하던 녀석인데……."

"저야 모르지요. 아무튼 신체적으로는 아무런 이상이 없습니다. 게다가 주화입마는 더 더욱 아닌 것 같군요."

십 년간 이곳에서 아이들을 치료해 왔던 장방은 공손손보다 훨씬 많이 주화입마에 걸려 죽어가는 아이들을 보아왔다. 그렇기에 오히려 그보다 주화입마의 증상에 대해 더 자세히 알고 있었다.

"확실한가?"

"제가 보아온 바로는 확실합니다."

"그럼 어떻게 해야 하지?"

"글쎄요……. 지금으로선 지켜보는 수밖에 다른 방법이 없을 것 같군요."

순간 공손손의 안색이 어두워지기 시작했다. 그는 이십 년간 음공에 대해 연구를 해왔고, 자연히 음공이라는 새로운 무학에 자부심이 강할 수밖에 없었다. 만월교에 들어온 이유도 자신이 익힐 수 없는 것을 아이들에게 가르침으로써 음공이라는 것을 정리하고 실험하고 싶었기 때문이다.

숱한 고생을 견디며 지금까지 남은 아이들에게 아끼는 마음이 드는 것은 당연했다. 하물며 악마금은 그중 최고가 아닌가!

"다른 방법은 없겠나?"

"없습니다."

얄밉게도 장방은 자신의 일이 아니라는 듯 너무나 쉽게 대답했.

그 후 악마금은 자신의 방에 옮겨져 침상에 누워 있어야 했다. 다행인 것은 그의 혈색이 날이 지날수록 본래처럼 돌아왔다는 것이며 처음 나타났던 기혈 역류 현상도 가라앉았다. 하지만 여전히 정신이 없는 것은 마찬가지였다.

매일 아침마다 악마금의 상태를 확인하던 공손손은 한 달째가 되던 날도 어김없이 그의 처소를 찾기 위해 집무실을 나섰다. 그런데 방문을 열고 들어간 그는 놀라움을 터뜨리며 두 눈을 부릅떠야 했다. 악마금이 침상에서 일어나 창밖을 바라보고 있었기 때문이다.

"사, 살아 있었나?"

그 물음이 자신이 생각해도 이상했던지 공손손은 금세 얼굴을 붉혔다.

"험험, 보아하니 괜찮은 모양이군."

헛기침을 하던 그를 향해 악마금이 몸을 돌렸다.

"걱정이라도 했나 보군요."

"말도 안 되는 소리! 네놈을 누가 걱정해? 그보다 몸 상태는 어떤가? 왜 그런 거지? 주화입마였나?"

쏟아지는 물음 속에 악마금은 슬며시 미소를 지었다.

분명 그의 외모는 예전과 같았지만 묘하게 어딘가 달라 보인다고 내심 공손손은 생각하고 있었다.

"주화입마는 아닌 것 같습니다."

"그럼?"

"허공을 격해 주위에 퍼지는 소리에 내력을 싣는 방법을 깨닫게 되었습니다. 그래서 그것을 시전하기 위해 내력을 끌어올리려는데 갑자기 기혈이 역류하기 시작했습니다."

"깨달았다고? 그게 가능했다는 말인가?"

"그렇습니다."

공손손은 경악성을 터뜨렸다.

"커! 그럼 주화입마가 아니라 출가경이란 말인가? 하지만 환골탈태와 반로환동의 현상이 지금까지 알려진 바와는 완전히 달랐는데… 어떻게……?"

"그건 저도 모르겠습니다. 아마 음공의 특성 때문이겠지요. 아무튼

주화입마? 105

그동안 많은 생각을 했습니다."

놀란 표정을 재빨리 숨긴 공손손이 이번에 노한 표정을 지었다.

"그럼 그동안 깨어 있었단 말이냐?"

악마금은 음흉한 미소로 답했다.

"훗! 그렇다고 속인 것은 아닙니다. 사실 정신만 깨어 있었거든요."

"그런데 무슨 생각을 했다는 거지?"

"그것은……."

"아, 잠깐!"

공손손은 말을 하려는 악마금을 급히 막으며 재빨리 품속에서 책자 하나와 작은 붓을 꺼내 들었다. 그것은 기록을 위한 것으로 아이들에게 일어나는 현상이나 개발한 음공을 적기 위해 항상 가지고 다니는 것이었다.

쓸 준비가 끝나자 그가 말했다.

"천천히 자네가 알고 있는 전부를 말해 보게."

악마금은 잠시 생각하는 듯하더니 차근차근 말하기 시작했다.

"소리란 실제 공기의 진동이라고 전에 말했을 겁니다. 하지만 그 진동에도 여러 가지가 있지요. 기실 여러 가지라기보다는 소리마다 그 성질이 전부 다르다는 것이 맞습니다. 저는 그것을 진동의 색깔, 또는 소리의 색깔이라고 합니다."

"소리의 색깔이라……. 그래서 다음은?"

"사부님도 아실 겁니다. 악기를 연주하다 보면 갑자기 옆에 놓아두었던 사기 그릇이 깨지는 경우가 있지요."

"간혹 그런 경우가 발생하지."

악마금이 되물었다.

"그것이 왜 일어난다고 생각하십니까?"

"글쎄? 왜지?"

공손손은 이제 가르치는 스승의 입장이 아닌 말 잘 듣는 학생의 그것처럼 행동하고 있었다. 하지만 너무 심취한 나머지 그런 자신의 행동들을 전혀 감지하지 못하고 있었다. 그는 오히려 빨리 말해 달라는 듯 재촉했다.

"전에 말한 적이 있을 겁니다. 가만히 있는 사물에도 소리가 난다는 것, 기억나십니까?"

"기억하네. 그것과 관계가 있나?"

"그렇습니다. 그 현상은 그릇에 나는 소리의 진동과 악기가 내는 소리의 진동이 맞물려서 일어나는 것입니다. 정확히 말하면 파장의 크기와 속도가 같아진다는 것이지요. 저는 그 소리를 감지할 수 있게 되었고, 이번 현상을 겪으며 내력을 밖으로 끌어내어 그 소리를 조정할 수 있게 되었습니다. 이번에 누워 있는 동안 그것을 어떻게 사용할지 생각했습니다."

"흠!"

공손손은 잠시 침음을 흘렸다. 머리로는 이해가 가는데 상상이 가지 않았던 것이다. 그가 다시 물었다.

"어떻게 사용할 수 있나?"

"어떻게든……."

"구체적으로 말해 봐!"

"말 그대로입니다. 어떤 것으로든 응용이 가능합니다."

그러면서 악마금이 슬며시 손을 들어 엄지와 검지를 붙이더니 살짝 튕겼다.

그와 함께 '탁' 하는 작은 소리가 방 안에 울리더니 놀라운 일이 벌어졌다.

쾅!

폭음이 터져 나왔다. 공손손은 두 눈을 부릅뜨고 침상이 산산이 부서지는 꼴을 멍하니 지켜보아야만 했다.

"이럴 수가!"

경악 끝에 따라오는 침묵은 한참 동안 이어질 수밖에 없었다. 말없이 있던 공손손이 정신을 차리며 물었다. 하지만 목소리는 아직도 놀라움이 가시지 않은 듯 잘게 떨려 나왔다.

"어, 어떻게… 도대체 어떻게 한 건가?"

"첫 번째, 우선 침상에서 흘러나오는 소리의 파장을 정확히 파악합니다. 두 번째, 손가락을 튕겨 소리를 냅니다. 세 번째, 그 소리에 내력을 실어 침상의 소리와 같게 조절합니다. 네 번째, 파장이 같아진 침상은 소리의 영향으로 즉시 파괴됩니다. 이해하시겠습니까?"

공손손은 아이처럼 연신 고개를 끄덕거렸다.

"이것이… 자네가 말한 그것인가?"

"그렇습니다."

"허, 놀랍군. 그럼 다른 방향으로의 응용은 어떤 것이 있나?"

"여러 가지 생각한 것이 있지만 될지 안 될지는 아직 모르겠습니다. 이제부터 시험해 봐야지요."

"언제쯤 마무리가 되겠나?"

"왜요?"

"음공에 어느 정도의 힘이 생기는지 내가 직접 확인해야겠기에 그런다."

악마금은 턱으로 공손손이 들고 있는 책자를 비웃으며 가리켰다.

"또 기록하시게요?"

"쓸데없는 소리 마라. 이건 훗날 내가 연구한 음공과 너희들에게 일어난 모든 현상들을 정리해 비급으로 만들 생각이야. 세상에서 가장 중요한 자료지. 하지만 기록하기 위해서만은 아니다."

"그럼?"

순간 공손손의 눈빛이 강렬하게 빛났다.

"흐흐흐, 네놈 실력을 직접 경험해 봐야겠다. 실전에서 어떻게 응용할 수 있는지, 검의 고수와의 대결에서는 어떤 장점이, 또 어떤 단점이 있는지 모든 것을 알아보기 위한 것이다. 각오하도록!"

이번에는 악마금이 놀랍다는 표정이 되었다.

"소문이 사실이었군요."

"무슨 소문 말이냐?"

"엄청난 검의 고수였다고 들었습니다."

"훗, 다 지난 일이다."

"화경의 고수라는 소리도 들었습니다만… 그것도 사실입니까?"

"그때 가보면 알겠지. 아무튼 그 외 몸에 이상이 있는 것은 없는 게냐?"

순간 악마금이 묘한 표정을 지었다. 잠시 후 비릿한 미소까지 지으며 공손손을 바라보았다.

주화입마? 109

"제게 최면술을 건 적이 있습니까?"

"그, 그건……."

"과거 가족들을 생각하려면 머리가 아프고 답답한 마음이 들었습니다. 그것을 예전부터 이상하게 생각했는데……. 후후, 그런데 지금은 아니군요."

"뭐, 뭣?"

"하하, 걱정 마십시오."

악마금은 굳어진 얼굴로 아무런 대꾸 없는 공손손에게 다가가 어깨를 툭툭 두들겼다. 건방진 행동이었지만 공손손은 뭐라 할 수도 없는 상황이었다. 굳어진 표정만큼이나 몸 또한 굳어 있을 뿐.

악마금은 그를 지나쳐 밖으로 향하며 말을 이었다.

"가족들이 보고 싶다는 생각은 들었지만 궁금해서 그런 것일 뿐이니 걱정하지 마십시오. 사실 가족이래 봐야 어릴 적 오 년 정도 지낸 기억이 있을 뿐, 그것도 아주 어릴 때라 실제 기억은 이 년 정도. 너무 오래된 기억이라 얼굴도 가물가물합니다. 언젠가는 찾아가야겠다고 생각하고는 있지만 지금은 이곳 생활에 적응이 되어서 당장 떠나고 싶은 마음은 없군요. 아무튼 한 달 후에 확인하도록 하죠. 저도 제 실력이 궁금해 미칠 지경이니까."

그가 나가고 멍해 있던 공손손이 홀린 듯 중얼거렸다.

"외모도 변한 것 같은데 성격도 조금 변한 것 같군. 원래부터 괴상한 성격이라고 생각했지만 좀 더 괴팍해졌어, 아니, 아주 많이."

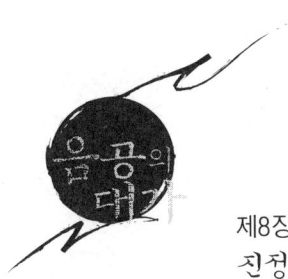

제8장
진정한 음공을 향하여

한 달이란 시간이 지나가고 막사에서 오 리 정도 떨어진 금역의 끝자락에 공손손과 악마금이 마주 섰다.

"좋은 검이군요."

투박한 공손손의 검은 외형과 달리 강한 예기를 내뿜고 있었다. 악마금의 말에 공손손은 그 검을 들어 올려 은근한 눈빛으로 전신을 훑었다.

"오랜만에 꺼낸 거지. 삼십 년 만인가? 주인을 잘못 만나 이 녀석이 고생 좀 했다."

감상에 젖은 듯한 그의 말에 악마금은 비릿한 미소로 답했다. 괜한 반응을 보였다 불쾌해진 공손손이 순간적으로 내력을 끌어올려 긴장감을 고조시켰다. 하지만 악마금은 여전히 여유로운 표정.

건방지게도 그는 뒷짐까지 지고 산책이라도 나온 듯한 행동을 하고 있었다.

"시작할까요?"

"흥! 자신있나 본데, 먼저 공격해 봐!"

악마금은 고개를 저었다.

"홋, 제가 양보를 해야지요. 먼저 하십시오."

"건방진 놈! 후회하게 될 게다."

공손손은 절대 봐주지 않겠다는 생각과 함께 신형을 움직였다. 순간 빠른 발에 의해 지면이 패이고 공손손과 악마금과의 거리는 급격히 좁혀졌다. 그러자 악마금의 이마에 미약하지만 주름이 잡혔다. 약간 놀랐기 때문이다.

화경의 고수라는 소문은 들었지만 검을 놓은 지 수십 년. 그렇기에 어느 정도 내력이 감퇴하고 실력이 주는 것은 당연할 것이라 생각했는데 전혀 그렇게 보이지 않았던 것이다. 섬전과 같이 쏘아져 들어오는 속도는 무시무시하나 못해 사람의 혼을 빼앗을 만큼 거대한 쾌음(快音)까지 자아내고 있었다.

하지만 악마금은 이내 비릿한 미소를 지었다. 그리곤 오른손 검지와 중지를 제법 세게 튕겼다. 그와 함께 '탁' 하는 소리가 크게 울려 퍼지자 공손손의 신음이 뒤를 따랐다.

"크윽!"

공손손은 소리와 함께 갑자기 몸 밖으로 뿜어내던 진기가 뒤틀리는 기분을 느끼며 재빨리 신형을 뒤로 물렸다. 다행히 악마금은 따라오지 않았다. 그는 즉시 검을 휘둘렀다.

휘휘휙!

 강맹한 초식과 함께 몸 주위로 회오리가 일어나기 시작했다. 그에 따라 검이 푸르게 빛나더니 검강이 발출되었다. 상대가 전혀 생각지 못한 빠른 기습이었다.

 쿠아아앙!

 파공음을 쏟아내며 순식간에 여덟 개의 일자형 강기가 허공을 가르자 악마금은 가볍게 몸을 솟구쳤다.

 그것을 보고 공손손은 내심 쾌재를 불렀다. 악마금의 행동을 이미 예상했기 때문이다. 그는 악마금이 착지할 곳이라 짐작되는 곳으로 다시 강기를 뿌려댔다.

 내력이 부족하기는 하지만 악마금도 화경을 넘어 출가경에 다다랐으니 그 빠르기가 상당할 것이고 움직임을 보고 공격해서는 장기전으로 갈 가능성이 높다는 판단에서 선택한 방법이었다. 공손손은 빠르게 결판 지을 심산이었던 것이다. 그런데 오히려 놀란 것은 회심의 일격을 가한 공손손이었다.

 "이럴 수가!"

 공손손은 공중에 뜨면 당연히 떨어져야 한다는 법칙을 무너뜨리고 있는 악마금을 망연자실(茫然自失)하여 바라보아야만 했다. 무림인은 경공을 익히며 그 때문에 몸을 가볍게 할 수 있다. 자연히 평범한 사람보다 오래 떠 있을 수 있고 그 시간을 비약적으로 늘릴 수도 있다. 하지만 떨어져야 했다. 그것이 자연의 섭리였으니 말이다.

 "그, 그건 뭔가?"

 비무 중이라는 것도 잊은 채 공손손이 검을 거두며 물었다. 그 정도로 지금 악마금이 보여주는 경공술은 듣지도 보지도 못한 놀라운 것이었다.

악마금은 여전히 뒷짐을 지고 있었다. 전과 다른 것이 있다면 삼 장 정도 높이의 허공에 있다는 것뿐.

악마금은 엉뚱한 말을 했다.

"제 심장 소리가 들리지 않습니까?"

"……?"

"파장이 같아지면 주위 사물을 파괴할 수도 있지만 내력으로 조종할 수도 있습니다. 저는 제 몸에서 나는 파장을 이용한 것입니다. 사실 그 파장이 미약하기에 좀 더 큰 심장 소리를 이용한 것이지요. 아직 익숙지 않아 내력 소모가 좀 큰 것이 흠이기는 하지만……."

"저, 정말 그런 것도 가능한가?"

악마금은 말 대신 행동으로 보여주었다. 그리 빠르지 않게 손을 한 번 휘저었던 것이다.

휘리릭!

소매가 움직이며 펄럭거리는 소리가 들렸다. 그때 악마금의 인상이 약간 찡그려지더니 놀라운 일이 벌어졌다.

드드드득!

잔떨림이 장내에 퍼지며 이내 바닥에 깔린 수만은 돌멩이들이 허공으로 천천히 떠오르기 시작했다. 처음에는 작은 돌멩이들이 떠오르더니 악마금이 좀 더 크게 손을 휘저어 내력을 더 끌어올리자 들썩거리기만 하던 사람 무릎까지 올라오는 바윗덩어리들까지 떠오르기 시작했다.

공손손은 더 이상 커질 수 없을 정도로 두 눈을 부릅뜨며 경악성을 흘렸다.

"이, 이, 이것이… 음… 공?"

말과 함께 거짓말처럼 수백 개의 돌들이 바닥에 우수수 떨어져 내렸다. 그때쯤 악마금도 바닥에 내려서 있었다.

"소리를 이용한 것이니 음공이지요. 하지만 이것도 아직 익숙하지 않습니다. 그저 들어 올리는 정도? 화경에 들어서면 이 정도는 할 수 있으니 그리 대단한 것도 아니지요."

악마금은 대단치 않은 것처럼 말했지만 공손손은 여전히 경악한 표정을 지우지 못했다. 그의 말대로 화경의 고수도 내력을 밖으로 뿜어내 물건을 들어 올릴 수는 있다. 흔히 허공섭물(虛空攝物), 격공지기(隔空之氣) 등이 그런 종류의 발전형이라 할 수 있었다. 어떤 자들은 이기어검까지는 아니지만 엄청난 내력으로 검을 날려 수십 장 밖의 적도 죽일 수 있는 것이 사실이었고, 그건 공손손도 할 수 있었다. 하지만 지금처럼은 절대 할 수 없었다.

손짓 몇 번으로 수백 개의 물질에 기를 분산해 주입하기는 거의 불가능에 가까울 정도로 힘들기 때문이다. 하지만 악마금은 더욱 놀라운 말을 했다.

"좀 더 익혀 이걸로도 공격이 가능하게 만들 작정입니다."

"어떻게? 가능하겠나?"

역시 이번에도 행동으로 대답했다.

쉬이익!

바닥에 떨어졌던 주먹만한 돌멩이가 잠시 들썩이더니 곧이어 빠르게 공손손의 얼굴로 향했다. 공손손은 약간 실망한 듯, 또는 갑작스런 기습 때문에 화가 난 듯 인상을 쓰며 손으로 움직였다. 이따위 돌멩이는 내공을 쓰지 않아도 충분히 쳐낼 수 있는 것이기 때문이었다.

하지만 막 돌멩이에 손이 부딪칠 무렵 '탁' 거리는 익숙한 소리가 들렸다. 악마금이 손가락을 튕긴 것이었다.

순간 '파파팍' 거리며 돌멩이가 몇 조각으로 부서지더니 손의 방향에서 벗어나 버렸다. 그 후 날카롭게 변한 그것들은 어김없이 공손손의 얼굴을 향해 엄청난 속도로 쏘아져 왔다.

"헉!"

그 갑작스런 공격에 하마터면 얼굴이 뚫릴 뻔한 공손손은 급히 고개를 숙였다. 머리끝으로 바람이 이는 것으로 봐서 소리를 이용해 돌멩이를 움직인 것만 아니라 엄청난 내력도 실은 모양이었다.

가슴이 서늘해지는 느낌을 받은 공손손이 뒤에 있던 나무를 뚫고 들어간 파편을 보며 입을 열었다.

"대단하군. 한 번에 몇 개나 사용할 수 있나?"

"지금은 두 개 정도? 하지만 갈수록 늘릴 생각입니다. 움직임을 조종하거나 터뜨리는 것은 쉬운데 내력을 싣는 것이 상당히 어렵더군요."

"또 다른 것은?"

악마금이 손가락을 까닥거렸다. 덤벼보라는 도발이었다.

비무는 다시 시작되었다. 공손손은 갈수록 놀라움의 탄성을 터뜨리며 자신의 패배를 절감해야 했다. 실제 내력이 많이 상실되고 실력이 예전만 못한 것은 사실이었지만 이 정도로 밀릴 줄은 상상도 하지 못했던 것이다.

그는 내력을 끌어올려 비장의 일격을 가했다. 적룡퇴(赤龍退)라는 것으로 한창 무림을 떠돌며 비무에 전념할 때 숱한 고수들을 패배시킨 한 수였다.

쿠아앙!

엄청난 굉음을 토하며 다섯 개의 반월형 검강이 악마금에게 날아들었다. 악마금은 역시 여유롭게 뒤로 물러섰다.

하지만 이번에는 악마금이 놀랄 수밖에 없었다. 검강이 바닥을 때리며 폭음과 먼지구름을 일으키는 가운데 그 속에서 방향을 튼 검강 하나가 몸을 토막 내려는 듯 따라왔기 때문이다.

"이런!"

너무 급한 나머지 음공을 사용할 생각도 못하고 급히 뒤로 물러서려는데 검강의 속도는 악마금보다 더욱 빨랐다.

"빌어먹을!"

순간 욕과 함께 악마금이 다급히 한 소리 기합성을 내질렀다.

"크아합!"

쾅!

다시 먼지구름이 일어났다. 지진이라도 난 듯이 바닥까지 들썩이고 있었다.

먼지가 가라앉으며 악마금의 모습이 보이자 공손손이 물었다.

"어떻게 한 거지? 분명 허공에서 폭발한 것 같은데……."

"제길! 저를 죽일 생각이셨습니까?"

악마금이 진저리를 치며 말했지만 공손손은 상관하지 않았다.

"어떻게 한 거냐고 물었다."

"세상에 존재하는 모든 것에는 파장이 있습니다. 그것을 이용한 것입니다."

"저번에 침상을 부순 것처럼?"

"네. 하지만 강기 자체에서 나는 파장은 아주 강력합니다. 까딱 잘못해서 파장을 맞추지 않았다면 몸이 동강 날 뻔하지 않았습니까?"

악마금은 짐짓 엄살을 떨었다. 하지만 여전히 공손손의 표정은 풀리지 않았다.

"소리로 강기까지 조종할 수 있다는 말이군."

"한번 발출된 강기는 방향까지도 조종할 수 있지요."

"그럼 왜 방금 전에는 그렇게 하지 않았나?"

악마금도 성질이 나는지 버럭 소리를 질렀다.

"말했지 않습니까, 아직 익숙하지 않다고! 게다가 음공과 그에 따르는 내공 조절이 절대적으로 부족합니다. 일 할만 사용해도 되는 것을 지금 같은 급한 경우에는 생각없이 오 할 이상씩 써버리니 어쩔 수 없었습니다, 닥치는 대로 끌어올리는 수밖에."

"흠!"

잠시 한숨을 흘린 공손손이 말했다.

"솔직히 음공에 이런 다양한 무공들이 숨겨져 있는 줄은 몰랐다. 여러 가지로 응용이 가능한데 더 보여줄 것은 없나?"

"한 가지 남은 게 있습니다."

"뭔가?"

악마금이 미소를 지었다. 여전히 비릿한 미소인데, 그것을 본 공손손은 불안한 표정을 지을 수밖에 없었다. 뭔가 꿍꿍이가 있어 보였던 것이다.

악마금이 다시 손을 저었다. 그러자 나뭇가지 하나가 날아가 공손손 뒤에 있는 나무에 부딪쳐 울렸다.

"뭐지?"

악마금은 대답없이 얼굴을 붉게 물들이고 있을 뿐이었다. 그것으로 보아 상당한 내력을 사용하고 있다는 것을 알 수 있었다. 잠시 후 그가 말했다.

"흐흐, 곧 아시게 될 겁니다."

말과 함께 공손손은 뒤에서 강렬한 기운을 감지했다. 이상하다는 생각과 함께 몸을 돌리려는데 공손손은 그럴 수가 없었다. 엷은 붉은색의 반월형 강기가 그의 허리 쪽으로 다가오고 있었기 때문이다. 몸을 돌릴 생각은 하지도 못하고 검강을 보자마자 공손손이 땅을 박차 위로 뛰어올랐다.

쾅!

강기는 옆 바위에 부딪쳐 사라져 버렸다.

놀라움 때문에 가슴을 쓸어 내린 공손손이었다. 그로서는 허공을 격해 강기를 만든다는 것이 이해될 수도, 할 수도 없었던 것이다.

"어떻게 한 건가?"

"소리를 이용한 것입니다. 제가 만든 소리가 아닌 소리를 허공을 격해 내력을 집어넣는 거지요. 이 방법은 우연히 알게 되었는데 제법 그럴싸하지 않습니까?"

"이것이 '그럴싸' 라는 정도인가? 마음만 먹으면 암습도 가능하겠

진정한 음공을 향하여 119

군. 어느 정도 거리까지 가능하나?"

"삼십 장? 그 정도는 될 겁니다. 단, 제가 감지할 수 있는 소리가 있어야 한다는 겁니다. 숲 속이라면 아주 적격이지요. 새소리가 많으니까. 그보다 폭포가 있으면 딱 좋습니다. 하지만 이보다 좀 더 개발할 생각입니다. 아주 다양한 방법들이 많이 있을 것 같거든요."

"그렇겠군."

생각과 달리 비무는 승패를 단정 짓지 못하고 싱겁게 끝이 났다. 하지만 비무 이후에 악마금과 공손손은 많은 이야기를 나눌 수 있었다.

대부분 악마금 자신이 생각하는 방법을 이야기하고 공손손이 듣는 쪽이었다. 그에 따라 공손손의 손도 가만있지는 않았는데, 연신 바쁘게 책자 위를 오가며 악마금의 말을 기록하고 있었다.

악마금은 그런 모습에 실소를 머금었지만 속으로는 자신도 저런 방법으로 나중에 음공에 대한 정리를 한번 해봐야겠다는 생각을 가지기 시작했다.

한참을 주절거리던 악마금이 슬며시 물었다.

"그런데 모든 방법들이 내공 조절이라는 것 때문에 힘이 듭니다. 익숙하지도 않은 데다 어느 정도 힘이 필요한지 정확하게 파악을 할 수가 없으니……. 하지만 이것은 조금만 시간이 지나면 해결되는 문제죠."

"다른 문제가 있나?"

"내공입니다. 출가경에 들어선 후 기가 농축됐는지 상당한 발전을 이루었습니다만 실제 내공 정도를 따진다면 사부님을 약간 앞서는 정도밖에는······. 제가 사용하는 음공 자체가 그리 큰 내공을 필요로 하지 않지만 그래도 힘이 드는 것은 사실이죠."

"하고 싶은 말이 뭐냐?"

본론을 피하고 있던 악마금이 표정을 고치며 대답했다.

"부탁할 것이 있습니다."

"뭐지?"

"지금부터 내공 수련에 많은 시간을 투자할 생각인데 영약이 필요합니다."

공손손이 미비하게 인상을 찡그렸다.

"출가경에 이르렀는데 그런 게 왜 필요해? 사실 영약이란 내공 증진에 상당한 도움이 되기는 하지만 그건 아이들에게나 그런 거지, 네놈 정도라면 크게 성과가 없을 거다."

"그래도 도움이 되는 것은 사실 아닙니까?"

"갈! 쓸데없는 생각 하지 말고 수련에 집중해! 날 과대평가하나 본데 구할 수도 없을뿐더러 구한다 해도 네놈에게 줄 마음은 없다."

공손손은 말을 마침과 함께 자리에서 일어났다.

"참, 내일부터는 너도 저녁 수련에 참가해라."

"무슨 수련 말입니까?"

"요즘 모두 진법 수련 중에 있다."

"진법 수련?"

"그래. 네놈은 예외였지만 이제 몸 상태도 좋아진 것 같으니 참가해야지. 열외는 없다."

"그것이 꼭 필요합니까?"

"모르는 소리. 음공을 여러 명이서 사용한다 해도 각자 다른 성질의 것이기에 제힘을 발휘하지 못해. 하지만 음의 높낮이를 조율해 한 사람은 낮은음으로, 한 사람은 높은음으로 박자에 맞게 변화를 주면 강력한 내공의 고수라도 적응을 못할 수밖에 없지. 그 밖에도 여러 가지 개발한 것이 있는데 아직은 완전한 것이 아니다."

악마금의 눈이 가늘어졌다.

"완전하지도 않은 것을 수련한단 말입니까?"

"수련 중 부족한 점을 찾아내면서 바꾸고 보완해 나갈 생각이다. 새로 개발해야 하는 입장이니 어쩔 수 없는 것 아닌가?"

"하! 저희들이 실험 대상이라는 거군요?"

"쓸데없는 생각 말고 시키는 대로 해."

공손손은 처음 칠 년간 아이들을 수련시킨 후부터 진법에 대해 계속 연구를 했다. 많은 아이들이 음공의 고수로 성장했기에 무림에서 사용하는 진법을 이용하면 어떨까란 생각에서였다. 그리고 어느 정도 아이들이 자라고 개인 수련으로 상당한 성과를 보이자 한 달 전부터 이론적으로 만든 세 가지 진법을 아이들에게 교육시키고 시범을 보이게 했다.

첫 번째는 혈음강마진(血音剛魔陣)으로 악마금에게 말했듯이 고음과 저음, 가는 음과, 굵은 음, 그리고 그 중간에 섞인 각각의 성질이 다른 음을 조화롭게 퍼뜨리는 것이었다.

시전자가 두 명 이상이면 언제나 사용할 수 있는 것이었지만 많으면 많을수록 다채롭고 음의 변화가 심해 상당한 효과를 주는 진법이었다.

이것은 강력한 고수가 나타났을 때 사용할 수 있게 개발한 것이지만 그렇지 않아도 상당한 힘을 발휘했다. 문제점은 그 조화를 악마대원들이 잘 이루어내지 못한다는 것과 내력을 비슷하게 맞추어야 한다는 점이었다.

　두 번째는 천지영음진(天地影音陣)이다. 이것은 네 명, 여덟 명, 최고 열여섯 명이 이룰 수 있는, 음보다 방향을 중시하는 진법이었다.

　네 명일 때는 동서남북을 기본으로 하며 수가 많아질수록 그 사이에 배치되었다. 장점은 폭넓은 곳에 위치하여 적을 가두어놓고 공격을 할 수 있다는 것인데, 한정된 지역에서 뿜어지는 음공의 파괴력은 상상 이상의 힘을 낼 수 있었다. 역시 문제점이라면 공격 범위가 넓어 시전자가 서로 협력을 못한다는 점이었다. 그래서 최근 공손손은 동서남북에 한 명씩이 아닌 여러 명을 배치해 음공을 시전할 수 있도록 준비 중에 있었다. 조화가 잘 이루어져야겠지만 그것은 두고 볼 일이었다.

　세 번째는 강혼대음진(强魂大音陣)이었다.

　이것은 공손손의 걸작이라 할 수 있었다.

　특별한 진을 구성하지는 않지만 무림에서 흔히 음마나 색마들이 사용하는 음공의 기초가 주가 되는 진법으로써 적의 마음을 혼란하게 만드는 것이었다. 강점은 보통 사람뿐만 아니라 내공을 익힌 무림 내가 고수에게도 엄청난 영향이 미친다는 것인데, 정신을 뺏을 정도로 혼란스럽게 만드는 방법이었다.

　강혼대음진을 만든 목적은 대규모 전투 시 선발대로 악마대를 투입해 적의 마음을 교란시키고 진기의 유통을 막아 한동안 제 실력을 낼 수 없게 한 다음 대기하고 있던 아군을 투입해 쉽게 제압하려는 의도에서였다. 역시 여기에도 문제점은 많았지만 계속 보완해 나가고 있는 실정이었고 또 계속 좋아지고 있었다.

악마금도 다음날부터 진법 수련에 참가해 동료들과 같이 수련을 받았다. 하지만 그보다 개인 수련에 더욱 열을 올릴 수밖에 없었다. 기상하자마자 현천무한심법을 개명(改名)한 현천음한심법(玄天陰寒心法)으로 내공 수련에 집중했는데, 그것은 식사 시간을 제외한 오전 내내 이루어졌다.

오후에도 내공 수련은 계속되었는데 음공을 더한 내공 수련이었다. 음공을 시전하면서 계속적으로 내력을 방출해 몸속의 내공을 키우는 방법이었다. 이것은 순수하게 심법을 익히는 것보다 속도가 느렸지만 그래도 음공에 익숙해져야 했기에 어쩔 수 없었다. 역시 식사 시간을 제외하고는 모든 시간을 할애했다.

저녁은 진법 수련.

그 후 밤이 되어 모두가 잠든 시각에도 악마금은 수련을 마치지 않았다. 홀로 아무도 없는 숲으로 나와 소리를 이용한 모든 방법을 응용하고 시전할 수 있게 투자를 했던 것이다.

우선은 자유자재로 소리를 이용할 수 있게 숙달 면에 상당한 신경을 썼다. 반복에 반복을 더해 익숙해지면 다음 방법으로 넘어가는 식이었다. 그러니 내공이 점점 불어나고 시간이 지나자 소리를 응용하는 방법이 인위적인 느낌에서 자연적인 느낌으로 바뀌는 것은 당연했다.

악마금은 점점 늘어가는 내공과 실력에 내심 쾌감을 느끼고 있었다. 반면 자신의 방에 돌아와서도 그냥 자는 법이 없었다. 공손손처럼

지금까지 익히고 느꼈던 음공에 대한 자신의 생각을 기록했고 잡다
하지만 나름대로 자신의 음공에 대해서도 정리를 하고 기록해 나갔
다.

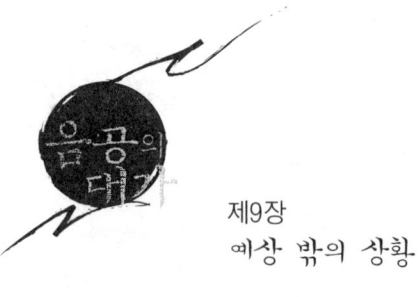

제9장
예상 밖의 상황

　어느덧 선선한 봄바람은 삭혀들고 날씨는 비교적 온화함에 물들기 시작했다. 여름을 예고하듯 한낮의 열기는 무더웠지만 그 외의 시간에는 쾌적한 습기와 온도가 유지되어 사람들을 기분 좋게 했다. 하지만 그 쾌적함이 귀주성 개양(開陽)의 거대한 장원에는 예외인 모양이었다. 청명한 날씨 속에서도 장원은 싸늘한 긴장감마저 감돌고 있었던 것이다.
　그날 낮 미시 초(未時初:오전 1시). 장원 안으로 타지 사람들이 몰려들기 시작했다. 모두들 무기를 소지한 것이 무림인임을 증명하고 있었다.
　화락방(花樂幇)은 귀주성 개양 중심에 위치한 방도 수 일천의 비교적 작은 문파였다. 하지만 인근에서 그들을 무시할 수 있는 세력은 아무도 없었다. 정보력을 바탕으로 막대한 이득을 챙기는 데다 일천의 고수들이 방에서 직접 양성한 뛰어난 고수들이었기 때문이다.

화락방의 조용한 밀실에 그날 찾아온 무사들 중 고급스런 복장을 한 몇몇 사내가 들어섰다. 모두 한 문파의 장문인들로 나머지는 호위 무사들이었다.

한 문파의 수장들이 이렇게 한자리에 모이는 것은 상당히 희귀한 일이지만 정작 본인들은 아무런 표정의 변화도 보이지 않았다.

그들은 방으로 들어서기가 무섭게 각자 자리에 앉았다. 그중 태양문(太陽門)의 문주 사일검(射日劍) 마정정(魔情正)이 입을 열었다.

"무슨 일 때문에 우리를 오라고 한 것이오?"

언성은 나직하고 일정했지만 얼굴에 담긴 표정에는 불쾌하다는 듯한 의미가 노골적으로 담겨 있었다. 그의 말에 이번 회합을 주최한 화락방의 방주 쾌영신(快影身) 일섬(一閃)이 조심스럽게 입을 열었다.

"우선 바쁘신 분들을 이렇게 오시라고 해서 대단히 송구합니다. 하지만 긴급히 의논드려야 할 일이 생겼기에 무례를 무릅쓰고 모셨습니다. 이해하시길 바랍니다."

그 말을 누군가가 바로 받았다. 옹안(甕安)에서 가장 강력한 세력이라 인정받는 태학문(太學門)의 문주 무혈도(無血刀) 가양(加楊)이었다. 사천의 고수를 보유한 태학문주 가양은 화경에는 오르지 못했지만 엄청난 도(刀)의 달인으로 유명했다. 손속이 잔인하고 도를 뽑았을 때는 인정이 없다 하여 무혈도라 불렸다.

그 또한 상당히 불쾌한 표정으로 인상을 굳히고 있었다. 찾아와도 만나 줄까 말까인데 감히 화락방 따위가 자신을 오라고 한 데 대한 불쾌감을 그렇게 표시하고 있는 것이었다.

"무슨 일인지는 모르나 여기에 한가한 사람은 없을 것이오. 안 그래도 무림에 혈풍(血風)이 불어 집안 단속에 신경을 써야 하는데……. 거두절미하고 본론만 말하시오."

다른 사람들도 그와 같은 표정으로 고개를 끄덕였다. 하지만 화락방주 일섬은 오히려 느긋하게 입을 열었다. 그게 사람들의 기분을 더욱 고깝게 만들었지만 궁금한 점도 있었기에 참을 뿐이었다.

"제가 의논을 드리고 싶은 것도 그에 관해서입니다. 몇 년 전부터 만월교가 공식적으로 분타(分舵)를 설립하면서 그와 함께 많은 혈풍이 불기 시작했습니다. 멀리 보지 않아도 적룡문과 장문(長門)의 격돌을 들 수 있겠지요. 하지만 그뿐만은 아닙니다. 크고 작은 문파들이 여기저기에서 세력 다툼을 벌이고 있습니다. 어차피 무림이라는 것이 그런 것이겠지만, 문제는 모든 싸움이 문파의 존망을 걸 만큼 치열하다는 점이지요."

"……."

실내에 앉아 있던 여덟 명의 인물은 모두 침묵을 지켰다. 그의 말은 사실이었고, 그 때문에 하루하루가 가시방석인 것도 사실이었던 것이다. 어느 문파가 언제, 어디서, 어떻게, 어떤 방법으로 공격해 올지 모르기에…….

그 모든 원흉이 만월교라는 사실은 알고 있었지만 대처할 수도 없는 실정이었다. 만월교가 직접 움직인다면 어떻게든 해보겠으나 평소에 만월교와 전혀 상관없다고 생각했던 문파가 갑자기 강한 세력으로 공격하는 사례가 빈번했으니 말이다.

그러니 방법은 한 가지. 아무도 믿지 않으며 문을 걸어 닫고 '무조건 지킨다' 였을 뿐이었다.

화락방과 같은 개양에 위치한 섬화부(纖火部)의 부주(部主) 정석(貞石)이 표정을 달리하며 물었다.

섬화부는 오백의 고수를 보유한 소규모의 문파로 장락방주와는 어느 정도 친분이 있는 사이였다.

"그래서 하고 싶은 말이 무엇이오?"

"뜻이 맞는 문파들끼리 연합을 형성하자는 것입니다."

"연합?"

"그렇습니다. 흩어져 불안에 떠는 것보다 그 방법이 서로에게 좋지 않겠습니까? 게다가……."

"난 반대요!"

단호한 목소리가 일섬의 말을 끊었다. 모두 돌아보니 개양에서 북쪽으로 육십 리가량 떨어진 요차산(曜侘山)의 요차문주(曜侘門主) 강건석(鋼巾石)이었다. 성격이 호탕해 친구 사귀기를 좋아하는 반면 행동이 드세고 너무 직설적이라고 비난하는 사람도 있는 자였다.

"이유를 물어봐도 되겠소?"

"이유라고 말할 것도 없소. 생각이 있는 사람들이라면 다 알 것 아닙니까?"

노골적인 그의 말이었지만 일섬의 얼굴에는 전혀 변화가 없었다. 화가 날수록 표정을 더욱 온화함으로 포장해 가는 그인 것이다. 오히려 정말 모르겠다는 듯 은근한 표정이 되어 다시 물었다.

예상 밖의 상황

"아둔한 저로서는 이해가 가질 않는군요. 왜 그런지 식견(識見)을 넓혀주실 수 있겠습니까?"

일섬이 그렇게까지 말하자 강건석도 실수를 깨닫고는 잠시 얼굴을 붉혔다.

"험험! 좋소. 말이 나왔으니 하는 말이지만 연합이라는 자체가 이루어질 수 없는 뜬구름이라 생각하고 있소. 우선 저자를 보시오."

그는 손을 들어 한 사람을 지목했다. 태화방(太火幇)의 방주 혈도부(血屠斧) 만건의(萬乾意)였다.

태화방은 요차문과 같은 요차산 일대에 위치하고 있었다. 많은 문파들이 자리잡고 있지만 세력권까지 맞물려 있어 사이가 그리 좋지 못했다. 게다가 사 년 전 태화방이 은근슬쩍 요차문의 세력권을 넘봄으로써 치열한 다툼이 벌어졌는데, 머릿수로 밀어붙이는 통에 결국 요차문은 상당한 금액을 챙길 수 있는 홍등가를 태화방에 넘겨주고야 말았다.

그때부터 강건석은 태화방을 극도로 미워했다. 하지만 태화방주 또한 요차문과의 다툼에 조카를 잃었기에 지금에서는 서로 못 잡아먹는 원수지간으로 발전해 있었다. 힘만 생기면 언제든지 치고 들어갈 준비까지 하고 있는 중인 것이다.

자신이 지목되자 조카를 잃은 분노가 다시 살아나는지 만건의의 눈살이 꿈틀거렸다. 하지만 살기까지 내비치는 그의 시선은 아랑곳하지 않고 강건석은 태연하게 말을 잇고 있었다.

"우리 요차문과 태화방은 사이가 그리 좋지 못하오. 어디 우리뿐이겠소? 무림의 특성상 이권에 개입되는 것이 당연하니 그 이권을 빼앗고 지키기 위해 서로 반목한 것은 오래전부터 자연스럽게 있어왔던 일이오. 친분이 있는 분들보다 적대 관계가 훨씬 많다는 말이외다. 이런 상황에서 어찌 연합이 형성될 수 있다는 말이오? 설사 연합이 형성된다 하더라도 그리 중요하게 생각하지도 않을뿐더러 위험에 처해도 도움을 주거나 받지도 않을 것이오. 말 그대로 이름만 연합일 뿐 지금까지와 같이 가는 길은 서로 다를 것이오."

일섬이 고개를 끄덕였다.

"흐음, 그렇군요. 하지만 제 생각은 조금 다릅니다."

"……."

"강건석 문주님의 말대로 이권과 세력에 끌려다니는 것이 바로 무림입니다. 하지만 이번 일은 그 성질이 조금 다르지요. 만월교의 공격이 어떤 형식인지는 모르나 귀주를 집어삼키려 한다는 것은 모두 알고 있을 것입니다. 독자적으로 행동한다면 언젠가는 만월교에 귀속될 수밖에 없습니다. 그 또한 세력을 포기하는 것이니, 아니, 어쩌면 가장 큰 이권을 포기하는 것이라고 할 수 있지요. 망하느냐 살아남느냐로 결과가 남을 겁니다. 이런 상황이라면 서로 협력해야 하지 않겠습니까?"

"하지만 내가 말하고 싶은 것은 그런 것만은 아니오. 다른 문제도 있소."

"무엇입니까?"

"일섬 문주의 말씀처럼 만약 이해관계가 맞아 연합을 결성했다 칩시다. 다음은 어떻게 되는 것이오? 많은 세력들이 뭉쳤으니 그 힘은 짐작이 갈 것이고……. 만월교가 가만히 있겠소? 오히려 집중적으로 우리

예상 밖의 상황 131

를 공격할 것은 자명한 사실이 아니오. 문주께서는 그 점을 어떻게 생각하시오?"

"제가 여러분을 모신 것이 그것을 상의하기 위해서입니다. 저도 그런 생각을 하고 있었기에 지금까지 묵과하고 있었지요."

"그럼 방법이 있다는 말이오?"

일섬은 대답 대신 슬며시 미소를 지었다. 잠시 후 은근한 표정으로 소리를 낮추어 좌중에게 물었다.

"태강(台江)에 있는 단목문(檀木門)을 알고 있습니까?"

장내의 사람들은 의아한 표정이 될 수밖에 없었다. 단목문은 남무림을 통틀어 적룡문, 만월교 등과 함께 가장 세력이 큰 열두 문파 중 하나였기 때문이다. 당연히 모르는 사람이 없었다.

"모를 리가 있겠소? 그런데 왜 그러시오?"

"그럼 그 단목문이 일 년 전 개리(凱里)의 혈천문(血天門)과 모종의 밀약을 맺었다는 것도 알고 있습니까?"

순간 사람들이 놀란 듯 탄성을 질렀다. 혈천문 또한 열두 세력 중 하나. 특히 절정고수가 많기로 유명한 문파였기 때문이다. 개개인 모두가 절정의 실력을 갖추고 있었으며 화경의 고수가 무려 다섯 명이나 되었다. 지금까지 알려진 바로 귀주에서 화경의 고수로 알려진 자들은 열다섯 명에서 스무 명 사이. 그러니 그중 거의 삼분의 일을 보유하고 있는 셈이었다.

이천오백 명의 문도 수로 열두 세력에 오르내리는 것도 그 때문이었다. 손속이 잔인한 데다 은원(恩怨) 관계가 철저해 귀주에서는 어느 문파도 그들을 건드리려 하지 않았다.

반면 단목문은 고수가 많아 그 힘을 과시했는데 문도 수가 만오천에 달했다. 그리 실력이 뛰어난 고수들은 많지 않았지만 그것은 만오천이라는 수에 반비례한 것일 뿐 다른 문파보다 당연히 실력이 뛰어난 절정고수가 많을 수밖에 없을 것이다. 개리에 단목문 하나만 있는 것도 그 때문이었고, 고수 보유 수로는 만월교를 제외한 귀주 최강이라 할 수 있다.

강건석 문주가 놀라움을 감추지 못하고 확인했다.

"정말이오? 그 두 문파가 연합을 맺었소?"

"그렇습니다. 일 년 전 은밀하게 협력 관계를 가진 모양입니다. 뿐만 아니라 그 후에도 다른 문파들이 비밀리에 그 속에 가담하기 시작했습니다."

"당연하겠지요. 내일을 기약하기 힘든 판에 든든한 버팀목을 얻을 수 있을 것이니……."

강건석의 중얼거리는 소리는 방 안을 침묵으로 이끌었다. 그 말을 끝으로 사람들은 연합 결성에 대한 긍정적인 생각을 갖기 시작했다.

그것을 놓칠 일섬이 아니었다. 그가 확정적으로 쐐기를 박았다.

"강력한 연합이 이미 생겨났으니 우리가 연합을 결성한다 해도 만월교는 어쩔 수 없을 겁니다. 오히려 우리에게 위협감을 느끼겠지요. 여기 있는 열 개의 문파만 합쳐도 이만이 넘는 고수들이 하나로 뭉치는 셈이니 말입니다. 그 힘은 상상도 할 수 없을 겁니다. 뿐만 아니라 그때가 되면 다른 문파를 끌어들이기도 쉬울 겁니다. 그들에게도 버팀목이 절실할 테니까요."

태양문의 문주 가양이 처음과 다른 반응을 보였다.

"좋습니다. 하지만 우리만으로는 조금 믿음이 가지 않습니다."

"걱정할 필요는 없습니다. 저는 제가 알고 있는 정보를 이미 대방(大方)의 모양각(模樣閣)에 흘렸습니다. 살수 집단인만큼 상황 판단이 빠른 자들이지요. 아마 그곳에 세력을 두고 있는 문파들도 얼마 안 가 힘을 합칠 겁니다. 그 외에도 여기저기 정보를 흘려 연합이 구성될 기반을 다져 두었으니 단목문과 혈천문의 연합에 이어 우리까지 들고 일어선다면 여기저기에서 많은 연합 세력이 생겨날 것입니다."

"흠, 그렇게까지만 된다면 바랄 것이 없지요."

"그 후에는 만월교가 오히려 상당히 힘들어질 겁니다. 귀주 전체를 상대로 지역전을 펼쳐야 하니 장기전이 될 공산이 크고 자금력도 달리게 될 것은 불을 보듯 뻔하지요. 저희는 가만히 앉아서 어부지리를 얻으면 그만입니다."

"최대한 만월교와의 대립을 미루자는 말씀이오?"

"그렇습니다. 굳이 우리가 피해를 볼 필요는 없지 않습니까?"

"그런데 한 가지 문제가 있소."

섬화부의 부주 정석의 말에 일섬이 물었다.

"무엇입니까?"

"만월교도 문제가 있지만 더 큰 문제는 그들에게 동조하는 문파가 어떤 자들인지 모른다는 것이오. 솔직히 저는 이 실내에 있는 사람들도 완전히 믿지 못하겠소. 혹 이미 만월교에 협력하고 있는 자가 있을지도……."

말끝을 흐리자 묘하게 침묵이 흘렀다.

하지만 일섬은 그 또한 이미 생각하고 있었던지 통쾌하게 대답했다.

"상관없습니다. 오히려 좋지 않겠소?"

"좋다니, 무슨 소리요?"

"개리와 태강에 연합이 결성된 이상 우리까지 연합만 확실히 이루어진다면 그 힘은 상당할 것입니다. 만월교에 속해 있는 자도 그것을 모르지 않을 터, 어느 쪽에 붙어야 좋을지는 그들의 선택이 아니겠습니까? 제 생각으로는 우리 쪽으로 붙을 것 같은데……. 만약 지금 이 자리에서 사실을 밝힌다면 그에 관해서는 완전히 묵인하는 것으로 합시다. 거기에 만월교의 정보까지 빼오면 더욱 좋은 것 아니겠습니까?"

그 말에 강건석이 말했다.

"듣고 보니 그렇군요. 좋소. 이 자리에 만약 첩자가 있고 그것을 밝힌다면 문제 삼지 않는 것으로 합시다. 우리 요차문은 연합에 가입하겠소. 단, 만월교의 마수(魔手)가 걷힐 때까지요."

"우리 문파도 하겠습니다."

"우리도."

장내의 모든 인물들이 연합에 찬동을 하고 나섰다.

*　　　*　　　*

모양각은 대방의 북쪽 현자라는 마을에 자리를 잡고 있었다. 하지만 그곳이 정식 총단은 아니었다. 그들은 살수 집단이었고 어둠의 자식인 만큼 남들의 이목을 피해야 했기 때문이다. 주기적으로 총단을 옮겨 다니는 떠돌이들이 그들인 것이다. 그 덕분에 그들의 세력은 알려지지 않았다. 살수들의 모임이라는 것만 알려졌을 뿐 다른 것은 비밀에 붙여져 있는 은밀한 자들이었다.

"어떻게 됐지?"

상큼한 목소리의 주인은 이제 묘령(妙齡:여자 나이 이십 세) 정도 되어 보이는 아름다운 여인이었다. 이름은 묘강(猫羌). 실제 나이는 이십육 세였다. 무공은 그리 깊지 않았지만 주안술을 익혀 육 년 전부터 항상 같은 외모였다. 초롱한 눈망울에 약간은 남성적인 매력을 풍기는 것이 묘하게 부조화스러웠지만 또 자연스럽게 보이기도 했다.

그녀에게는 특별한 별호가 없었다. 단지 수하들에게 제일사(第一死)라고만 불릴 뿐. 그녀가 모양각의 주인이었다.

그녀의 물음에 실내 바닥에서 검은 그림자 하나가 스르륵거리며 올라섰다.

"용정문(龍亭門), 쾌검파(快劍派), 잠룡문(潛龍門)을 주축으로 이 일대에 연합 세력이 구축되었습니다."

"호호, 그러고 보면 아주 멍청한 놈들은 아닌가 봐?"

"그렇습니다. 그런데 저희에게도 은근히 제의를 해왔습니다. 어떻게 할까요?"

그녀가 심드렁한 목소리로 대답했다.

"정보를 주었으면 됐지 우리에게 무슨 볼일이 있다고."

"정보력이 탐난 것이겠지요."

"정보는 주겠지만 협력은 거절한다고 확실히 전해. 그리고 정보의 대가는 상당할 것이라는 것도."

"알겠습니다. 그럼 저는 이만."

말과 함께 사내는 나타날 때처럼 바닥으로 스며들었다. 그 신묘한 방법이 신기하지도 않은지 그가 사라지자 묘강은 태자의 팔걸이에 비스듬히 기대어 음흉한 미소만 흘리고 있었다.

"호호호, 만월의 그 늙은 노파 때문에 쏠쏠한 재미 좀 보겠군. 그나저나 누가 승리할까? 만월교?"

그녀는 고개를 저었다.

"귀주 전체를 상대로는 어쩔 수 없겠지. 혹 단 한 번의 공격으로 수백 명씩 죽이는 자연경의 고수라도 있다면 모를까. 잠깐?"

그녀는 몸을 급히 바로 세웠다. 평소 장난이 심했고 호기심이 많았기에 늘 하는 행동이었다. 무언가 재밌는 생각이 나면 안절부절못하는 것이다.

"만월교에도 정보를 좀 줄까? 돈이 될 텐데……. 아니야. 지금보다는 좀 더 세력이 약해질 때를 기다리는 것이 좋겠어. 호호, 그때 가면 세상에서 가장 도도한 늙은 여우의 뭐 씹은 표정을 볼 수 있겠군. 빨리 보고 싶어. 어떻게 기다리지?"

그녀가 밖을 향해 외쳤다.

"재밌는 일 없어?"

밖에서 즉각적으로 반응이 나왔다. 그것도 주인에게 하는 것이 아닌 친구에게 하는 듯한 짜증스런 목소리였다.

"없습니다."

"알았어."

그녀는 곧이어 침실로 가더니 잠을 청했다.

오백 년의 역사를 가진 뿌리 깊은 살수 집단인 모양각, 그리고 역대 최고의 두뇌. 무공에는 소질이 없었지만 머리 하나는 좋아 제일사가 된 지 칠 년 만에 세력을 세 배 이상으로 불린 것이 그녀였다. 하지만 철이 없고 너무 자기 마음대로 행동했기에 수하들은 은근히 불만을 토하기도 했다.

제10장
악마(樂魔)의 서(書)

귀로 듣는 것은 첫 번째요 마음으로 듣는 것은 두 번째니 마음의 귀가 열릴 때 세상에 숨죽이고 있는 모든 소리가 들리리라!

악마신공(樂魔神功)의 첫 번째 장은 그렇게 시작되었다. 거친 필체로 썼던 이의 마음을 정확하게 표현하고 있었다.

그리고 다음 장을 넘기면 종이 상단에 진하면서도 작은 글씨로 이렇게 적혀 있었다.

그대여, 소리의 의미를 아는가? 진정한 파동의 의미를 생각해 보았는가?

그 밑으로도 깨알같이 작은 글씨로 무언가 적혀 있는데 대략 정리하면 이런 내용이었다.

세상의 모든 소리에는 진동을 동반한다. 진동이란 공기의 떨림을 말하며, 그 떨림이 규칙적일수록 모든 생물에게 영향을 준다. 음공의 첫 번째란 이것의 응용이며 음의 진동을 조절해 인간의 심장 박동 수에 맞추어 느리게, 혹은 빠르게 조절을 하는 것에 있다. 시전자에 따라 사람에게 기쁨과 슬픔을 선사할 수 있으며 이것이 음공의 가장 기본이 되는 단계이다.

위와 같은 내용의 글은 한 장에 빽빽이 구체적으로 적혀 있었으며 다음 장에는 그에 따른 수련 방법과 마음가짐, 그리고 지켜야 할 점과 조심해야 할 점, 중요하게 여겨야 할 부분 등이 상세히 적혀 있었다.
다음 장으로 넘기자 첫 번째와 같이 상단에 이런 글귀가 적혀 있었다.

보이지 않는 소리에 보이지 않는 힘을 담으니 그 소리를 듣는 자, 지옥을 경험하리라!

역시 그 밑으로도 깨알같이 작은 글씨로 무언가가 적혀 있는데 내용은 음공에 대한 것이었다. 소리에 내력을 담는 방법을 기술하고 있었고, 음공의 두 번째 단계라 적혀 있었다.

옆 장도 마찬가지였다. 음공의 두 번째 단계에 대한 수련 방법과 조심해야 할 점 등이 상세하고도 쉽게 적혀 있었으며 같이 익히면 좋을 심법과 그 외 음공과 조화를 이루는 다른 무공에 대한 설명도 친절하게 설명해 주고 있었다.
다음 장 상단에는 이런 글귀가 적혀 있다.

보이지 않는 소리를 보고 싶은가? 소리의 힘을 느껴라. 그리하면 소리의 실체가 보이리라!

그 밑의 작은 글씨는 음기에 관한 설명이었다. 그리고 옆 장은 음기를 만드는 방법과 함께 수련 방법, 음기의 용도와 응용 방법 등이 적혀 있었다.
다음 장은 이랬다.

소리로 공간을 갈라라! 그리하면 신화경이 보일 것이다.

그 장은 네 번째 단계로 음강과 음폭에 대한 설명이었다. 역시 옆 장은 그에 대한 수련 방법과 설명.
다채로운 방법이 깨알같이 기술되어 있어 음공의 실체를 드러내고 있었다.
다음 장이었다.

들어도 들리지 않는 자여, 듣기 위해 귀 기울이는 자여, 지금 눈을 감으라! 세상의 모든 소리가 그대와 함께하리라!

이 장은 다른 단계보다 두 배의 분량을 차지하고 있었는데, 첫 장은 다른 장과 마찬가지로 소리를 듣는 방법과 미세한 소리를 잡아내는 방법, 그리고 소리의 본질에 대한 깨달음에 관한 것이었다.

소리의 색깔에 대한 설명도 있었으며 인위적인 소리에 내력을 실어 주위 사물과 조화를 이루는 방법들이었다.

다음 장은 역시 음공에 가장 좋은 수련 방법과 거기에서 파생되는 다양한 응용 방법들이 기술되어 있었다.

그 응용 방법이 너무 자세하고 많아 이 부분에서 분량이 꽤 많이 차지하고 있었다.

반면, 다음 여섯 번째 단계는 다른 장의 절반도 되지 않는 분량이었다.

상단에는 이렇게 적혀 있었다.

소리를 지배하는 자, 공간을 지배하리라!

이것은 무인이라면 경악할 만한 놀라운 것들이었다. 자신이 내는 소리로 자연의 소리를 조율하는 것이 아닌, 자연의 소리에 내력을 실어 자연의 소리를 조율하는 방법이었기 때문이다. 굳이 악기를 연주하지 않아도, 소리를 만들어 사용하지 않아도 마음만으로 소리를 지배하고 조절하는 방법인 것이다.

예를 들면 이런 것이었다.

나는 새는 소리가 난다. 거기에 내력을 격해 그 소리에 힘을 실은 다음 다른 소리까지 조정한다는 것이다.

역시 그에 따른 수련 방법과 응용 방법이 적혀 있었지만 분량은 극히 적었다.

다음은 백지였다.

아무것도 적혀 있지 않았는데 그렇게 계속 책자를 넘기자 중반 부분부터 다시 글씨가 적혀 있었다.

들여다보니 악기에 관한 설명이었다. 다양한 악기와 연주 방법, 그리고 음공의 성질에 따라 어떤 악기가 좋고 어떤 악기가 어떨 땐 나쁘며 고음의 용도와 저음의 용도 등, 그리고 각 악기 소리의 높낮이마다 그 성질과 사람에게 미치는 영향이 자세히 적혀 있었다.

그리고 마지막 장이 되었다.

그곳도 백지였다.

트륵!

악마금은 자신이 지금까지 적어온, 매일 한 시진씩 몇 달이란 시간을 투자해 적어온 악마신공을 찬찬히 훑어본 후 붓을 들었다. 그리고 마지막 장의 순백의 종이에다 이렇게 적었다.

안순(安順) 환산(幻山)의 만월교, 악마대 막사 삼십육내실(三十六內室)에서 악…….

순간 악마금이 붓을 멈췄다. 그리고는 잠시 생각하더니 마르지도 않은 '악' 자를 붓으로 칠해 점을 만들어 버렸다.

그는 잠시 망설인 후 점 옆에 다시 적었다.

헌원지가…….

써놓고 보니 웃긴 모양린지 악마금은 슬며시 미소를 지었다.
"훗, 오랜만에 쓰는 이름이군. 뭘 하고 있을까?"
문득 예전 그 흉포하던 할아버지—악마금의 어릴 적 기억으로는 그랬다—와 언제나 웃어주며 자상하게 대해주었던 종조부가 생각났다. 그리고 자신과 놀아주던 하인들과 하녀들도…….
하지만 그는 이내 고개를 저었다. 생각해 보면 기분 좋은 추억이었지만 지금은 이 만월교의 일원이라는 현실에 만족하고 있었기 때문이다. 자신이 원하는 음공을 계속 익힐 수가 있었으며 어릴 때와는 달리 생활의 자유도 상당수 보장되지 않던가!
실제 이곳 만월교에 계속 있지는 않을 것이란 생각을 은연중 하고 있었지만 아무튼 지금은 이대로가 좋은 것이 사실이었다. 오랜 기억으로 지금에 주어진 모든 것을 포기하고 가물거리는 기억을 찾아 떠날 만큼 감성적인 악마금이 아니었던 것이다.
그는 다시 붓을 종이에 갖다 대었다.
비급의 마지막에는 만든 사람이 있는 장소와 신분을 적는 것이 보통이지만 비급을 만든 자의 당시 나이와 무공 수준도 적는 것이 정석이었다.
악마금은 자신의 이름 밑에 이렇게 마무리 지었다.

약관에 음공으로 출가경에 이르다.

탁!
그는 약간 아쉬운 마음을 느끼며 책자를 덮었다. 그것은 악마신공이 완전한 것이 아니기에 든 생각이었다. 중간에 남아 있는 백지는 자연동화경에 이른 음공을 기록하기 위해 남겨두었는데 그것은 지금 적을 수가 없기 때문이었다.

그가 자연동화경을 이루지 못했으니까. 게다가 여섯 번째 단계도 절반밖에 기록하지 않았는데 그 또한 아직 완전히 익힌 것이 아니었기 때문이다.

예전과 비교했을 때는 엄청난 발전을 보인 것이 사실이지만 이상하게 자연의 소리를 이용하는 자체가 힘이 들었다. 내력의 문제가 아닌 기술적인 문제라고나 할까?

하지만 이것은 단지 숙달 면에서 뒤처진 것이기에 그리 연연하지 않았다.

우선은 좀 더 많은 응용 방법을 찾아내고 좀 더 좋은 수련법을 찾아내는 것이 급선무라 할 수 있었다.

그는 책자를 들어 책장에 고이 꽂아두었다. 누가 훔쳐볼까 불안한 생각도 들었지만 자신의 방에 다른 사람이 들어오는 일은 없었기에 예전부터 거기에 보관하고 있었다.

책을 꽂은 후 악마금은 고개를 돌려 창밖을 바라보았다. 이제는 여름도, 그리고 가을도 지나가 겨울이 되어 있었다.

"오늘은 쉴까?"

창밖에 비치는 유난히 밝은 달을 보며 괜히 감상적이 되는 악마금. 그는 그날 처음으로 일 년간 한 번도 빠지지 않은 밤 수련을 빠졌다.

제11장
진법 수련은 필요없다

 귀주의 상황은 급변을 거듭하며 바쁘게 돌아가고 있었다. 그 변화 속에서 이번 사건의 원흉 만월교가 가장 민감하게 반응하는 것은 당연했다.
 그들의 계획은 애초부터 틀어져 버린 상태였다. 귀주의 군소 방파들이 끼리끼리 모여 연합을 결성할 줄은 생각하지도 못했고, 그 힘이 상상외로 강하다는 것도 뜻밖의 결과였던 것이다. 오히려 만월교가 위협을 느끼고 있을 정도였다.
 가장 난감한 점은 상대가 한데 뭉쳐진 것이 아닌, 각기 떨어져 연합이 결성되었다는 점이었다. 작게는 칠팔 개의 문파들이 힘을 합쳐 대항해 오기도 했고 크게는 서른 개가 넘는 문파가 연합을 이루어 공격해 오기도 했다.

자연 만월교는 힘을 분산할 수밖에 없었고, 그래서 언제나 초긴장 상태를 유지하고 있었다.

급기야 초반에 뜻을 같이했던 문파들만을 이용해서는 도저히 계획을 지속하기 힘들다는 판단이 내려졌고, 그렇게 되자 외부에 드러났던 분타 외에 은밀히 운영했던 분타까지 내세워 맞서기 시작했다. 하지만 그것도 한계에 부딪치고 말았다.

귀주 전체를 상대로는 계란으로 바위 치기였던 것이다. 삼십오 년 전 중원 진출 실패의 뼈아픈 상황이 이곳 귀주에서도 재현되고 있는 것 같았다.

"이미 계획은 틀어진 것이나 다름없습니다."

화령 장로의 회의적인 말에 모두들 고개를 끄덕였다.

회의실에 모인 인물들은 모두 다섯 명. 교주와 네 명의 장로만 자리를 차지하고 있었다. 제일장로 모양야와 제이장로 통천, 제삼장로 유용, 그리고 화령 장로였다. 남은 자들은 모두 외부 분타에 나가 직접 몸을 놀리고 있는 중이었기에 회의에 빠질 수밖에 없었다. 그들이 회의에 참석하지 못할 만큼 만월교의 상황이 어렵고 위협을 느끼고 있다는 증거이기도 했다.

"태화방을 가장 먼저 요절내 버려야 합니다."

통천 장로가 분개하며 이를 갈았다. 태화방은 만월교와 뜻을 같이한 문파이다. 그런데 그들이 떨어져 나간 것이다.

다른 문파들이야 힘으로 굴복시켰으니 세가 불리하면 언제든지 만월교를 벗어나려 할 것이고, 그것은 당연한 이치라고 이들도 생각하고 있었다. 하지만 처음부터 스스로 동조의 뜻을 밝혀온 태화방이 떠날 줄은 정말 몰랐다. 그 후로 몇몇 문파들까지 빠져나가기 시작했으니 피해가 막심할 수밖에 없었다. 그것은 만월교에 대한 배신이라 할 수 있었다.

하지만 통천이 유독 태화방에 이를 가는 것은 그들이 만월교의 중요한 정보까지 퍼뜨렸기 때문이다. 만월교에 동조한 문파와 숨어 있는 분타의 위치까지 상세한 정보를 빼내어 귀주에 퍼뜨렸던 것이다. 그러니 위협을 느낀 많은 문파들이 떨어져 나가는 것은 자명한 사실이었다.

그의 말에 유용 장로도 동조를 했다.

"맞습니다. 그 녀석들은 가만 놔둘 수 없지요. 요차문을 치는 것까지 도와주어 세력 확장에 막대한 이득을 주었는데 감히……."

"지금 당장 그들을 쓸어버려야 합니다. 교주님, 제게 총단 내의 고수 오백 명만 주십시오. 그 빌어먹을 만건의 수급을 잘라오겠습니다."

하지만 화령 장로가 반대를 하고 나섰다.

"지금은 어렵습니다."

"무슨 소리요? 그럼 이대로 넘어가자는 말이오?"

"그건 아니지만 지금은 안 됩니다. 그보다 도움을 요구하는 문파가 꽤 있습니다. 우선 그들을 도와주는 것이 먼저입니다."

"하지만 이대로 있다가는 또 다른 태화방이 나올 것이오. 이번 기회에 확실히 우리 만월교에 대한 배신의 대가가 어떤 것인지 보여주어야 체면이 설 수 있을 것이오."

모양야 장로가 고개를 저었다.

"그 말도 맞지만 화령 장로의 말대로 하는 것이 나을 것 같소. 우선 도움을 청하고 있는 문파를 도와주어야 그들도 끝까지 우리를 따를 것이 아니겠소? 도움을 거절한다면 전부 배신을 하는 최악의 결과가 생길지도 모르오."

"맞습니다. 지금은 있는 힘을 지켜야 할 때입니다."

그녀의 말에 수긍은 되지만 그래도 아쉬운지 통천과 유용 장로는 씁쓸한 표정을 지었다.

화령이 다시 말을 이었다.

"지금 우리에게는 그리 큰 여력이 없습니다. 하물며 끝까지 의리를 지키고 있는 문파는 여덟 개. 적룡문과 섬타문이야 세력이 강대하기에 아직까지는 염려가 없습니다. 많은 피해를 예상해야 하니 적들도 섣불리 공격을 못하고 있지요. 하지만 다른 문파는 사정이 다릅니다. 특히 달단방에서 빠른 구원의 손길을 원하고 있습니다. 주위에 있는 영원문(令媛門)과 태왕문(太王門), 만독부(萬毒部) 외 다섯 개의 문파가 지속적으로 도발을 해오는 모양인데 그들에게 넘어가기 직전입니다. 그리고 운남파와 지향문(地響門)도 달단방만큼은 아니지만 도와주길 바라고 있습니다. 여러분들의 의견을 듣고 싶습니다."

유용이 조심스럽게 의견을 제시했다.

"총단의 인원을 빼는 것이 어떻겠습니까?"

하지만 통천이 반대를 했다.

"그럴 수는 없지요. 장기전이 될 공산이 큰 만큼 오랜 시간 그들을 외부로 보낼 수는 없습니다. 그러다 오히려 우리가 위험해질 수도 있습니다."

"하지만 본 교의 고수는 삼만이나 되오. 그중 일만은 분타에 분산되어 있으니 제외하고 총단에만 이만의 고수가 배치되어 있소. 절정고수로 구성된 일만은 총단 내(內), 나머지 일만은 인근 마을에. 올지도 모를 적 때문에 이들을 놀려야겠소?"

"그 말은 틀렸지요. 총단에 이만의 고수가 있기 때문에 적들이 공격하지 못하는 것이오. 그들이 빠져나간 사실을 적들이 알면 가만있을 것 같소? 틀림없이 기회라 생각하고 공격해 올 것이오."

"그 소문을 막으면 되지 않습니까?"

화령은 통천 편을 들었다. 고개를 저으며 그녀가 자신없는 듯 말했다.

"제가 정보를 담당하고 있지만 솔직히 귀주 전체를 속일 수는 없습니다. 귀주에도 정보에 뛰어난 세력들이 있고 그들은 알게 모르게 총단 근처에서 우리를 감시하고 있을 것입니다."

유용이 한탄했다.

"그럼 어쩌자는 말이오? 문제를 꺼내놓고 대책이 없다면 지금의 회의가 무슨 소용이 있소?"

"다른 방법을……."

"허, 답답하군요. 그것밖에 달리 무슨 방법이 있단 말이오?"

"……."

"……."

한동안 침묵이 흘렀다. 가장 먼저 입을 연 것은 교주였다. 붉은 천 안에서 어눌한, 그리고 교주로서의 위엄이 섞인 목소리가 흘러나와 일순 장내를 긴장시켰다.

"방법이 있다."

그녀의 말에 장로들이 놀란 표정을 지었다. 그중 모양야 장로가 조심스럽게 물었다.

"무슨 방법입니까, 교주님?"

그녀는 그에 대해 대답하지 않았다.

"공손손 장로를 불러라."

"서, 설마 악마대를 투입시킬 생각이십니까?"

역시 교주는 그에 대해서도 대답하지 않았다.

"공 장로를 불러, 그에게 물어볼 말이 있다."

악마대의 진법 수련에 한참 골머리를 썩고 있던 공손손은 얼떨떨한 기분으로 회의실로 불려 나왔다.

처음 이곳으로 향할 때는 별 신경 쓰지 않은 그였지만 회의실에 당도한 후에는 놀랄 수밖에 없었다. 실내의 분위기가 무겁게 깔려 심상치 않은 기운을 풍기고 있었기 때문이다.

한 번도 만월교의 일에 직접적인 관여를 하지 않은 공손손이었지만 분명 무슨 일이 벌어졌으리란 것을 직감으로 알 수 있었다. 그는 더욱 몸가짐을 조심히 하며 자리에 앉았다.

"무슨 일이십니까?"

그가 앉기 바쁘게 화령이 대답했다.

"사실 본 교에 중대한 일이 있습니다."

"하지만 제가 도움이 될지 모르겠습니다. 교 내의 사정을 전혀 모르니……."

"우선 제 설명부터 들으십시오. 그간 만월교의 상황을 자세히 설명하지요."

그러면서 화령은 현 귀주의 움직임과 만월교가 처한 상황을 설명하기 시작했다. 나름대로의 자세한 설명은 이각이란 시간을 흐르게 했고, 마지막으로 그녀가 덧붙였다.

"그러한 관계로 교주님께서 공손손 장로님께 궁금한 점이 있으시답니다."

"무슨……?"

말끝을 흐리긴 했지만 공손손은 내심 불안한 기분을 느끼고 있었다. 그는 멍청한 사람이 아니었고, 그렇기에 왜 자신을 여기에 불려왔는지 빠른 판단력으로 직감할 수 있었기 때문이다. 역시 우려하던 말이 교주로부터 나왔다.

"이번 일에 악마대를 투입시킬 생각인데, 그대 생각은 어떤가?"

순간 공손손은 난감한 표정을 지었다. 언젠가는 악마대를 무림에 보내야 했지만 아직은 아니라는 생각이었던 것이다. 좀 더 강한 녀석들로 만들고 싶었고 진법도 제대로 완성하고 싶었다.

그는 내심을 숨긴 채 말했다.

"본 계획대로라면 중원 진출에 쓰려고 양성하지 않으셨습니까? 저도 그에 맞춰 수련을 지시했기에 아직 실력이 부족합니다."

언성은 차분하고 말투 또한 공손했지만 그 속에 담긴 의미는 숨기지 못했던 모양이다. 교주를 대신하여 통천이 인상을 쓰며 입을 열었다.

"본 교의 어려운 사정을 들었지 않소? 지금 중원이 문제겠소?"

"하지만……."

"나도 무인이며 제자들을 키워봤기에 그대의 기분을 전혀 모르는 것은 아니오. 한창 성장해야 할 아이들의 희생이 아까운 것이겠지. 하지만 이 점을 명심하시오. 그들은 본 교를 위해 키운 고수들이지 결코 음

진법 수련은 필요없다 153

공의 실험 대상으로 공손손 장로 개인의 충족을 위한 것이 아님을 상기하시기 바라는 바요."

공손손도 수긍을 했지만 그래도 강경하게 나왔다. 아무리 생각해도 지금은 아니라는 생각이 강했기 때문이다.

기껏 키워놨더니 무림에 나가 죽는다는 것이 너무 아까웠다. 상당한 실력들이니 꼭 그렇게 된다고는 볼 수 없지만 그래도 희생자는 생길 것이고, 그렇다면 지금보다 수가 줄 것이다. 게다가 상황이 진전되지 않는다면 수련은 고사하고 지속적으로 전투에 불려다녀야 할지도 모르지 않는가.

"하지만 처음 목적을 상기해 주십시오. 그들은 분명 중원 진출을 위해 키운 아이들입니다."

이어 그는 유용 장로를 끌어들었다. 재정 문제를 슬며시 언급한 것이다.

"뿐만이 아닙니다. 대업을 위해 그 아이들에게 투자된 금액은 상상을 불허합니다. 그 투자의 결실이 이제 눈앞에 있는데 버리시겠다니 안타까울 뿐입니다. 생각해 보십시오. 지금 진법 수련에 열중하고 있사온데 그것만 완성된다면 무림에서 전무후무한 강력한 전투 집단이 탄생될 것입니다. 지금 당장의 이득보다는 미래를 생각해 주시기를 부탁드립니다."

역시 유용이 먼저 반응을 나타냈다. 머리가 좋은 만큼 이해득실(利害得失)에 민감한 그였기 때문이다.

"그것은 맞는 말씀입니다. 본 교에서 벌어들이는 일 년 예산의 오할 이상의 금액이 악마대에 매년 지원되었으니까요. 하지만 지금 만월교가 위험하다는 것이 문제입니다."

설전은 계속되었으나 그 후로도 양방으로 주장이 갈렸다. 화령과 통천은 그래도 뜻을 굽히지 않았다. 그들은 악마대의 출전을 주장했고 공손손과 유용은 그에 반대를 하고 있었다. 그리고 나머지 한 사람, 모양야는 가만히 듣고만 있었다.

그는 이런 설전이 전혀 필요 없다는 것을 그 나이만큼이나 잘 알고 있었다. 모든 것은 교주의 선택에 좌우지되는 것이다.

"그래서?"

"……."

갑자기 교주가 불쑥 말했다. 순간 높아져만 가던 언성이 뚝 멈췄다.

장로들은 거짓말처럼 표정을 굳히며 교주에게로 시선을 돌려 바라보았다.

"그래서 언제 완성된다는 말인가?"

그녀의 시선이 공손손을 향하고 있었기에 그는 무슨 소리를 하느냐는 표정으로 물었다.

"무슨 말씀이신지……?"

"그대의 말대로 아이들을 실전에 투입하려면 얼마나 걸려야 되느냐는 것이다."

그 말에 속으로 쾌재를 부르던 공손손이었다. 그는 신중히 생각하는 듯하더니 잠시 후 대답했다.

"한 이 년 정도면 될 것 같습니다."

"이 년?"

"예. 아직 진법에 불안한 점이 있기에 계속 수정, 보완을 하고 있는 실정입니다."

 교주의 손이 천천히 들려 올라갔다. 그에 따라 장로들의 시선도 손을 따랐는데 손은 잠시 후 주먹을 쥐더니 이후에는 검지 하나가 올라와 있었다.

 "일 년!"

 "……?"

 "일 년을 주지. 그 안에 모두 완성시켜라!"

 "하지만 그 시간 안에는 도저히……."

 그때 옆에 있던 통천 장로가 남몰래 공손손이 소매를 끌어당겼다. 공손손이 만월교인인 것은 확실하지만 모든 행사와 회의에 빠졌기에 아직 교주의 말에 대한 의미를 모르고 있는 것 같았기 때문이다. 통천이 그의 말을 끊은 것은 무조건 허락하라는 무언의 압력이었다. 교주의 말은 신의 것이었으니까.

 그것을 못 알아차릴 공손손이 아니었다. 아직 교리에 대해 마음으로와 닿지 않고 있었지만 머리로는 이해를 하고 있었다. 급히 자신의 실수를 깨닫고는 하던 말을 멈추었다.

 공손손이 고개를 숙였다. 하지만 여전히 씁쓸한 표정은 지우질 못하고 있었다.

 "명을 받들겠습니다."

 그의 대답과 함께 교주가 말을 이었다.

 "난 중원 진출을 포기할 수 없고 지금 상황도 묵과할 수 없다. 모든 장로들이 최선을 다해주기 바란다. 화령 장로."

 "예, 교주님!"

"어려운 상황인 것은 알지만 어쩔 수 없다. 일 년간은 이대로 버텨야 한다."

"알겠습니다."

"모든 분타는 이미 적에게 알려졌다. 즉, 필요가 없다는 말이다. 오히려 공격 대상이 되어 피해만 속출하고 있으니 잠시 분타를 숨긴다. 그리고 그 분타에 파견된 일만의 고수들을 나누어 도움이 필요한 문파에 적절히 나누어 배치한다. 일 년간만."

장로들이 외쳤다.

"명을 받들겠습니다!"

공손손은 허탈한 마음으로 회의실을 나와 금역으로 향했다.

그 다음부터는 정신없는 나날이었다. 시간이 남을 때마다 진법에 매달려 문제점을 해결하고 수정해 나가야 했기 때문이다. 수면 시간까지 줄인 공손손이었다.

악마대원도 바쁘기는 마찬가지일 수밖에 없었다. 공손손은 개인 수련 시간을 없앴고, 그 시간을 진법 수련에 투자하게 했던 것이다. 하지만 의외로 반발은 없었다. 그들도 이제는 어엿한 절정고수들이었고 무인이었기에 강해지고 싶은 욕구가 누구보다 컸기 때문이다.

하지만 언제 어디서나 예외란 존재하는 법. 그리고 그 예외는 진법 수련에 매달린 지 열흘 후에 일어났다.

쾅!

거칠게 방문이 열림과 동시에 공손손의 인상이 찌푸려졌다. 자신의 집무실을 이렇게 무례하게 들어올 수 있는 자가 있다고는 생각하지 않앉기 때문이다.

그가 무례한 놈이 누구인지 확인하기 위해 문 쪽으로 고개를 돌리자 건들거리며 집무실로 들어서는 악마금이 볼 수 있었다.

순간 공손손의 표정이 더욱 험악해지기 시작했다. 여인의 그것처럼 예쁘게 생긴 녀석의 건들거리는 모습이 눈에 거슬렸던 것이다. 그보다 이런 건방진 행동에도 불구하고 전혀 미안한 표정이 아닌 악마금의 모습에 노화가 머리끝까지 치밀었다. 하지만 극도의 인내심으로 공손손은 내심을 숨기며 물었다.

"수련은 하지 않고 무슨 일이냐?"

악마금의 입가에 비소가 걸렸다.

"저는 오늘부로 진법 수련에서 빠지겠습니다."

"뭐?"

"못 들었습니까? 진법 수련에서 빠집니다."

순간 공손손의 표정이 험악하게 변했다. 하지만 악마금도 지지 않았다. 오히려 악마금은 공손손의 표정이 변하자 기다렸다는 듯이 더욱 강렬한 살기까지 내뿜기 시작했다.

'이럴 수가!'

공손손은 속으로 경악할 수밖에 없었다. 비록 오랜 시간 수련을 멈췄기에 내공이 급격히 줄기는 했지만 그래도 화경의 고수가 아닌가. 그런데 자신이 이 어린 자식이 내뿜는 기운에 단전이 떨려 잠시나마 두려움을 느낀 것이다.

공손손은 이쯤에서 분위기를 바꿔야겠다고 생각했다. 떨떠름한 기분도 있었지만 이대로 가다가는 사단이 나도 크게 날 것 같았기 때문이다.

곧이어 그가 표정을 고치며 물었다.

"무엇 때문이냐?"

"저에게는 진법 자체가 무의미합니다. 거기에 시간을 낭비한 것은 열흘로 충분하죠. 이제 소리를 이용하는 방법이 익숙해지려는데 개인 수련 자체를 없앤 이유가 뭡니까?"

"일 년 안에 모든 수련을 마쳐야 하기 때문이다. 무리를 해서라도 끝을 내야 하기에 어쩔 수 없어. 그러니 불평 말고……."

그 말을 악마금이 끊었다.

"말했지 않습니까? 저에게는 무의미하다고."

"그럼 집단전에서 너 혼자만 독불장군처럼 멋대로 움직이겠다는 말이냐?"

"그것도 그리 나쁘지 않지요."

"뭐? 이런 빌어먹을 놈!"

악마금은 상관하지 않고 말을 이었다.

"어쨌든 그 녀석들도 저에게 방해만 되고 저 또한 그 녀석들에게 방해만 됩니다. 게다가 가장 큰 문제는 지금 수련하는 것이 완전하지 않은 진법이라는 겁니다. 완벽해지면 그때 같이 수련을 하도록 하죠."

그러면서 비꼬듯이 한마디를 던졌다.

"저는 한가하게 연구 대상이 될 시간이 없습니다."

"이, 이……."

공손손은 치밀어 오르는 노기를 억눌러야 했기에 말도 제대로 잇지 못했다. 하지만 악마금은 그조차 전혀 상관하지 않았다.

"그럼 하고 싶은 말은 전했으니 저는 이만 나가보겠습니다. 제가 빠졌으니 조는 다시 편성하십시오."

말과 함께 그는 뒤도 돌아보지 않고 나가 버렸다. 홀로 남겨진 공손손은 그제야 버럭 고함을 질렀다.

"네 이놈—!"

집무실을 나온 악마금은 멀리서 들리는 공손손의 목소리에 피식 미소를 지었다.

"너무했나?"

사실 공손손에게 불손하게 대할 생각은 아니었지만 너무 숙이고 들어간다면 어김없이 진법 수련을 받아야 할 것 같았기에 어쩔 수 없이 한 행동이었다.

최근 들어 그는 갑작스럽게 내공이 진보하고 있었고 그것을 이용한 음공에 재미를 붙이고 있었기에 멈출 수가 없었다.

열흘간 묵묵히 참은 것도 대단하다는 것이 그의 생각인만큼 집무실을 나오자마자 아무도 없는 곳을 찾아가 수련을 시작했다.

그는 시간이 지나면 지날수록 음공의 새로운 힘과 위용에 새삼 놀라고 있었다.

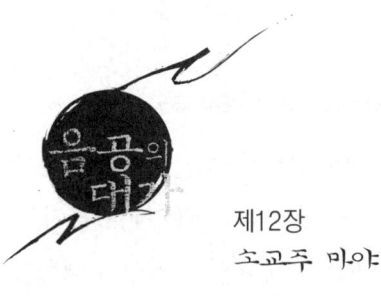

제12장
소교주 마야

　어느덧 해[年]가 넘어가고 있었다. 그때 들어서도 악마금은 여전히 수련에 열중이었다. 저녁 진법 수련까지 빠졌으니 개인 수련 시간은 더욱 많아질 수밖에 없었고, 차츰차츰 자신이 개발한 음공의 응용에 적응이 되기 시작했다. 그러자 그는 음공을 제대로 사용해 보고 싶다는 생각이 들었다.
　지금까지는 내공 수련과는 별도로 사소한 소리에 신경을 쓰며 그것을 자연스럽고 익숙하게 조종하는 방법으로 수련했다. 그러니 실제 제대로 된 내공과 함께 자신의 역량을 총동원해 보고 싶은 마음이 드는 것은 당연한 것이었다. 그것이 정말 자신이 생각하고 있는 것과 같은 힘이 나는지를……
　하지만 금역 안에서 그것을 실험할 수는 없었기에 그는 며칠 전부터 금역을 벗어나고 있었다. 물론 지키는 자들이 있었지만 그것은 외부인의 접근을 막을 때나 유용할까 실제 금역 안에서 십 년을 넘게 생활한 악마대원에게는 필요가 없는 것이었다. 그들이 어디에 매복해 있는지, 어느 시간에 교대를 하는지를 그간의 생활로 상세히 알고 있었기 때문이다.

악마금 역시 그것을 이용해 금역을 빠져나가고 있었다. 금역 자체가 드넓은 지역이었기에 백여 명이, 그것도 이 교대로 모든 지역을 감시할 수는 없었다. 당연히 시야가 미치지 않는 사각 지역이 있을 수밖에 없었고, 악마금은 그중 하나를 이용했다.

그가 자주 가는 곳은 금역에서 북쪽으로 십 리 정도 떨어진 호숫가였다. 산세가 험해 사람들에게 들킬 염려가 없다는 것이 이유였다. 하지만 그보다 그 근처에는 사람들이 오지 않는다는 것이 더 큰 이유였다. 인근에 사는 마을 사람들조차 얼씬도 하지 않는다는 것이 이상했지만 상관없었다.

다른 이유도 많았다. 그중 가장 그의 발길을 끄는 것 중 하나로는 경치를 빼놓을 수 없었다. 금역에서만 지내왔던 악마금의 시선을 한참 동안 빼앗을 정도로 그곳 경관이 빼어났기 때문이다.

때는 겨울이지만 귀주는 더운 지방이었다. 환산은 그중에서도 남쪽에 위치해 있었으니 얼음이 얼어 있어야 할 호수는 오히려 맑게 빛났고 언제나 푸른 하늘과 해를 담아내고 있었다. 썩어서 떨어져야 할 낙엽도 마찬가지였다. 떨어지기는커녕 붉게 단풍이 들어 그 또한 호수에 비쳐 하나의 수채화처럼 느껴지는 곳이었다.

그날도 악마금은 금역을 벗어나 그곳으로 향했다. 처음은 조심스러

왔지만 어느 정도 금역에서 멀어졌다 싶으면 어김없이 빠르게 경공술을 전개했다.

"흐읍!"

악마금은 호숫가에 도착하자마자 폐부 깊숙이 시원한 공기를 들이마셨다. 그래도 겨울인지라 바람은 찼고, 그 차가움이 악마금에게는 신선하게 다가오고 있었다. 그는 '후후' 거리며 숨을 뱉은 후 오늘 처음으로 가지고 나온 금을 등에서 풀어냈다. 경치에 매료된 그는 언젠가 한 번은 여기에서 금을 연주해 보고 싶었고, 오늘 금음을 타고 음공을 수련해 보고자 생각했던 것이다.

자리를 잡고 앉자 푸르게 하늘을 비추던 수면이 은은한 붉은색으로 물이 들었다. 호수 건너편의 단풍 숲이 비춰진 까닭이었다.

악마금은 슬며시 눈을 감았다. 그리고 금을 쓰다듬듯 한번 훑은 후 손가락으로 줄 하나를 뜯었다.

띵—

무현(武絃)이 뜯겨지며 가늘게 진동했다. 한 개의 줄이 울림과 동시에 흡사 굵은 줄이 된 듯 굵어지더니 다시 가늘게 변해 종내(終乃)에는 본래의 모습으로 돌아왔다.

다음은 문현(文絃)이었다.

댕—

무현보다 굵은 줄이 그 굵기만큼이나 크게 좌우로 흔들렸다. 묵직한 소리가 울려 퍼지며 잦아들자 다음은 차례로 손이 줄들을 훑고 지나갔다. 모든 소리가 조율이 된 후 악마금은 흡족한 표정으로 연주를 시작했다.

제목은 '천 리를 달린다' 는 곡이었다. 자신이 작곡해 붙인 것으로 저 옛날 후한 말 관우가 유비를 찾아가는 모습을 담고 있는 곡이었다. 초반에는 유비에 대한 관우의 그리움과 고통을 표현하고 있었다. 조용하며 차분한 가운데 박자는 느리고, 그래서 비교적 굵은 줄이 자주 사용되었다.

악마금은 연주를 하며 호수에서 흘러나오는 음파를 감지하기 시작했다. 그리고 중현(中絃)을 뜯을 때 음공을 시전했다.

퉁—!

손이 중현을 뜯는 순간 놀라운 일이 벌어졌다. 피시식거리며 호수 가운데에서 가느다란 물줄기 하나가 솟구쳤던 것이다. 악마금이 눈을 떠 그 광경을 보며 피식 미소를 지었다. 그러면서 금음에 내력을 계속 흘려보냈다.

디디떵—! 떵—! 퉁—! 퉁—!

가는 물줄기가 다시 수면에 떨어지며 소리를 발생시켰고, 그 소리와 금음이 조화를 이루어 다시 물줄기가 솟아올랐다.

물줄기는 갈수록 굵어지기 시작했다. 그리고 그 수가 하나씩 늘어났다.

연주의 중반은 거친 박자를 탔다. 관우가 가로막는 적을 베어 넘기며 유비를 찾아가는 중이었기 때문이다. 그 격렬한 전투 장면답게 저음과 고음이 점점 뒤섞이더니 이내 쉴 새 없이 손이 움직이기 시작했고, 그 다음부터 장내가 요동치기 시작했다. 금음이 연이어 터지며 소리가 커져 가자 물줄기가 수를 헤아릴 수 없을 만큼 솟아올랐기 때문이다. 그리고 그 굵기도 어른 몸통의 두 배 정도는 되었다.

차르르르릉!

수십 마리의 수룡(水龍)이 사해를 헤치듯 용틀임을 일으켰다. 당연히 수룡끼리 부딪치며 물보라를 만들기도 했고 허공에서 터져 수면으로 거칠게 곤두박질치는 수룡도 있었다.

콰콰콰쾅!

연주는 한참 동안 계속되었다. 악마금은 이제 연주에는 신경 쓰지 않으며 수룡을 자신이 원하는 대로 움직일 수 있게 하는 데 주력하고 있었다. 수십 마리의 수룡을 한 번에 모두 조종하는 것은 힘든 일이었지만 수련이 목적이니 어쩔 수가 없었다.

팡—!

마지막 폭풍과 같은 곡이 끝나고 드디어 무현을 뜯음으로 연주는 마무리되었다. 그와 함께 승천하려던 용들이 기괴한 소리를 내며 거짓말처럼 공중에서 흩어져 이슬이 되었다.

흡사 이슬비가 내리는 것 같은 광경이 연출되자 따스하게 내리쬐는 햇빛과 부딪쳐 수면 위로 은은한 무지개가 생겨났다. 악마금은 그 모습을 보고 마음이 동했는지 또 다른 곡을 연주하기 시작했다.

이번은 음공이 아닌, 내공까지 완전히 죽인 순수한 악사로서의 연주였다. 조용하면서도 차분해 호수의 무지개와 좋은 조화를 이루는 곡으로.

띵— 띵—

그때였다.

"누구냐?"

한참 음악에 심취해 있던 악마금의 귀로 갑자기 여인의 앙칼진 목소리가 장내에 울러 퍼졌다.

　연주에 방해를 받은 악마금이 슬며시 고개를 돌려 소리가 들린 곳을 바라보자 두 명의 여인이 험악하게 인상을 쓰고 있는 것이 보였다. 검을 뽑으려는 듯 검 손잡이를 잡고 있는 것도.

　악마금이 고개를 갸웃거렸다.

　"사람이 오는 곳이었나?"

　그는 피식 미소를 지었다.

　"하기야 경치가 꽤 좋으니……. 그런데 너희들은 누구냐?"

　"우리가 먼저 물었다. 누군데 이곳에 온 것이냐? 신원을 밝혀라!"

　두 여인은 말과 함께 천천히 악마금에게 접근하고 있었다. 언제든지 검을 뽑을 수 있게 긴장한 채, 그리고 양 옆으로 갈라서며 연수를 할 수 있게였다.

　그에 연연할 악마금이 아니었다. 오히려 눈빛이 싸늘하게 변하기 시작하더니 살기까지 내비쳤다. 하지만 이곳에 온 사람은 그 여인들뿐만이 아니었다. 두 명의 여인 뒤로 스무 명쯤 되는 같은 복장의 여인들이 하나같이 허리에 검을 차고 이 열로 서 있었던 것이다.

　특이한 것은 그 열 사이에 서 있는 소녀였다. 이제 십사오 세 정도 되어 보이는 소녀는 아래위로 나뉘어 배를 훤히 드러내는, 몸에 착 달라붙는 검은 옷을 입고 있었는데 악마금으로서는 한 번도 본 적 없는 복장이었다. 머리에 보석이 주렁주렁 달린 금관을 쓰고 있는 모습도 특이하게 보였다.

　"이건 또 뭐야?"

　악마금의 인상이 찌푸려졌다. 환산 근처에 살고 있는 사람들은 모두 만월교인들이었고, 소녀의 복장과 그녀를 호위하는 여인들이 있는 것으로 보아 상당히 높은 간부의 여식인 것 같았기 때문이다.

여인들 중 하나가 다시 외쳤다.

"이곳은 교주님의 허락 없이는 아무나 들어올 수 없는 금역이다! 너는 누구인데 이곳에 있는 것이냐? 만약 이유가 없다면 죽음으로 죄를 보상해야 할 것이다!"

자못 위엄 서린 목소리였지만 악마금은 웃을 뿐이었다.

"너희들이 과연 날 죽일 수 있을까 모르겠군."

그러면서 그는 자리에서 일어서더니 한 걸음 앞으로 내디뎠다. 순간 차가운 냉기가 그의 몸에서 뿜어져 나왔다.

채채채챙!

여인들은 그 살인적이고 위협적인 한기(寒氣)에 놀라 일시에 검을 뽑아 들었다. 하지만 악마금은 계속 걸어 그녀들에게 접근했다.

그가 오 장까지 거리를 좁히자 여인 하나가 빠르게 악마금을 덮쳐들었다.

"무엄하다! 감히 누구에게!"

악마금은 가소롭다는 듯 그 모습을 보다가 손을 들어 올렸다.

팡!

"이럴 수가!"

순간 여인들에게 경악성이 튀어나왔다. 손을 한 번 휘저었을 뿐인데 악마금에게 달려들었던 여인이 그의 이 장 근처에서 튕겨 나가 버렸기 때문이다. 그 신기한 무공도 무공이지만 그녀들이 정작 놀란 것은 그 파괴력이었다. 튕겨 나간 여인은 직선으로 십 장이나 날아가더니 그것

소교주 마야 167

도 모자라 나무에 처박혀서야 바닥으로 곤두박질칠 수 있었던 것이다. 여인은 그 충격에 비명도 제대로 지르지 못하고 기절한 것 같았다.

여인들은 아무 말도 못한 채 입을 쩍 하니 벌리고 있었다. 그에 반대로 악마금의 미소는 음흉하게 변해갔다.

"웬만하면 그냥 넘어가고 싶다만 먼저 살수를 펼쳤으니……. 후후, 나도 인간을 상대로 실험을 해보고 싶었는데 잘됐군. 이번 기회에 확실히 실전 경험을 쌓을 수밖에."

그의 말에 여인들이 주춤주춤 물러나기 시작했다. 하지만 그것도 잠시, 엄청난 고수 같았기에 재빠르게 움직여 진을 짜기 시작했다.

악마금은 그 모습을 여유롭게 바라보며 진법이 갖춰질 때까지 기다렸다. 진이 완성되자 그는 비릿하게 웃으며 말했다.

"덤벼봐!"

순간 여인들이 눈으로 볼 수 없을 만큼 빠르게 움직이더니 여섯 명이 일시에 달려들었다.

촤악!

"흐음, 좋군. 하지만……."

악마금은 그녀들이 움직이며 발생하는 소리에 내력을 실었다. 자신이 내는 소리를 사용하는 것이 아니었기에 상당히 어려운 기술이었지만 한번 실험해 보고자 무리를 하기로 했던 것이다. 결과는 만족할 만했다.

파파팟!

"크윽!"

"헉!"

답답한 비명과 함께 일시에 여섯 여인의 머리가 한순간에 터져 나갔다. 그 잔인한 광경에 남은 여인들이 경악성을 터뜨렸다.

"무, 물러서라! 고수다!"

하지만 그 소리는 악마금이 다음으로 내는 소리에 묻혀 버렸다. 소매를 펄럭이며 손을 몇 번 움직이자 그 소리에 따라 반월형의 푸른 강기가 굉음을 내며 허공을 가른 것이다. 그 후론 눈 뜨고 보기 힘든 지옥도가 펼쳐졌다.

"크아악!"

"하악!"

처절한 비명은 그리 오래 지속되지 않았다. 잠깐 사이에 주위는 형체를 알아볼 수 없는 고깃덩어리로 메워져 있었다. 살아 있는 것이라고는 악마금 자신과 소녀 하나뿐. 악마금이 마무리를 짓기 위해 남은 소녀 쪽으로 고개를 돌렸다.

순간 소녀는 그의 눈빛을 받자 움찔하더니 이내 부들부들 떨기 시작했다. 악마금은 야수가 상처 입은 먹이를 노리듯 여유롭게 다가가기 시작했다. 음흉한 웃음까지 흘리며…….

"흐흐흐, 아직까지 여자를 품어보지 못했는데 네가 상대해 줄래?"

농담 섞인 그의 말에 소녀의 얼굴은 두렵다 못해 하얗게 탈색까지 되어 연신 뒷걸음질을 치기 시작했다. 하지만 결국 나무에 등을 지게 되어 더 이상 물러 설 곳이 없게 되었다.

그녀가 떨리는 음성으로 외쳤다.

"머, 멈춰!"

하지만 악마금이 말을 들을 리 만무했다. 그는 멈추지 않고 계속 거리를 좁히기 시작했다.

 이 상황에서도 농담을 할 정도의 그였지만 그래도 반항 한 번 하지 않은 어린 여자 아이를 잔인하게 죽일 수가 없었기에 그녀의 바로 코앞까지 다가가 손을 번쩍 들었다. 일격에 고통없이 죽이기 위해서였다.

 그러나 막 손이 내려쳐질 찰나 악마금은 동작을 멈출 수밖에 없었다.

 "나, 난 소, 소교주다!"

 순간 악마금의 눈이 동그랗게 변했다. 흡사 희귀한 물건을 본 듯 이리저리 소녀의 몸을 훑었다.

 그는 자신의 귀를 의심하며 다시 물었다.

 "뭐?"

 "소, 소교주다!"

 소교주 마야는 심장이 터져 죽을 것 같은 기분으로 발악했다. 평소 말이 없고 내성적인 그녀였지만 죽음이란 단어가 주는 고통은 어린 그녀에게 너무나 컸다. 그녀는 소교주라는 말에 상대가 잠시 동작을 멈추자 다행이라는 생각과 함께 결국 지고한 몸으로 할 수 없는 말까지 했다.

 "사, 살려줘!"

 악마금은 표정을 일그러뜨렸다. 이미 벌여놓은 일. 그렇기에 증거를 완전히 없애야 했지만 저항도 하지 않는 어린 여자 아이를 상대하기란 여간 껄끄러운 것이 아니었다.

 하물며 그녀가 소교주였으니…….

일이 생각과 달리 너무 커지는 것 같자 머리까지 아프기 시작했다. 소교주가 죽는다면 결코 그냥 넘어갈 리가 없을 것 같았기 때문이다. 무슨 수를 동원해서든지 추적을 포기하지 않을 게 분명했다.

'제길! 어떻게 하지?'

잠시 생각하던 그는 그녀의 얼굴에 바짝 다가가 으르렁거렸다.

"좋아, 살려달라니 살려주지. 단!"

"……?"

"너는 날 못 본 거다. 알겠어?"

마야는 겁에 질린 표정을 숨기지 못하고 재빨리 고개를 끄덕였다.

"혹시나 해서 하는 말인데 지금 있었던 일을 입에 담는다면 어떻게 되는지 알지?"

그러면서 악마금은 그녀의 반대편으로 왼손을 한 번 휘둘렀다.

콰콰쾅!

순식간에 지축이 울리며 숲 한쪽이 초토화되는 광경을 목격한 그녀는 숨까지 멈췄다. 그러자 악마금이 더욱 험악하게 인상을 찌푸렸다. 찜찜한 비린내가 아래쪽에서 풍겨왔기 때문이다. 그가 고개를 내리자 그녀의 다리 사이에 물줄기가 흐리고 있는 것이 보였다.

"험험!"

너무했다는 생각과 함께 잠시 헛기침을 흘린 그가 못 본 척 고개를 들며 덧붙였다.

"나도 만월교의 교도다. 그것도 아주 광신도! 후후, 그러니 내가 만월교에 실망하지 않게 할 수 있겠지?"

역시 마야는 살인귀 같은 악마금이 빨리 사라져 주길 바라는 듯 고개만 끄덕거렸다.

 악마금은 그녀의 기대에 부응하기라도 하는 듯 빠르게 몸을 날렸다. 숲이 파괴되며 내는 소리가 꽤 컸기에 잠시 후 무사들이 달려올 것이기 분명하기 때문이었다.

 다행히 자신은 만월교에도 비밀리에 키워진 악마대였기에 아는 사람들이 별로 없었고, 의심을 받지 않을 것이란 생각도 하고 있었다.

 하지만 그의 생각과는 달리 그날 이후 만월교는 벌컥 뒤집히는 사태가 발생했다.

 은은한 사기가 감도는 교주의 밀실에서 교 내의 감찰을 책임지고 있는 제이장로 통천이 부복을 하고 있었다. 그는 떨리는 음성으로 입을 열었다.

 "죄, 죄송합니다. 소인이 무능하여……."

 교주는 손을 저어 그의 말을 끊었다.

 "누구냐?"

 "그것이 저도……. 소교주께서도 떨고만 있을 뿐 무슨 이유 때문인지 입을 여시지 않습니다."

 교주는 실소를 머금었다.

 "훗, 교 내의 금역에서 마야가 공격을 받았다. 이렇게 보안 상태가 엉망이어서야 어떻게 너를 믿고 맡길 수 있겠느냐?"

 "소인이 무능한 탓입니다. 죽여주십시오."

 "그건 그리 어렵지 않다. 하지만 그보다 범인이 누구인지 알아내는 것이 중요하다. 그리고 더 중요한 것은 그 범인이 교도인지 교 내에 잠입한 적인지를 먼저 알아내야 한다."

"알겠습니다."

하지만 대답과는 달리 통천은 난감한 기색을 비췄다. 지금까지 모든 방법을 동원해 조사했지만 알아낼 수가 없었기 때문이다. 그의 능력으로는 더 이상 방법이 없다고 할 수 있었다. 한 가지 있다면 소교주의 입을 열게 하는 것뿐.

그런데 그것이 여간 어렵지 않다. 그녀는 처소에서 두문불출, 찾아가도 말도 하지 않고 그저 멍하게만 있으니……. 게다가 지고하신 소교주를 닦달할 수도 없는 노릇이 아닌가!

그런데 뜻밖에도 교주가 그의 곤란한 점을 파악하고 말했다.

"구화야대라법을 시행하라."

통천의 고개가 번쩍 들렸다.

"예? 하지만 그것은……."

구화야대라법이라는 일종의 술법으로 악마대의 대원들에게 옛 추억을 기억하지 못하게 막았듯이 만월교는 최면술에 관한 여러 가지 방법을 가지고 있었다.

통천이 진땀까지 흘리며 떠듬거렸다.

"하지만 제가 어찌 감히 소교주께……. 다른 방법을 찾는 것이 좋겠습니다. 소교주의 내력도 상당한 경지인지라 강한 술법을 걸어야 합니다."

교주는 단호했다.

"내가 허락한다. 이것은 어쩌면 본 교의 정보망에 중요한 영향을 미칠 수 있다. 부작용이 없는 선에서 그날 있었던 일을 정확히 말하게 해

라. 그리고…….”

순간 교주의 두 눈에 살기가 번뜩였다. 보고 있던 통천이 두려움에 치가 떨릴 정도였다.

교주의 내력이 실린 나직한 목소리가 뒤를 이었다.

"범인을 잡는 즉시 두 팔을 잘라 버려. 그 후 옥에 가둬 심문해 배후를 알아내라."

통천이 고개를 숙였다.

"존명!"

통천은 교주의 밀실을 나온 후 긴 한숨을 쉬었다. 교주가 허락하기는 했으나 어린 소교주에게 상당히 강한 최면술을 걸 생각을 하니 기분이 좋지 않았던 것이다.

보통 내공이 없는 사람이라면 최면을 걸기가 쉽고 문제가 되지 않았다. 하지만 그녀는 다년간의 무공 수련으로 내력을 가지고 있지 않은가. 뿐만 아니라 교도들의 아이들 중에서 가장 무공에 재능이 있었으니 그 수준이 같은 또래와 비교가 되지 않는 것은 당연한 사실.

"휴, 문제가 없어야 할 텐데…….”

그는 어렵사리 소교주가 있는 곳으로 향했다.

그리고 그 후 삼 일째 되던 날 악마대로 사기를 풀풀 풍기는 고수들이 찾아들었다. 분개한 통천 이하 이백여 명이 넘은 절정고수들이었다.

제13장
세 번 절을 하십니까?

악마금이 한참 수련에 열중하고 있을 때 공손손의 호출이 떨어졌다. 지금까지 이렇게 따로 호출을 받은 경우는 거의 없었기에 그는 의아함을 드러내며 공손손의 집무실로 향했다. 음공에 대해 또 무언가를 물어보려는 거겠지라는 가벼운 생각과 함께였다. 하지만 막상 집무실 앞에 펼쳐진 연무장에 들어서자 그 생각은 거짓말처럼 사라져 버렸다.

그는 어안이 벙벙한 표정으로 주위를 둘러보았다. 육십대 초반 정도의 늙은이를 중심으로 이백여 명의 흑의인들이 사이한 기운을 풀풀 풍기며 자신이 나타나길 기다렸다는 듯이 둘러쌌기 때문이다. 그 사이에 공손손이 보이자 악마금은 무슨 일이냐는 물음의 시선을 던졌다. 하지만 돌아온 대답은 공손손의 것이 아닌 늙은이의 목소리였다. 그리고 그것은 대답도 아니었다.

"잡아라!"

 순간 흑의인들 중 악마금에게 가장 가까이 있던 열 명이 몸을 날렸다. 행동에 절도가 있고 극심한 기운을 내뿜는 것이 보통 고수가 아님을 짐작할 수 있었다.

 악마금의 표정이 미미하게 뒤틀렸다. 무슨 일인지 알아야 대응을 할 수 있을 것이 아닌가. 사정도 말하지 않고 잡으려고만 하니 갈등이 되기 시작할 수밖에 없었다.

 하지만 갈등은 그리 길지 않았다.

 쿵!

 흑의인 중 한 명의 손이 막 악마금의 팔을 낚아채려는 순간 악마금의 발이 바닥을 한 번 찍었다. 내력이 실린 행동이었기에 엄청난 소리가 터졌고, 그와 함께 모래가 사방으로 튀며 흩어졌다.

 그걸로 끝이었다. 수를 헤아릴 수 없는 작은 알갱이들은 지면에서 떠오르는 순간 강렬한 빛을 발하며 뿜어져 나갔던 것이다.

 쏴쏴쏴!

 "크아악!"

 "헉!"

 한순간의 일이었지만 십여 명의 흑의인은 자신들에게 무슨 일이 벌어졌는지도 모른 채 바닥으로 떨어져 내렸다. 그리 큰 부상은 아니었지만 흑의에 구멍이 송송 뚫려 가느다란 피가 여기저기서 흘러나오고 있었다.

 갑자기 장내에 무거운 공기가 깔리며 침묵이 이어졌다. 그 속에서 악마금이 인상을 찌푸리며 으르렁거렸다.

 "무슨 일입니까?"

"닥쳐라!"

공손손은 일갈을 던지며 그에게 다가왔다. 그런 후 악마금을 노려보더니 순간적으로 뺨을 후려갈겼다.

짝!

악마금의 목이 휙 하니 돌아갔다. 설마 뺨을 때릴 줄은 상상도 못한 데다 너무 가까웠기에 피할 수가 없었던 것이다. 악마금이 내력을 올리지 않았듯이 공손손도 내력을 싣지는 않은 모양이었다. 뺨에 붉은 손자국만 그려져 있을 뿐이다.

악마금이 놀란 듯 고개를 제자리로 돌려 공손손을 바라보자 그는 지금까지 볼 수 없었던 노한 표정을 짓고 있었다. 하지만 악마금도 마찬가지였다. 그는 극도의 살기까지 내비치며 위협적인 목소리로 나직이 으르렁거렸다.

"지금 미쳤습니까?"

"뭐?"

"제게 왜 이러는 거냐고 물은 겁니다."

공손손은 그를 죽일 듯이 노려보며 말을 이었다. 엄청난 인내심으로 참고 있다는 것은 억눌린 목소리로도 알 수 있을 정도였다.

"몰라서 묻나? 감히 소교주님께 무슨 짓을 한 것이냐?"

"소교주?"

순간 악마금은 두려운 듯 몸을 떨며 소교주라고 신분을 밝힌, 애처로운 표정을 지었던 그녀의 얼굴이 생각나자 실소를 머금었다.

"젠장! 그 계집이 그랬습니까?"

"무엄한 놈! 감히 소교주님께……."

세 번 절을 하십니까? 177

"쳇! 어린 계집의 약속을 믿은 내가 잘못이군."

"건방진 놈! 아직도 뉘우치지 못하는 것이냐?"

공손손의 손이 다시 올라갔지만 이번에는 악마금을 때릴 수 없었다. 그의 손이 떨어짐과 동시에 악마금 또한 손을 놀려 막았기 때문이다.

"문제를 일으키기 싫습니다. 그냥 넘어가십시오."

"뭐?"

자신의 손을 막은 것도 기가 찬데 그냥 넘어가라니……. 공손손은 할 말을 잃었다.

"네, 네놈이……."

악마금이 비릿한 미소를 지었다.

"그 정도 힘도 없습니까?"

"지금 그것이 나에게 할 말이냐? 네가 저지른 죄가 어떤 것인지 아직도 파악을 하지 못한 것 같은데……."

줄줄이 늘어질 것 같은 설명을 듣고 있을 악마금이 아니었다. 그는 공손손의 말을 막았다.

"제가 소교주를 죽이기라도 했습니까?"

"……."

"아니면 그녀에게 상처라도 입혔습니까?"

"……."

"그럼 제 죄가 뭡니까?"

"그, 그건……."

뭐 뀐 놈이 성낸다는 말이 있듯 악마금이 딱 그 짝이었지만 공손손도 대답할 말은 없었다. 무언가 할 말을 찾고 있는데 역시 악마금이 먼저였다.

"혹시 그녀의 호위들을 말하는 거라면 전혀 문제될 것이 없습니다. 먼저 저를 죽이려 했으니 응당 대가를 치른 것일 뿐. 아니면 그 자리에서 '나 죽여줍쇼' 하면서 목이라도 날려야겠습니까?"

공손손이 자신도 모르게 고개를 저었다. 그 모습을 보고 악마금이 다시 웃었다.

"그럼 정상참작이라는 것도 있겠지요. 아무튼 저는 죄가 없습니다. 있다면 금역을 빠져나갔다는 정도?"

급기야 공손손이 실소를 머금었다. 말이야 어찌어찌 끼워 맞춰 맞는 것 같았지만 실제 그 분위기가 완전히 다르기 때문이다.

"도대체 어떻게 하겠다는 것이냐?"

"조용히 넘어가 주신다면 저도 더 이상 문제 일으키지 않겠습니다."

"그렇게 안 된다면?"

악마금의 눈빛이 살기로 번뜩였다.

"죽이려 한다고 고이 죽을 정도로 멍청한 놈은 아닙니다. 수 틀리면 싸그리……."

말과 함께 그의 손이 목을 그어 보였다. 공손손이 경악한 채 입을 벌렸다.

"미친놈! 네 실력은 인정한다만 그것이 가능할 것 같으냐?"

"불가능해도 그냥 죽을 수는 없지요."

"흐음!"

공손손은 잠시 생각에 잠겼다.

실력을 자신하는 만큼 그의 말대로 충분히 하고도 남을 위인이었다.

"좋다. 내가 책임지지. 하지만 어떤 이유로든 금역을 빠져나간 것은 용서가 안 될 것이다."

"크큭, 사부님께 어느 정도 발언권이 있는지 기대하겠습니다."

"건방진 놈!"

공손손은 그를 한번 째려본 후 대화가 끝나길 기다리고 있던 통천에게 다가갔다. 그가 통천에게 뭐라 말을 하자 잠시 생각하던 통천이 몇몇의 흑의인들에게 다시 지시를 내렸다.

무슨 말을 들었는지는 몰라도 흑의인 두 명이 조심스럽게 악마금에게 다가오더니 포박을 시작했다. 그런데 갑자기 등이 따끔거리는 통증이 느껴졌다.

"크윽!"

참기 어려울 만큼 따가운 통증이 사라지자 옆에 있던 흑의인이 설명을 했다.

"내공 운용을 못하게 혈도에 장침을 박아 넣었소."

"뭐?"

설마 이렇게까지 할 줄 생각하지 못했던 악마금의 표정이 험악하게 구겨졌다. 그러나 일은 이미 벌어진 후인지라 어쩔 도리가 없었다. 그는 왠지 불길한 생각이 들기 시작했다.

'제길! 설마 이렇게 끝나는 것은 아니겠지?'

악마금이 흑의인들에게 끌려가자 남아 있던 통천이 그제야 참고 있던 놀라움을 드러냈다.

"도대체 좀 전에 사용한 무공이 무엇입니까? 혹시 음공입니까?"

"그렇소."

"말도 안 되는……! 정말 음공이란 말입니까? 하지만 그런 것이 있다고는 보지도 듣지도 못했소. 음공으로 그것이 가능하다니……."

"글쎄요, 음공 자체가 어떤 것인지 전혀 알려지지 않았으니……."

묘하게 말끝을 흐리자 통천이 다시 물었다.

"악마대 아이들의 실력이 전부 저 정도입니까?"

"저 정도까지는 아니지요. 하지만 진법만 구성한다면 이십여 명이 좀 전에 있었던 이백명 정도는 반에 반 각도 걸리지 않고 죽일 수 있을 겁니다."

순간 통천은 멍한 표정이 되었다. 그들이 암행과 감찰에 뛰어났기에 교 내 최고의 고수들은 아니지만 그래도 만월교에서도 상위에 속하는 고수라 할 수 있었기 때문이다. 그는 믿을 수 없다는 얼굴을 하며 재차 확인했다.

"악마대가 그렇게 강하다는 말이오?"

"모두 뛰어난 인재들이니까요. 지금은 대부분이 이 갑자를 넘긴 상태입니다. 이제 이십 세 안팎이라는 나이를 생각했을 때 상상도 할 수 없는 녀석들이죠."

"그럼 저 녀석의 실력은 그중 어느 정도나 됩니까?"

통천은 저 멀리 사라져 가던 악마금을 가리키고 있었다. 그러자 공손손이 질린 듯 고개를 설레설레 저었다.

"몇 년 전 회의에서 제가 한 말 기억하십니까?"

"무슨……."

"화경에 올라선 녀석이 있다는……."

"설마 그때 그 아이가?"

"그렇습니다. 저 녀석이죠."

"허, 말하기론 그때 십칠 세라고 하지 않으셨습니까?"

"그렇습니다. 지금은 이십일 세가 됐지요."

"직접 보니 정말 놀랍군요. 왜 그렇게 강하나 했더니 그럴 만했군요. 그럼 지금은 더욱 강해졌겠습니다?"

"그것뿐이겠습니까?"

공손손은 은근히 자랑하듯이 대답했다.

"지금은 출가경을 넘었습니다."

통천이 경악성을 발했다.

"예에?"

예상대로의 반응이 나오자 공손손이 은근한 목소리로 원래 하고자 했던 말을 슬그머니 꺼냈다.

"그래서 제가 신경을 써달라고 한 것입니다. 실수 때문에 죽이기에는 너무 아까운 녀석이니까요. 게다가 소교주님인 것을 알게 되자 조용히 도망쳤습니다. 그것만 보아도 교인으로서 불순한 마음을 품지 않았다는 것이 증명되는 것이 아닙니까?"

"그건 그렇지만……."

"선처를 부탁드립니다."

"그것이야 교주님께서 결정할 일입니다. 하지만 교주님도 아신다면 어쩔 수는 없겠군요. 대신 공손손 장로께서 직접 교주님을 찾아뵙고 부탁하는 것이 나을 겁니다. 그것이 모양새가 좋을 테니까요."

"그렇게 하지요."

공손손도 어지간히 급하긴 급한 모양이었다. 그는 다음날이 되기 무섭게 교주의 연공실로 찾아가 면담을 신청했다. 하지만 교주는 만날 수 없었고 다음날, 그 다음날도 찾아가야 했다.

결국 열흘이 지나가자 악마금이 무사하다는 통천의 말에 잠시 안심한 그는 그에 대해서 그리 신경 쓰지 않게 되었다. 그때 교주의 부름이 있었다. 통천은 악마금에 대한 처벌 결과를 의논하기 위한 것임을 짐작하고 즉시 회의실로 향했다.

회의실에는 교주뿐만이 아닌 모양야 장로와 화령 장로가 함께 자리를 지키고 있었다.

"부르셨습니까?"

"얘기는 들었다. 그때 그 아이가 범인이었다고?"

"죄송합니다. 제가 관리를 잘못한 결과입니다."

"우선 앉아라."

공손손이 자리를 잡자 교주는 말을 하는 대신 모양야를 돌아보았다. 그러자 모양야가 약속이라도 한 듯 입을 열었다.

"이번에 본 교에 급히 해결해야 할 일이 생겼습니다. 그 때문에 공손손 장로님을 부른 것이지요."

뚱딴지 같은 소리에 공손손이 고개를 갸웃거렸다. 악마금에 대한 것과는 전혀 다른 대화가 오갈 것 같았기 때문이다.

"무슨……?"

"그보다 공손손 장로께 우선 만월교의 상황을 설명해 드리겠소. 화령 장로."

"예."

"현재 우리가 처한 상황을 자세히 설명해 주시오."

"알겠습니다."

대답과 함께 화령은 그간 있었던 일과 지금 만월교가 급히 해결해야 할 일에 대해 설명을 시작했다.

만월교는 일 개월간 귀주에 흩어졌던 분타를 섬타문과 달단방 등 도움이 필요한 여덟 개의 동조 문파에 나누어 배치시켰다. 그 후 사정이 많이 좋아지기는 했지만 그것은 단지 일시적일 것일 뿐 이 개월이란 시간이 지난 지금에 이르러서는 힘에 부치고 있는 것이 사실이었다. 특히 달단방의 경우에는 며칠 전 근처에 있던 태왕문과 전면전을 벌였고, 두 문파의 피해가 막심했다. 달단방에도 만월교의 분타 세력이 집결되어 있었기 때문이다.

"그 후 소강 상태에 들어가기는 했지만 그쪽 움직임이 심상치 않습니다. 얼마 전 얻은 정보에 의하면 태왕문이 달단방의 근처에 고수들을 파견했다고 합니다. 하지만 그것으로는 그리 큰 위협이 되지 않습니다. 문제는 그들과 연합을 맺은 영원문과 제진문(齊進門), 섬령방(蟾令房)의 고수들이 속속히 그들과 합류하고 있다는 것입니다. 의외로 우리 분타의 고수들 때문에 달단방이 강한 것 같자 힘을 합치려는 것이겠지요. 아주 적은 수이기에 아직은 위협적이지는 않습니다만 시간이 갈수록 다른 문파에서도 고수를 보낼 공산이 큽니다. 현재 달단방의 역원(逆元) 방주는 급히 지원해 달라는 급보를 보내왔습니다. 달단방에 우리 분타의 고수 천여 명이 남아 있기에 당장은 문제가 없겠습니다만 시간이 지나 적의 수가 더욱 불어난다면 위험해집니다. 그렇다고 그저 지켜볼 수 없는 것이 그들이 무너진다면 다른 문파도 등을 돌릴 것이기 때문입니다. 사정이 이러니 조속한 시일 내에 고수를 파견해야 하는데 총단의 고수들을 대량으로 뺄 수가 없어서……."

말끝을 흐린 그녀는 공손손의 표정을 살폈다. 순간 공손손은 불안한 표정을 지었다. 악마대 투입을 생각하고 있다는 것은 굳이 확인하지 않아도 알 수 있는 것이었다.

아직 약속한 일 년에서 삼 개월밖에 지나지 않은 상황. 진법이 완성되지 않았으니 악마대 투입을 그는 강경하게 반대할 생각이었다. 그는 짐짓 못 알아듣겠다는 듯 딴청을 부렸다.

"왜 제게 그런 말씀을 하시는 것인지……?"

그러자 모양야 장로가 말했다.

"그것은 제가 설명하지요. 저도 공손손 장로의 마음은 잘 알고 있습니다. 그리고 통천 장로의 말대로 악마대의 실력이 나날이 발전하고 있다는 소리도 들었습니다. 그런 만큼 진법이 완성될 때까지 사용하지 않을 생각입니다."

"그럼 혹시……."

공손손의 표정이 묘하게 뒤틀렸다. 반면 모양야 장로는 슬며시 웃기 시작했다.

"생각하고 계신 대로입니다. 죄의 크기로 본다면 당연히 참수형이겠지만 앞날이 밝은 청년이니 그럴 수는 없지 않겠습니까? 만월교가 그리 융통성이 없지는 않습니다."

"하지만 혼자서는 무리일 텐데요?"

"그것까지 생각하고 있습니다. 그래서 본 교에서 뺄 수 있는 최소한의 인원을 잡았습니다. 총인원은 삼백 명. 들은 적이 있을 겁니다. 총

세 번 절을 하십니까? 185

단 내원을 지키는 흑룡사(黑龍社)라고…….”

"흑룡사?"

공손손이 경악성을 터뜨렸다. 만월교 총단에는 일만의 고수가 있는데 모두 상당한 실력을 갖추고 있었다. 그중 삼천은 총단 내원에 배치된 고수들인데 각각 천 명씩 흑룡사, 적룡사(赤龍社), 황룡사(黃龍社)로 나누었다.

황룡사는 모양야 장로가 관리하며 교주의 독립 호위대와는 따로 호위를 맡고 있었다. 반면 적룡사는 철저히 수비형으로 내원을 지켰고 흑룡사는 비상시를 대비해 언제나 대기하고 있는 자들이라 할 수 있었다.

그들 중 당연히 황룡사의 실력이 가장 출중했지만 크게 차이는 나지 않았다. 모두들 승부를 점칠 수 없는 절정고수들이었기 때문이다. 어떤 자들은 장로들보다 뛰어난 무공을 가진 자도 있었다. 훗날 다음 대에 그들 중 장로가 나올 가능성이 높았고 지금의 장로들 대부분도 그곳 출신이었다.

장로가 되기 위해서는 무공과 나이, 그리고 만월교에서 세운 공 등을 모두 감안해 교주의 승인을 받아야 했다. 그렇기에 내원에서 지내면서 교주와 안면이 있는 그들이 신임을 받을 수밖에 없었다.

말로 전해 듣기는 했지만 그 대단한 힘을 아는지라 공손손은 잠시 할 말을 잃었다.

"사실 그들의 힘이 대단하기는 하지만 적의 수는 만만치 않습니다. 뿐만 아니라 적들도 하수가 아닌 상당한 고수들을 지원하고 있는 모양이니 그리 큰 전력이 되는 셈은 아니지요. 하지만 거기에 악마금이라고 했나요? 그 녀석이 합류한다면 이야기가 달라질 것이라는 판단을 내렸습니다."

모양야는 말을 하면서 실소를 머금었다.

"훗, 출가경의 고수일 줄을 생각도 못했습니다. 어떻습니까?"

"그, 글쎄요. 솔직히 저는 확신을 하지 못하겠습니다. 하지만 궁금한 점이 있습니다."

"무엇이오?"

"악마금은 어떻게 되는 것입니까?"

"물론 죄는 있지만 그것은 이번 열흘간의 감금으로 마무리 지을 셈이니 그리 염려하지 않으셔도 됩니다. 그리고 그 아이는 진법 수련에도 제외되었다고 들었습니다. 공손손 장로만 허락한다면 흑룡사 삼백 명과 함께 달단방으로 보낼 생각입니다만……."

잠시 생각하던 공손손이 고개를 끄덕였다.

"교주님의 명을 어길 수는 없지요."

"좋습니다. 그럼 승낙한 것으로 알고 그리 결정을 내리도록 하겠습니다. 그리고 그와 악마대의 직위 문제에 대해 교주님과 상의해 결정을 보았습니다."

"예? 하지만 아직은 비밀에 붙이는 것이 좋지 않겠습니까?"

"그래도 좋겠지만 너무 갑자기 악마대에 대해 알려지면 교 내에 약간의 혼란이 야기될 수 있어서 그러니 양해해 주셨으면 합니다. 우선 악마대는 독립적인 단체 그대로 운영될 것이며 이름은 역시 악마대 그대로 불릴 것입니다. 독립 단체인만큼 훗날 많은 전투에 불려갈 것이며 책임과 관리 역시 공손손 장로께 일임했습니다. 또한 대주(隊主)는 이번 첫 출진인 악마금으로 결정했습니다. 어떻습니까?"

이미 결정했다면 바꿀 수가 없다고 생각했기에 공손손은 순순히 동의했다.

"알겠습니다."

그러자 교주가 마지막으로 입을 열었다.

"처리할 일은 두 가지. 첫 번째는 달단방의 일을 해결하는 것, 이후 두 번째는 배신자의 처단이다. 우리의 정보를 빼돌린 태화방에 그만한 대가를 지불해야 한다. 달단방으로는 닷새 후 출발, 그간 악마금의 몸 상태를 조절하는 데 특별히 신경을 써라. 그리고 이번 달단방 건의 모든 책임은 악마금에게 일임하는 바, 흑룡사와 달단방에 남아 있는 모든 분타의 인원은 그의 명을 받을 것이다. 이번 일의 성공 유무에 따라 악마대와 공손손 장로에게 적절한 보상이 있을 것이니 특별히 신경을 쓰도록."

"알겠습니다."

회의가 끝나자 교주는 연공실로 향했다. 그녀는 현재 천마강양장을 십일성까지 익힌 상태였다. 하지만 실제 십이성 모두를 익혀야 효과를 볼 수 있기에 최근 들어서는 수련에만 열을 올리고 있었다.

그녀가 사라진 후에도 모양야 장로와 공손손, 화령 장로는 몇 가지 이야기를 더 주고받으며 회의를 이어갔다.

그날 회의가 끝난 후 공손손은 악마금이 감금되어 있는 뇌옥으로 향했다.

음습한 지하 뇌옥으로 내려가자 수많은 철문이 양 옆으로 나열된 끝이 보이지 않는 통로가 세 개나 나왔다. 그 길이와 크기에 놀란 공손손이 안내하던 옥졸에게 물었다.

"방이 몇 개나 되나?"

"총 백팔십오 개입니다만 그중 독방은 사십 개밖에 되지 않습니다. 악마금은 저쪽으로 쭉 들어가시다 보면 백십삼호실에 감금되어 있습니다."

"문제는 없었나?"

"무슨……?"

"그러니까 반항을 한다거나 소리를 지른다거나 그런 것 말일세."

옥졸은 고개를 저었다.

"전혀 없었습니다. 매일 식사 그릇이 비워져 나오는 것을 제외한다면 사람이 없다고 생각될 정도로 조용했습죠."

그 말에 공손손은 나오는 웃음을 억지로 참으며 옥졸을 따라 걸었다. 한참을 걸은 후에야 옥졸이 걸음을 멈췄다.

"여기입니다."

옥졸은 열쇠로 문을 딴 후 철문을 밀었다. 순간 귀를 찢을 듯한 기괴음이 들려와 신경을 건드렸다.

끼이이익!

문이 열리자 옥졸이 말했다.

"여기에서 기다리겠습니다. 들어가 보십시오."

공손손은 방 안으로 들어서며 약간 의외라는 표정을 지었다. 자신이 온다고 해서 치웠는지, 아니면 원래 청소를 깨끗이 하는 것인지 모르겠지만 방 안이 상당히 깔끔했던 것이다. 침상까지 있는 것으로 보아 꽤 대우를 한 것 같았다. 악마금은 그 침상 위에 앉아 눈을 감고 있었다.

세 번 절을 하십니까?

"잘 지냈나?"

그때까지 모른 척하고 있던 악마금이 순간 눈을 번쩍 떴다. 그리고는 공손손을 보며 피식 미소를 지었다.

"덕분에."

"아직도 그 건방진 태도는 여전하구나."

"그런데 어쩐 일입니까? 해결됐습니까?"

"그전에 한 가지 묻고 싶은 것이 있다."

"……"

"너는 만월교인이냐, 아니면 무인이냐?"

잠시 생각하던 악마금의 입가가 묘하게 뒤틀렸다.

"후후, 뭣 때문에 묻는 것인지는 모르겠지만 이건 확실하죠."

"……"

"아직까지는 아침에 세 번 참배(參拜)를 하지 않으면 의외로 그날은 몸이 뻐근하더군요."

"뭐?"

공손손은 멍한 표정을 지었다. 만월교인들은 아침마다 교주가 있는 총단을 향하여 세 번 절하는 것을 시작으로 하루를 연다. 당연히 악마대 대원들에게도 처음 이곳에 온 이후부터 그렇게 교육을 시켰고, 그것은 거의 세뇌식 주입 방법에 가까웠다.

잠시 그 의미를 생각하던 공손손이 곧이어 광소를 터뜨렸다.

"크하하하하! 좋아! 이번 너에게 좋은 소식이 있다."

공손손은 말과 함께 회의에서 논의된 문제와 악마금이 해야 할 임무에 대해 설명했다.

설명이 끝나자 그가 말을 이었다.

"어때? 할 수 있겠나?"

순간 악마금이 눈빛을 번뜩였다.

"그런 것이라면 사양할 필요 없죠. 며칠 이곳에 틀어박혀 있었더니 몸이 근질근질해 미칠 지경이었습니다."

악마금은 말을 하며 주먹까지 주억거렸다. 뿌드득거리는 소리와 함께 손에 채워진 쇠사슬이 철그렁거리는 소리가 장내에 울리자 공손손이 고개를 끄덕였다.

"그럴 줄 알았다. 이번 기회에 음공의 진정한 힘이 어떤 것인지 확실히 보여주고 와라!"

"원한다면······. 그런데 이건 언제 풀어줍니까?"

손에 채워진 수갑을 보며 공손손이 외쳤다.

"들어와라!"

그러자 옥졸이 열쇠를 들고 들어서더니 악마금의 족쇄와 수갑을 풀고 등 뒤에 깊숙이 박혀 있던 장침을 빼냈다.

"닷새 후 출발이다. 그동안 몸조리를 하거라."

악마금은 철문을 나서며 고개를 저었다.

"그딴 건 필요없습니다. 그동안 수련이나 하죠. 그런데 한 가지 물어봐도 되겠습니까?"

"뭐냐?"

"사부님은 아침마다 참배를 하십니까?"

순간 공손손의 표정이 굳어졌다. 그는 대답하기 곤란한 듯 묵묵히 걸어갈 뿐이었다.

어릴 때부터 신앙을 가진 자라면 자연스럽게 머리 속에 각인된다. 그렇기에 부모가 특정 종교를 믿으면 그것을 보고 자란 자식들도 당연히 믿게 되는 것인데 공손손은 팔십이 훨씬 넘은 나이에 만월교에 들어왔기에 생각으로만 교리를 따를 뿐 실제 마음으로는 그렇지 않았다. 그러니 아무도 보지 않는 방 안에서 참배를 할 리가 없었다.

한참 후 뇌옥을 나와 아무도 없는 것을 확인한 공손손이 걸음을 멈췄다. 악마금이 의아함을 드러내며 그를 보았다.

"무슨 하실 말씀이라도……."

순간 공손손이 음흉한 미소를 지었다.

"네가 물은 질문 말이다."

"참배 말입니까?"

"그렇다."

"……?"

"흐흐흐, 난 쓸데없는 짓은 안 한다."

그러자 악마금이 피식 웃었다.

"그럴 줄 알았습니다."

제14장
어색한 복도

악마금은 삼 일간 꽤 편안하게 휴식을 취할 수 있었다. 비록 그 휴식이 수련의 연장이었지만 그래도 십 일간 뇌옥에 갇혀 있을 때와는 비교가 될 수 없었다.

그는 비교적 햇빛이 잘 드는 숲에 나와 수련을 즐겼다. 그간 쬐지 못한 태양 빛을 음미하며 내력을 보충하는 데 전력을 기울이고자 했던 것이다. 그렇게 시간이 지나고 나흘째가 되는 날이었다.

그날 악마금은 낮 수련만 마치고 자신의 방으로 돌아와 있었다. 저녁에 교주가 주관하는 집회가 있었기에 그동안 휴식을 취하기 위해서였다. 듣기로는 이번 집회를 계기로 악마대에 관한 만월교의 입장을 밝힘과 동시에 달단당에 지원 나갈 인원들을 직접 사람들에게 보이고 사기를 돋워주고자 열리는 것이라 했다. 악마금은 쓸데없는 일이란 생각이 들었으나 자신과 흑룡사가 주인공이니 빠질 수는 없었다.

그는 집회 전까지 시간이 남았으므로 편한 복장으로 갈아입었다. 하지만 막 침상에 누우려 할 때 문밖에서 가느다란 여인의 목소리가 들려와 휴식을 방해했다.

"들어가도 되겠습니까?"

"누구냐?"

악마금은 의아함을 드러내며 몸을 일으켰다. 그동안 거의라고 해도 좋을 만큼 자신의 방에 찾아오는 사람이 없었기 때문이다.

"교주님이 보내셨습니다."

더욱 의아한 악마금이었다. 여인이라고만 들었을 뿐 한 번도 보지 못한 교주가 자신에게 사람을 보낼 까닭이 없다고 생각했던 것이다.

'교주가? 왜?'

아무튼 이유를 알려면 문은 열고 봐야 했다. 드르륵거리며 문을 열자 그 앞에 세 명의 여인이 고개를 숙이며 인사를 해왔다. 하지만 악마금의 시선은 여인보다는 그녀들이 들고 있는 옷가지로 향할 수밖에 없었다. 여러 가지 옷을 들고 있는데 아직 악마금이 한 번도 보지 못한 이상한 옷이었기 때문이다.

"무슨 일이지?"

"교주님께서 대주께서 입을 옷을 전해주라고 하셨습니다."

"옷?"

"그렇습니다. 여기 이 옷입니다."

여인이 들고 있던 옷을 들어 보이자 악마금이 심드렁한 표정으로 대꾸했다.

"쉬고 싶으니까 돌아가."

"하지만 이 옷은 오늘 집회에 참석하실 때 착용하실 복장인지라……. 교주님께서 이 복장을 입고 오라고 하셨습니다. 다른 흑룡사 대원 분들도 이 옷을 입으실 것이기에……."

"그래?"

여인은 대답없이 고개만 끄덕였다. 그렇게 되자 악마금도 거절할 수가 없었다. 하지만 짜증스러운 표정을 노골적으로 내비치며 옷가지를 거칠게 가로챘다.

"가봐!"

하지만 여인들은 움직일 생각을 하지 않았다. 이상한 기분이 든 악마금이 물었다.

"나에게 무슨 볼일이라도 있나?"

"그것이 아니오라 그 옷은 입기가 상당히 어렵기에……. 저희들이 직접 가져온 것도 그 때문입니다."

"설마 내가 옷 입는 것을 도와주겠다는 말이냐?"

"그렇습니다."

"갈! 쓸데없는 짓거리 하지 말고 꺼져!"

버럭 소리를 지른 그는 말과 함께 냉큼 문을 닫았다. 그리고 옷가지를 탁자 위에 휙 던져 놓고 침상에 눕는데 묘하게 호기심이 생기는 이 심정은 뭘까? 그는 누웠던 몸을 슬며시 일으키며 탁자에 올려진 옷을 집어 들었다.

그녀들의 말마따나 어느 것을 먼저 입어야 할지 모를 정도로 옷이 상당히 많았다. 허리띠 외에도 처음 보는 장신구들이 대부분이었다.

그러니 악마금의 인상이 찌푸려질 수밖에.

이것저것 몸에 걸쳐 보더니 결국 다시 문을 열었다. 놀랍게도 그녀들은 아직 문 앞에서 시립해 있었다. 악마금이 문을 열 줄 알았다는 듯이…….

그것이 오히려 열받는 그였지만 어쩔 수 없었다.

"어떤 걸 먼저 입어야 하지?"

"저희가 도와드리겠습니다."

말과 함께 그녀들은 방 안으로 들어오더니 악마금에게 옷을 입히기 시작했다. 그녀들이 도와주는 데도 옷은 입는 시간이 상당히 걸렸다.

악마금은 내심 놀랄 수밖에 없었다. 옷이 몸만 가리면 된다는 그의 생각으로는 이렇게 거추장스러운 옷을 입는 인간들이 이해가 가질 않았던 것이다.

얇은 백의를 입고 그 위의 배 부위에 다시 백색 천을 둘둘 감았다. 거기에 다시 황금색 장포. 황금색 장포를 입는 방법도 특이했다. 바지를 입고 발목 부위에 붉은 천으로 휘감는데, 감는 방법이 정해져 있는지 양 발목 다 꽤나 신경 써서 같은 방법으로 감고 있었다. 팔목도 마찬가지였다.

하지만 그것으로도 끝은 아니었다. 황금색 옷 위로 가운데 구멍이 뚫린 옷을 걸쳐야 했는데 구멍 속으로 얼굴만 집어넣으면 되는 것이었다.

배에는 다시 허리띠를 둘렀다. 그 또한 붉은색으로 가운데 부분에 황금색 만월 모양이 붙어 있는 것이었다.

"휴!"

악마금은 절로 한숨이 나왔다. 무공을 익히는 것보다 더 어렵지 않은가! 그런데 입을 옷은 더 있었다. 그것은 남은 두 가지 중 하나였다.

하나는 비단으로 된 붉은색 전포(戰袍), 또 다른 하나는 초록색 피풍의(皮風依)이었다.

피풍의란 바람 막이용으로 사용되는 옷으로 사막 지역이나 바람이 많이 부는 지역에서 자주 입는 옷이다. 그렇기에 다른 지방보다 더운 귀주에서는 좀처럼 보기 힘든 것이었다. 역시 그 피풍의는 바람 막이용이 아닌 만큼 멋에 상당히 신경 쓴 것처럼 보였다.

모든 것을 입고 나니 그래도 입는 고생만큼이나 꽤나 멋져 보이는 것이 사실이었다. 괜히 어색한 표정을 짓는 악마금을 향해 한 여인이 얼굴을 잠시 붉혔다.

"꼭 여인처럼 아름답습니다!"

다른 여인도 맞장구를 쳤다.

"정말 너무 아름다우십니다!"

하지만 그 소리를 좋아할 악마금이 아니었다. 그녀들의 말에 순간적으로 표정이 싸늘하게 식더니 종내에는 극심한 한기까지 풍기며 나직이 으르렁거렸다.

"앞으로 볼 일은 없겠지만 혹 다시 만날 일이 있다면 기억해 둬!"

무공을 익히지 않은 여인들도 느낄 수 있을 정도로 괴상한 살기가 뭉게뭉게 피어나오자 그녀들은 벌벌 떨며 고개를 끄덕였다. 그중에 그래도 나이가 많은 여인이 떠듬거리며 대답했다.

"마, 말씀하십시오."

"내 앞에서 다시는 아름답다느니 예쁘다느니 하는 그따위 단어는 쓰지 마라! 알겠나?"

"……."

그녀들은 고개만 끄덕이곤 그 후로는 쏜살같이 사라져 버렸다.

옷을 입는 데 상당한 시간이 걸린 악마금은 제대로 쉬지도 못한 채 바로 집회가 열리는 만월향(滿月香)으로 향했다.

만월향은 총단 동쪽에 위치한 거대한 석조 건물로 악마금이 직접 그곳을 가본 적은 없지만 만월교의 많은 건물들 중 가장 컸기에 웬만한 곳에서는 다 보일 정도였다.

만월향에 도착한 악마금은 그 위용과 크기에 다시 한 번 놀랐다. 크다는 것은 예전부터 알고 있었지만 직접 눈앞에서 보자 거대해도 너무 거대했기 때문이다. 하지만 정작 그를 놀라게 한 것은 내부였다. 내부에 들어서자 검은 복장의 교인들이 석판 위에서 보료를 깔고 앉아 있었는데 그 모습이 개미 떼마냥 득실거리는 것이다. 얼핏 보아도 수천은 되어 보였다.

중간중간에 거대한 기둥이 천장을 받치고 있고 알아볼 수 없는 주문 같은 것이 새겨져 있어 분위기를 묘하게 만들었다. 출입구 반대편에는 역시 거대한 석상이 있었다. 그리고 그 위에 화려하게 조각된 단상이 있고 단상 위에는 황금으로 만든 것인지 도금을 한 것인지 파악되지는 않았지만 거대한 태사의도 있었다.

그 태사의에 앉아 있는 사람이 교주라는 것을 악마금은 굳이 확인해 보지 않아도 알 수 있었다. 날 때부터 사람들 위에 군림했는지 앉은 자태부터가 거만했으며 금관 밑으로 드리워진 붉은 천이 얼굴을 가려 악마금으로서도 신비한 느낌을 받게끔 했다.

순간 악마금이 피식 미소를 지었다. 교주의 태사의 밑에 그보다 작은 태사의가 있었고, 거기에 또 다른 사람이 앉아 있는 것이 눈에 띄었기 때문이다.

소교주 마야였다. 그녀 또한 교주와 같은 복장이었기에 얼굴을 자세히 볼 수는 없었지만 아직 여물지 않은 육체가 확연히 드러나 신비함보다는 오히려 귀여운 맛이 있었다.

그때 소교주 마야가 출입구 쪽으로 시선을 돌리다 악마금과 눈이 마주쳤다. 악마금의 그 살기 어린 미소를 잊을 수 없었던 그녀는 순간 움찔하더니 급히 고개를 숙여 시선을 피했다. 악마금도 그녀를 보았기에 묘하게 입꼬리를 말아 올렸다.

한창 악마금이 여기저기를 둘러보고 있을 때 누군가가 다가와 고개를 숙였다.

"악마대의 대주이십니까?"

악마금이 고개를 끄덕이자 그자가 말을 이었다.

"따라오십시오."

사내는 실내 가장 앞쪽의 단상 바로 밑으로 악마금을 안내했다. 거기에는 악마금과 같은 복장을 한 삼백여 명의 사내가 앉아 있었는데 사내는 그곳 가장 선두 자리를 가리켰다.

"여기가 대주님의 자리입니다."

악마금은 대답없이 그 뒤에 있던 사내들을 훑어보았다. 그들이 이번 달단방에 같이 갈 흑룡사인 듯했기에 얼굴이라도 익혀보려는 심산에서였다. 하지만 흑룡사들은 고개만 숙이고 있을 뿐 그에게 전혀 관심을 보이지 않았다.

집회는 악마금이 자리에 앉은 지 일각 후에 시작되었다.

집회의 시작은 주문이었다.

억센 묘족의 언어로 된 주문이 끝나자 단상 위로 모양야 장로가 걸어나와 교리와 만월교인이 가져야 할 정신에 대한 연설을 시작했다.

특별한 것을 기대한 악마금으로서는 지금까지 악마대 내에서 열렸던 예배와 비슷하자 약간의 실망감도 들었으나 신경 쓰지는 않았다. 특별한 것에 놀라움을 드러내거나 재미를 느낄 감성이 그에게는 없었으니까.

의외로 연설은 이각이나 지속되었다. 꽤 시간을 잡아먹은 후 다음은 참배였다. 수천의 교도들이 자리에서 일어나 앉기를 반복하는 모습이 물결 치듯 해 장관이 연출되었다. 그 이후에서야 다른 집회 때와는 달리 악마대와 이번에 출전할 흑룡사, 그리고 악마금이 소개되었는데, 소개라고 해봐야 악마금과 흑룡사 전원이 따로 단상 위로 올라가 교주에게 세 번 절한 것이 다였기에 그리 특별할 것은 없었다. 집회의 마지막은 교주에 대한 찬양을 하며 끝이 났다.

땡!

집회가 끝나는 종이 울리고 교도들이 일사불란하게 빠져나가기 시작했다. 만월향에는 교주와 소교주, 장로들, 그리고 흑룡사 삼백 명과 악마금만이 자리를 지켰다. 이제 한산해진 실내는 공허함이 묻어나고 있었다. 교도들이 모두 빠져나가길 기다렸던 모양야 장로가 입을 열었다.

"모두 중앙으로 모여라!"

흑룡사가 열을 갖추며 자리를 잡자 모양야가 말을 이었다.

"이번 출진은 본 교의 사활이 걸린 일이다. 그런 만큼 최선을 다해야 할 것이며 교주님을 위해 목숨을 아끼지 말아야 한다. 그것은 교인으로서의 영광이며 환신으로 환생될 기회를 부여받는 것이다."

"명심하겠습니다!"

"이번 임무는 모두 알고 있겠지만 두 가지다. 첫째는 달단방에 들어가 그들이 기반을 잡을 때까지 보호하는 것이고, 두 번째는 배신자의 처단이다. 모든 지휘는 악마금에게 맡길 것인 바 그의 명은 교주의 명과 같다."

"명심하겠습니다."

"그리고 현령(賢領)!"

"예!"

대답과 함께 삼백 명의 사내들 중 한 명이 급히 앞으로 나섰다.

흑룡사는 천 명으로 구성된 절정고수 집단임으로 내부적으로도 구별이 되어 있었다. 작게는 백 명씩 소흑룡사로 불리며 제일소흑룡사부터 제십소흑룡사까지 열 개로 나뉘어져 있었고, 그들 소흑룡사가 다섯 개씩 모여 오백 명이 대흑룡사로 구성되어 있었다. 흑룡사 전원을 부를 때는 구별이 필요없기에 그냥 흑룡사로 불렸고, 전체를 총괄하는 대주와 오백 명의 대흑룡사를 이끄는 부대주로 나뉘어 있었다.

지금 불려 나온 현령은 제이대흑룡사의 부대주였다. 나이는 이미 육십을 넘긴 노고수였지만 외모는 사십대 초반 정도의 건장한 중년인으로밖에 보이지 않는 자였다. 왼쪽 눈밑에 화상이 있는 것이 약간 혐오스럽게 비춰졌지만 그것만 제외한다면 대체적으로는 준수한 인상의 소유자였다. 흑룡사에서 다섯 손가락 안에 꼽히는 막강한 실력자였으며 검의 고수로 유명했다.

"사실 자네가 이번 일의 책임을 맡아야겠지만 사정상 그럴 수 없게 되었네. 임시이기는 하지만 악마금이 이번 대주가 되니 그런 만큼 대주의 말에 복종하고 수하들의 관리를 철저히 해주기를 바라네."

이미 들어 알고 있는 현령은 그에 대답했다. 하지만 갑자기 나타난 악마대의, 그것도 새파랗게 어린 놈의 수하로 들어간다는 것이 그의 미간을 미비하게 구겨지게 했다.

그러나 그것을 모양야 앞에서 드러낼 수는 없는 일. 그는 급히 고개를 숙여 표정을 숨겼다.

"봉행하겠습니다."

이번에는 악마금이었다.

"자네의 어깨에 본 교의 중대가사 걸린 만큼 신중에 신중을 기해야 할 것이다. 부대주 현령의 조언을 깊게 생각하고 행동에 무게를 가져야 할 것이니 잘 처리하길 바라네."

악마금 또한 고개를 숙였다.

"명심하겠습니다."

모양야가 마지막으로 덧붙였다.

"출발은 내일 진시 초(辰時初:오전 7시). 최대한 빠른 시일 안에 달단방에 도착하도록 해야 하며 되도록 사람들의 눈에 띄지 않게 행동해라. 이상! 모두 돌아가 휴식을 취하도록!"

흑룡사가 만월향을 빠져나가려 하자 그때 교주가 처음으로 입을 열었다.

"너는 남아라."

모두가 놀란 표정으로 돌아보니 그녀는 악마금에게 시선을 주고 있었다.

자신이 지목당하자 악마금은 그리 기분이 좋지 않았다. 왠지 모르게 그녀의 어눌한 목소리에 위축되는 자신을 느꼈기 때문이다. 원래 그런 것인지, 자신이 소리에 민감해서 그런 것인지는 모르겠지만 괴이한 현상임에는 분명했다.

'어쩌면 세뇌를 당해서일지도…….'

어릴 때 이곳으로 와 만월교의 위대함과 교주에 대한 신비한 능력, 그리고 존귀함을 귀가 아플 정도로 듣고 외워왔으니 그럴 수 있을지도 모른다는 생각이 잠시 들었다. 그래도 찜찜한 기분은 가시지 않았고, 짜증까지 솟구치는 것은 어쩔 수 없었다.

악마금은 괜한 분란을 일으키기 싫었기에 내심을 숨긴 채 고개를 숙이며 그 나름대로는 공손히 행동했다.

흑룡사가 모두 돌아가자 아직도 태자의에 앉아 있던 교주는 장로들까지 물리고서야 단상에서 내려왔다. 그리고 또 한 명, 소교주 마야도. 그녀는 감히 고개를 들 생각도 하지 못하고 악마금이 보이지 않게 교주의 뒤에 숨어 있는 듯한 위치에 있었다.

교주는 아무도 없는 만월향에서 그녀의 전용인 단상 뒷문으로 걸어가며 말했다.

"따라오너라."

악마금이 따라간 곳은 교주의 연공실이었다. 지하 통로로 연결된 그곳은 일자로 뻗은 긴 복도를 한참이나 지나서야 도착할 수 있는 곳이었다. 느껴지는 기운으로는 복도 곳곳에 상당한 실력을 겸비한 고수들이 숨어 있는 듯했는데, 단지 숨어 있어 모습이 보이지 않을 뿐 노골적인 적의를 풍기고 있었기에 애초에 누구도 접근을 못하게 막으려는 의도인 것 같았다.

연공실은 보기에도 상당한 두께의 벽으로 이루어져 있음을 알 수 있었다. 무공을 연마할 때 방해를 받으면 위험할 수가 있으므로 교주를 보호하기 위해 특별히 만들어진 연공실이었다. 그래서인지 안에서만 열 수 있게 해놨을 뿐 밖에서는 기관을 모른다면 절대 들어갈 수 없게 되어 있었다.

교주는 연공실로 들어가지 않고 그 앞 무공 비급들이 나열된 다섯 개의 책장 중앙에 비치된 탁자에 자리를 잡았다.

"앉거라."

그녀의 말에 마야와 악마금이 차례로 자리를 잡자 교주가 입을 열었다.

"출가경에 들어섰다고?"

돌연한 질문에 잠시 의아해하던 악마금이 고개를 끄덕였다.

"그렇습니다."

"무공이 상당한 수준이라고 들었다. 음공으로 출가경을 경험하기란 힘이 들었을 텐데, 어떻게 생각하지?"

그녀가 왜 이런 이야기를 꺼내는지는 알 수 없었지만 붉은 천 안에 희미하게 비치는 얼굴이 의외로 인자한 인상이라는 것과 그녀 특유의 어눌한 목소리에 약간의 호기심이 드는 것이 사실이었다. 악마금은 솔직히 묻는 말에 대답했다.

"오히려 음공으로 더 오르기 쉽다고 생각합니다. 다른 무공과는 궤를 달리하니까요. 게다가 상당히 빠른 내공 진전을 맛볼 수도 있습니다."

"흠, 그렇다면 지금 내공 수준은 어느 정도나 되느냐?"

"글쎄요……. 비교해 본 적이 없어 잘 모르겠습니다."

"그럼 공손손과는?"

잠시 생각하던 그가 말했다.

"자세히는 모르겠습니다만 그보다는 위인 것으로 생각됩니다. 사실 사부님은 삼십 년 이상이나 무공 수련을 하지 않았습니다. 화경의 경지였던 것으로 알고 있는데 실제 지금은 내력이 많이 상실되어 이 갑자에서 삼 갑자 사이 정도밖에 되지 않는 것 같았습니다."

교주가 고개를 저었다.

"맞는 말이기는 하지만 틀린 점도 있다."

"……?"

"실제 화경에 오르면 단전이 커지고 기의 성질이 변한다는 것은 알고 있을 것이다. 기가 변한다기보다는 응축되어 작아진다는 말이지. 단전이 커진 데다 기의 양까지 작아지니 수련을 할수록 더 많은 내공이 쌓이는 것은 그것 때문이다. 하지만 그것만으로도 상당한 것임은 너도 알고 있을 것이다. 같은 삼 갑자의 내공을 가졌다 해도 기의 성질이 변해 있는 자와 그렇지 않은 자는 몸 밖으로 뿜어내는 내공의 파괴력부터가 달라지니까. 그런데 그런 그에게 비무에서 상당히 우위를 점했다고 들었다."

약간 표정이 굳어진 악마금을 향해 교주가 미소를 지었다.

"걱정 말거라. 감시를 한 것이 아니라 공손손에게 들은 것이다. 그런데 그것이 오래전 일이었다고?"

"일 년이 조금 넘었습니다."

"훗, 그렇다면 지금은 더욱 실력이 좋아졌겠구나. 사실 너에 대해 관심을 보인 것은 얼마 전부터다. 정확히 네가 출가경에 들어섰다는 말을 들었을 때. 그러니 이번 일을 기회로 삼고 잘 처리해 주기를 바란다."

"알겠습니다."

"그리고 한 가지 더!"

"……?"

"이번 일을 성공적으로 마치면 너에게 그만한 보상을 따로 할 생각이다. 성공 여부에 따라 달라지겠지만 성공을 한다면 귀주에 따로 분타를 세울 것이다. 분타라기보다는 제이의 총단인 셈이지. 이후 그곳을 귀주 통합의 교두보로 삼을 것이며 각 문파의 공격 중심으로 키워 갈 것이다. 그리고 각종 사업에도 손을 댈 예정이니 많은 힘과 노력이 들어갈 것이다. 지금 분타를 없앤 덕분에 만월교의 자금줄이 완전히 막혀 있는 상황이니까. 그때 너에게 분타의 총관 직을 내릴 것 생각인데… 네 생각은?"

악마금은 얼떨떨한 표정을 지어 보였다.

"저는 잘 모르겠습니다. 무공 외에는 그리 많은 것을 배우지 못했기에 잘할 수 있을지 모르겠습니다."

"그것은 상관없다. 영웅은 능력있는 사람을 가리키는 것이 아니라 능력있는 사람을 다룰 줄 아는 자라고 나는 믿고 있으니까. 너에게 특별히 뛰어난 인재들을 붙여줄 것이다. 그리고…….."

그녀는 옆에서 묵묵히 듣고만 있는 마야를 보았다.

"이 아이도 언젠가는 내 뒤를 이어 교주가 될 것이다. 그렇기에 분타가 만들어질 때 이 아이를 책임자로 보낼 생각이다. 물론 아직 무공이 대단하지 못하고 능력도 미비하지만 훗날 교주가 되어 본 교를 이끄는 데 좋은 경험이 될 게야. 그리고 소교주가 분타에 자리잡음으로 해서 교도들의 사기 또한 상당히 올라갈 것이기도 하고. 그것이 가장 큰 이유다. 그때 네가 이 아이를 잘 보살펴 주었으면 한다."

교주의 말에 마야의 얼굴은 점점 파랗게 질려가기 시작했다. 악마금 또한 그 말에는 인상을 쓸 수밖에 없었다. 그는 급히 화제를 돌리기 위해 대답했다.

"알겠습니다. 내리실 명은 그것뿐입니까?"

교주는 자리에서 일어서며 말했다.

"태화방의 방주는 팔 하나와 다리 하나를 자르되 죽이지는 말고 본교로 압송하라. 나머지는 만월교에 대한 배반자의 처리가 어떤 것인지 확실히 보여줄 것을 당부한다."

"알겠습니다."

교주가 연공실로 들어가자 악마금이 마야를 바라보았다. 간간이 악마금을 힐끔거리던 그녀는 그와 시선이 마주치자 움찔거리며 한 걸음 뒤로 물러섰다.

악마금은 그 모습에 실소를 흘린 후 다시 복도로 나와 걷기 시작했다. 그런데 잠시 후 그의 표정은 일그러질 수밖에 없었다. 그의 뒤로 마야가 졸졸 뒤따라오고 있는데 먼저 가는 것도 아니고 그렇다고 나란히 걷는 것도 아니어서 흡사 뭔가가 훔쳐보듯, 또는 미행하는 듯한 기분이 들었기 때문이다.

그것이 신경에 거슬렸기에 그가 문득 걸음을 멈춘 뒤 휙 하니 몸을 돌려 그녀를 노려보았다. 그러자 순간적인 그의 행동에 놀란 마야가 기겁하며 헛바람을 들이켰다.

"아!"

하지만 그에 상관할 악마금이 아니었다. 오히려 싸늘한 표정으로 말할 뿐이었다.

"먼저 가십시오."

잠시 멍해 있던 그녀가 그제야 정신이 드는지 주춤주춤거리며 악마금의 옆을 지나쳤다. 악마금도 다시 걷는데, 한참 시간이 지나자 어색한 침묵을 뒤로하고 불쑥 입을 열었다.

"너무 겁먹지 마십시오."

"누, 누가 겁먹었다는 것이냐?"

말은 그렇게 하고 있었지만 그녀의 몸은 잘게 떨리고 있었다. 그것을 악마금에게 들키기 싫었는지 걸음을 멈추고 몸에 힘을 주는 그녀였다.

딴에는 위엄 서린 모습을 보여주고자 한 것 같은데 목소리부터가 심하게 떨리고 있으니…….

"머, 먼저 가라! 나, 나는 나중에… 나중에… 갈 것이다."

악마금의 입가가 묘하게 뒤틀렸다.

"훗, 그렇게 하지요. 그럼."

말도 채 맺지 못한 그녀를 두고 악마금은 미련없이 몸을 돌려 자신의 막사로 향했다. 그가 완전히 사라져서야 마야는 가슴을 쓸어 내리며 한숨을 쉬었다.
"휴!"

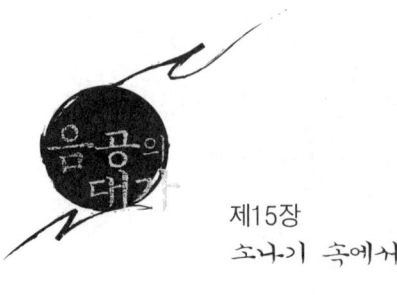

제15장
소나기 속에서

 악마금은 이번이 무림 초행(初行)인만큼 나름대로 많은 준비를 했다. 하지만 생각만큼 챙길 짐은 없었고 단지 등짐 하나만이 덩그러니 탁자에 놓여 있을 뿐이었다. 그 속을 차지하고 있는 것은 여벌의 옷가지와 신발, 그리고 상처에 바르는 금창약(金瘡藥)이 전부였다.
 그는 평민들이 흔히 입는 허름한 백의를 입고 약속 장소로 향했다. 최대한 사람들의 이목을 피해야 했기에 교(敎)에서 미리 전해준 옷이었다.
 약속 장소에 도착하자 이미 흑룡사 삼백 명의 대원들이 악마금을 기다리며 대기하고 있었다. 그들 또한 평범한 옷을 입고 있어 설핏 보기에는 여행자나 장사꾼처럼 보였다. 그 외에도 만월교에서 두 명의 사내와 두 명의 여인을 더 붙여줬는데, 그들은 교와 연락을 담당하기 위해 파견된 자들이었다.

악마금이 모습을 드러내자 현령이 다가왔다.

"어제 보아서 알겠지만 현령이라고 하오. 이번 흑룡사의 부대주를 맡게 되었소."

그는 말과 함께 고개를 숙이고 있었지만 행동과 표정이 자못 거만해 보여 어쩔 수 없이 인사를 한다는 듯한 인상을 노골적으로 풍기고 있었다. 하지만 악마금은 한술 더 떴다. 그는 무슨 더러운 벌레 보는 듯한 눈으로 현령을 아래위로 쓰윽 훑어보더니 비릿한 미소를 지어 보였던 것이다.

그것으로 끝이었다. 악마금은 인사도 받지 않고 몸을 돌리며 명했다.

"출발한다."

수하들이 보는 앞에서 무시를 당한 현령의 표정은 순식간에 싸늘하게 식을 수밖에 없었다. 항상 남들 위에 군림하던 그였기에 이런 대우는 생전 처음이었던 것이다. 급기야 멀어지는 악마금을 보며 얼굴까지 붉히더니 주먹을 불끈 쥐며 부들부들 떨었다.

그사이 악마금이 더욱 멀어져 가자 억지로 노화를 억누른 현령이 나직이 외쳤다.

"출발!"

그제야 대원들이 악마금을 뒤따랐다.

초반부터 삐그덕거린 출발은 예상 밖으로 큰 문제 없이 삼 일째를 넘길 수 있게 되었다. 말없는 긴장감이 지속되었기에 연락을 담당했던

소나기 속에서 211

네 명만이 눈치를 보느라 고생했을 뿐. 하지만 그들도 굳이 악마금과 흑룡사의 관계를 완화시키려고 노력하지 않았으므로 끊어질 것 같은 팽팽한 기선 제압의 힘 겨루기는 계속되었다.

환산에서 도균(都勻)까지는 보통 사람들의 경우 이십 일은 족히 넘는 거리였지만 낮에는 말이나 마차 등 비교적 빠른 교통편을 이용해 달리고, 밤에는 사람이 없는 숲길로 경공술을 펼친 덕분에 등영(等嶺)까지 삼 일 만에 돌파할 수 있었다. 잠자는 시간은 아침을 먹고 난 후 하루에 두 시진(네 시간), 그 외에는 무조건 달단당이 있는 도균으로만 걸음을 재촉할 뿐이었다.

이동 방식은 나흘째가 되던 날 변했다. 평범한 옷차림이었지만 삼백여 명이 넘는 인원이 줄줄이 이어 다니니 마을이나 도시를 가로지를 때마다 사람들의 시선을 끌었기 때문이다.

우선 삼백 명의 흑룡사를 열 등분 해 삼십 명으로 나눈 후 따로 움직이기로 했다. 하루 동안 돌파할 거리를 정한 후 약속 장소에서 만나 취침, 그 후 다시 따로 나누어 출발하는 식이었다. 당연히 이 건의는 연락을 담당했던 중년 여인이 제시했고 모두들 수긍해 이틀 동안 계속되었다. 하지만 만월교를 떠난 지 육 일째 되는 날 약간의 문제가 발생했다.

쏴아아아!

겨울이라고는 생각하기 어려울 만큼 화창했던 날씨가 반 각 전부터 우중충하게 변하더니 급기야 비가 내리기 시작했다. 봄이라고 착각할 만큼 따뜻한 귀주였지만 이런 식으로 소나기가 내리리라고는 아무도 예상하지 못했다. 그것도 이렇게 퍼붓듯이…….

"촤좌좌좌!"

맞으면 아플 것같이 거세게 내리던 빗줄기는 바닥을 금세 진창으로 만들었다. 삽시간에 물이 고이고 그 위로 빗줄기가 쏟아져 보기만 해도 시원했다. 하지만 그렇게 느끼지 않을 자도 있었다.

"젠장!"

쏟아지는 빗줄기의 보며 악마금은 살짝 인상을 찌푸렸다. 빠른 시간 안에 도균에 도착하기 위해서는 지름길로 가야 했고, 늦으면 습한 숲 속에서 야영을 해야 할지도 몰랐기 때문이다. 무공을 익힌 무인이 지면을 적시며 올라오는 습기에 큰 영향을 받진 않겠지만 그래도 그리 유쾌한 기분은 아니었다.

그런데 일이 꼬이면 계속인 모양이었다. 어디선가 우렁찬, 그래서 화끈한 목소리가 멀리서 터져 나왔다.

"멈춰라!"

악마금과 삼십 명의 흑룡사는 목소리에 따라 반사적으로 걸음을 세웠다. 잠시 후 약속이나 한 듯 빗속의 뿌연 우막(雨幕)을 뚫고 수십 명의 사내들이 우르르 몰려들었다. 그들은 악마금 등을 가로막기가 바쁘게 둘러싸기 시작했다. 하나같이 무시무시한 병장기를 들고 있는 것으로 보아 녹림도(綠林徒)임이 분명해 보였다.

"죽고 싶지 않으면 가진 것 다 내놔라!"

역시 한 사내가 자신들의 신분을 증명했다.

우락부락하게 생긴 그가 두목인 듯 다른 녀석들과는 달리 고급스런 호피를 입고 있었다. 빗속에 젖어 더러워지기는 했지만 그래도 특출나게 보이는 것은 어쩔 수 없다.

그들을 보고 있던 악마금이 실소를 머금었다. 그것은 흑룡사들도 예외가 아니었다. 다 합하면 오십 명 정도 되어 보이는데 그냥 보아도 무공을 익힌 흔적들은 없었기 때문이다. 도대체 뭘 믿고 삼십 명이나 되는 행인을 덮치는 것인지 이해가 가지 않을 정도였다.

"싫다면?"

악마금의 말에 호피사내가 으르렁거렸다.

"죽고 싶으냐? 있는 것 다 내놓으면 조용히 보내주겠다만 그렇지 않으면……."

"않으면?"

"흐흐흐!"

사내는 음흉한 웃음을 흘리며 근육이 덕지덕지 붙은 손으로 반대쪽 손에 들린 흉측한 대도를 쓰다듬었다. 제딴에는 애교 섞인 행동을 흉내낸 것 같았지만 오히려 능글맞게 보일 뿐이었다. 그것으로 보아 사내는 그 행동과 표정이 상대에게 더욱 겁을 줄 수 있다고 믿는 모양이었다. 하지만 호피를 입고 있는 사내는 오늘 상대를 완전히 잘못 고른 것이었다.

"꼴사나우니 그만둬라. 그리고 여기까지 줄기차게 달려온 노고를 생각해서 용서해 줄 테니 꺼져!"

"뭐? 이것들이 미쳤나? 이것, 안 보여?"

사내가 대도를 흔들자 때맞춰 옆에 있던 사내가 누런 이를 드러내며 호피사내에게 중얼거렸다.

"두목, 말로 해서는 안 되겠는데요. 본때를 보여줘야 말귀를 알아들을 모양입니다."

"쿵, 웬만하면 피를 보고 싶지는 않았다만 그래도 저렇게 나온다면 어쩔 수 없지."

사내는 수하의 말에 고개를 끄덕여 보이고는 손을 들었다. 손이 내려짐과 동시에 공격이 시작되는 그들만의 신호인 듯했다. 하지만 그의 손은 내려지지 못했다. 거대한 쇠몽둥이에 강력하게 부딪친 것 같은 느낌과 함께 몸이 빠르게 뒤로 날아가고 있었기 때문이다.

"어어!"

사내는 허공에서 허둥댔지만 어쩔 수 없었다. 잠시 후 등에 엄청난 통증이 느껴질 뿐이었다.

퍽!

"크윽!"

무려 오 장이나 날아간 사내는 나무에 부딪쳐 떨어져 내렸다. 숨도 쉬지 않는 것이 즉사한 모양이었다. 그 위로 아플 것만 같은 빗줄기가 전신을 때리고 있었지만 그는 미동조차 하지 않았다. 이미 죽었으니까.

순간 장내가 조용해졌다. 언제 어떻게 된 것인지 전혀 알 수 없는 상황에서 가련한(?) 목숨 하나가 날아갔으니 당연할 수밖에. 쏟아지는 빗소리만이 터질 듯이 울리는 가운데 악마금이 한 걸음 앞으로 나섰다.

"말 많은 놈은 딱 질색이다. 그러잖아도 기분이 더러웠는데… 직접 상대해 주지. 영광인 줄 알도록."

악마금이 한 걸음 더 앞으로 나섰다. 그러자 산적들이 멍한 표정으로 고개를 젓더니 이내 정신을 차린 듯 각자 병장기를 꼬나 쥐었다. 그들은 동시에 우렁찬 외침을 날리며 악마금에게 달려들었다. 상대들이 검을 소지하고 있어 왠지 내키지 않았지만 여행자들이 호신을 위해 무기를 가지고 다는 일이 많았기에, 게다가 다수를 믿는 만큼 개의치 않았던 것이다. 하지만 그들의 행동은 가상하기만 할 뿐 결과는 비참했다.

퍼퍼퍼퍽!

먼저 앞서 달려나가던 다섯 사내가 어떻게 된 상황인지도 모른 채 호피사내와 마찬가지로 뒤로 날아갔다.

다음도 마찬가지였다.

그 다음도 마찬가지……

차례차례 무언가 격타음이 들린다 싶더니 어김없이 나가떨어져 갔다.

그쯤 되자 처음의 위세는 온데간데없고 산적들이 주춤주춤 뒤로 물러서기 시작했다. 그것을 본 악마금이 피식 미소를 지었다. 한번 해보고 싶었던, 허공을 격해 음강을 만드는 방법을 실전에서 사용해 보고 싶은 기분이 들었기 때문이다.

굳이 이럴 필요까지는 없었지만 그의 생각을 굳게 한 것은 흑룡사 녀석들의 은근한 반항 때문이었다. 같은 교도이며 지시에 불복종하는 것도 아니니 어떻게 할 수는 없고 가만 놔두자니 눈에 거슬렸기 때문이다. 어떤 방법으로든 정신적으로 확실히 굴복시키기로 마음먹으며 그는 이번을 그 기회로 삼았다. 게다가 환경도 딱 좋지 않은가!

사방이 쏟아지는 빗소리로 가득 차 있어 어느 때보다 음공을 시전하기에는 그만이었다.

순간 악마금의 눈이 살기로 번뜩였다. 그와 함께 그의 몸에서 서릿발 같은 한기가 흘러나오더니 뒷걸음질을 치며 도망갈 기회만 엿보고 있던 산적들 뒤쪽의 공간에서 강렬한 불빛이 뿜어져 나왔다. 너무 순식간에 일어난 일이라 산적들은 눈치도 채지 못했고, 이미 그것을 알았을 때는 늦은 상태였다.

쿠아앙! 콰콰콱!

불빛은 번쩍임과 동시에 사방을 격해 날아갔다. 동시에 산적들의 처절한 비명이 숲을 메웠지만 그조차 빗소리와 터져 나오는 음강의 소음 속에 먹혀 버렸다.

장내에 빗소리만 남았을 때는 잔인한 광경이 연출되어 있었다.

오십여 구의 토막난 시체가 만들어내는 피가 빗물에 섞여 길 옆 경사면으로 흘러내리고 있었던 것이다. 하지만 쏟아지는 비가 얼마나 거셌는지 그것도 잠시였다. 이내 진창이 되어버린 흙과 그 위에 고이 드러난 고깃덩이만이 방금 전에 무슨 일이 일어났는지 증명할 수 있는 유일한 증거일 뿐이었다.

"어이!"

"……?"

모든 일을 마무리 지은 악마금이 뒤에 있던 삼십 명의 흑룡사를 불렀지만 대답이 없었다. 그들은 방금 전 보았던 믿을 수 없는 일에 대한 생각으로 대답할 상황이 아니었던 것이다. 하나같이 경악에 물든 표정, 혹은 불신에 젖은 표정으로 주위에 널려진 시체를 멍하니 바라보고 있었다.

'도대체 방금 전에 무슨 일이 일어난 거지?'

모두가 같은 생각으로 고심하고 있을 때 악마금이 이번에는 조금 짜증 섞인 목소리로 외쳤다.

"모두 모여!"

소나기 속에서 217

"존명!"

평소라면 대답도 하지 않았겠지만 방금 전 믿지 못할 일을 경험한 그들은 절도있는 동작으로 악마금을 둘러쌌다. 그리고 그중에는 현령도 포함되어 있었다.

그들을 향해 악마금이 비릿한 미소를 지으며 말했다.

"비 때문에 멀리 가기는 힘들다. 우선 이 녀석들의 본거지가 근처에 있을 것이니 그것부터 찾아라. 오늘은 거기에서 쉰다."

"존명!"

순식간에 흑룡사 몇 명이 사방으로 흩어졌다. 남아 있던 현령을 향해 악마금이 물었다.

"원래 귀주에 이런 산적들이 많나?"

"아닙니다. 최근 몇 년간 우리 만월교와의 일 때문에 대부분의 문파들이 치안을 신경 쓰지 않은 탓입니다. 그 때문에 산적들이 늘어났지요."

"흐음……."

잠시 생각을 하고 있는데 흑룡사 대원 하나가 빠르게 접근하더니 무릎을 꿇었다.

"저쪽으로 이 리 정도 떨어진 곳에 산채가 있습니다. 하오나 빈 곳이 아닙니다."

"사람이 있다는 말이냐?"

"네. 통나무집이 서른 채 정도 있는 것으로 보아 많으면 백여 명, 적으면 오십여 명 정도 있는 것으로 추정됩니다."

"어떻게 할까요?"

현령이 조심스럽게 물었다. 그의 말투와 표정은 방금 전부터 완전히 바뀌어 있는 상태였다. 솔직히 그는 악마대에 대한 소식을 들었을 때 기분이 좋지 못했다. 이번 달단방에 악마금과 동행한다는 말을 들었을 때는 불쾌감마저 드러냈다.

현령으로서는 당연히 그럴 수밖에 없었다. 나이로 봤을 때 악마금은 한참이나 어린 녀석인데다 무공으로 따지자면 음공을 익힌 악마대의 소속에서나 강하다는 말을 들었을 뿐이지 실제는 자신의 발끝에도 못 미친다고 판단했었기 때문이다. 한참 아래의 하수라고 생각하고 있었던 것이다.

게다가 그는 음공 자체를 무시하고 있는 인물.

그런 만큼 더욱 악마금을 탐탁지 않게 생각할 수밖에 없었던 것이다. 그런데 방금 전 악마금이 보여주었던 신비막측하고 살인적인 파괴력은 뭔가 말이다.

아무튼 그는 지금 이 순간 이 어린 놈에 대해 다시 판단해야겠다고 생각했다. 좀 전에 보여주었던 악마금의 무공이 좀 더 높은 경지의, 좀 더 강해지고 싶어하는 무인(武人)인 현령의 가슴을 전율케 하기에 충분했기 때문이다. 그렇다고 완전히 그를 따른다는 것은 아니었지만 악마금의 신경을 자극해서 좋을 것은 전혀 없을 것임이 분명했다.

'조심해서 나쁠 것은 없지.'

솔직한 그의 심정이었다.

그의 말에 악마금이 생각할 필요도 없다는 듯 곧바로 대답했다.

"세 명은 여기에 남아 차후 이곳을 지나가는 흑룡사에게 산채 쪽으로 오라고 전달한다. 그리고 마지막 조가 도착하면 같이 산채로 오도록 해라."

현령이 급히 세 명을 지목했다. 악마금은 신경 쓰지 않고 계속 말을 이었다.
"나머지는 지금 산채로."
"산채 안에 있는 녀석들은 어떻게 할 생각이십니까?"
"가서 결정하지. 안내해라."
그의 말과 함께 산채를 발견했던 사내가 급히 신형을 날렸다. 그 뒤로 악마금을 위시한 스물일곱 명의 흑룡사가 귀신같은 신법으로 산채를 향해 달렸다.

소나기를 동반한 먹구름은 사라졌지만 이후에도 어둠은 계속되었다. 숲 속의 밤이 빨리 찾아오듯 태양은 이미 서산(西山)으로 넘어갔기 때문이다.
그리 어둡지 않았지만 산채의 통나무집에서는 불빛이 새어 나오고 있었다. 그것을 지켜보던 스물여덟 명의 인물들 중 얼굴에 화상이 있는 사내 현령이 물었다.
"어떻게 할까요?"
악마금은 그에 대답하지 않고 대신 산채를 향해 큰 소리로 외쳤다.
"모두 튀어나와!"
그리 큰 소리는 아니었지만 왠지 또렷이 들렸던 모양이다. 잠깐의 시간을 두고 통나무집에서 사내들이 헐레벌떡 뛰어나왔다. 제각각 다른 볼일을 보고 있었는지 복장도 다른데 표정은 하나같이 모두 똑같았다. 삼십 명 정도의 인원이, 그것도 평범한 여행자들로 보이는 녀석들이 제 발로 산채로 들어온 것에 대한 황당한 표정이었다.

덩치가 제법 우람한 사내가 짜증이 솟구치는지 버럭 소리를 질렀다.
"웬 놈이냐?"
그때 현령이 다시 물었다.
"어떻게 할까요?"
악마금은 한참 동안 생각하다가 비소를 흘렸다.
"너희들의 실력이 어떤지 보고 싶군. 알아서 해봐."
"원하신다면……. 막각, 현진, 구백, 약화, 진, 일각을 주겠다. 녀석들의 수급을 잘라라."
"존명!"
현령에게 지목당한 흑룡사 다섯 명이 순식간에 자리에서 사라져 버렸다. 그와 동시에 산적들 속에서 뼈와 살이 잘리는 괴이한 음향과 비명이 울려 퍼졌다.
"크아악!"
"허억!"
그들은 거의 양 떼 속에 뛰어든 늑대와 같았다. 무인지경(無人之境)으로 다섯 명이 거침없이 움직이는데, 모두 검을 쓰는지 서슬 퍼런 검기가 뿜어져 나와 검의 길이를 늘리고 움직일 때마다 검광(劍光)이 번뜩였다.
산채의 인원은 대충 팔십 명 정도. 그리고 그 팔십이 토막 쳐지는 데는 그리 오랜 시간이 필요치 않았다. 일각도 안 되어 사방에서 또다시 혈향(血香)이 진동하기 시작했다.
좀 전에는 흑룡사가 악마금에게 경악했다면 이번은 악마금이 내심 놀라고 있었다. 비록 표시를 내지는 않았지만 그는 충분히 놀랐다. 그만큼 흑룡사 다섯 명의 무공은 뛰어났다.

다섯 명이 모든 일을 마치고 '모두 처리했습니다'라고 나직이 말하자 악마금이 현령에게 물었다.

"본 교에 이런 고수들이 몇 명이나 있지?"

"정확하지는 않습니다만 적룡사, 황룡사, 그리고 우리 흑룡사를 합해 도합 삼천입니다. 그리고 교주님의 독립 호위대가 오백, 그 외 장로님들이 각자 임무에 맡게 고른 정예가 이천 명 정도 됩니다."

"흠!"

"남은 자들 중 총단 내에 있는 자들은 그래도 무림에 나오면 상당한 고수들 축에 속할 겁니다. 그에 반면 인근 마을에 흩어져 있는 자들은 하수 정도지요. 형편없는 녀석들도 있습니다."

"분타에 파견된 자들은?"

"제각기 다릅니다만 그래도 하수 축에는 속하지 않습니다. 꽤 뛰어난 자들도 많이 있는 편이지요."

"다른 문파와 비교했을 때 본 교는 어떤가? 고수가 많은 편인가?"

잠시 생각하던 그가 자랑스럽게 대답했다.

"솔직히 본 교라서 하는 말이 아닙니다만 소규모의 문파는 지금 저희 흑룡사 삼백 명만 투입해도 끝을 볼 수 있습니다. 타 문파들이야 각종 이권에 개입되어 많은 고수를 양성할 수가 없는 형편이니까요. 초반부터 강도 높게 키워낸 직전제자가 아니라면 그리 고수는 없을 겁니다. 그래서 귀주에서 단일 세력으로 가장 강력한 세력이 우리 만월교지요. 그 외 우리와 뜻을 같이한 적룡문과 고수가 많기로 유명한 혈천문, 그리고 만 오천이라는 엄청난 수를 자랑하는 단목문이 있지만, 사실 전면전이 붙는다면 우리와 비교할 수는 없을 겁니다. 혈천문 같은 경우야 상당히 까다롭기는 하겠지만……."

"흠!"

"아마 남무림 전체를 통틀어 우리와 비교될 수 있는 곳은 운남 끝에 자리한 사황교(蛇皇敎)와 점창파뿐일 겁니다."

"사황교와 점창파?"

"예. 사황교는 우리처럼 종교적인 집단이기에 그 수가 상당합니다. 이름 그대로 뱀을 숭배하는 자들인데 남무림과 남만의 중간적인 입장을 고수하고 있지요. 그에 반면 점창파는 수가 우리에 훨씬 미치지 못하지만 중원의 구파일방에 속한 곳이라 역시 무시할 수 없습니다. 게다가 그들 또한 평생을 무공에 정진하기에 문도 수 육천이 모두 뛰어난 고수라고 보시면 됩니다. 하지만 그것만 뺀다면 역시 우리에게는 안 되지요. 그 외에도 모용세가(慕容世家) 등 몇몇이 있기는 하지만 역시 저희와 비교하기엔 무리가 있습니다."

그의 말을 들은 악마금은 깊은 생각에 잠겼다. 어릴 때부터 만월교에 들어와 그 힘을 짐작할 수가 없었는데 들어보니 생각보다 훨씬 막강한 힘을 자랑하고 있었기 때문이다. 그 후 그는 이들과 정면으로 붙는다면 어느 정도까지 버틸 수 있을지를 생각하기 시작했다. 답은 정확하지 않았지만 오백 명 정도라면 충분히 자신있다는 생각이 들었다. 그 이상도 무리를 하면 가능하겠지만 무공을 극한으로 익힌 녀석들이기에 악마금 자신이 엄청난 내공을 소비해야 할 것이다.

소리를 조정하는 범위가 커야 한다는 점도 상당수 무리함을 가져왔다. 사실 그것이 가장 큰 문제라고 할 수 있었다. 웬만한 공격으로는 통하지 않을 것이니 소리를 지배하는 영역을 넓혀야 하고 그럴수록 파괴력이 약해질 수밖에 없기 때문이다. 게다가 그 속에 화경의 고수라도 끼어 있다면 승률은 훨씬 떨어진다. 모든 적에게 신경 쓸 수도 없을 뿐더러 이만한 고수들이라면 순식간에 넓은 지역을 빠르게 움직이기에 아차 하는 순간 한 녀석이라도 놓쳐 지척까지 다가오는 것을 허용하면 끝이기 때문이다.

그렇다고 가까이 온 상대와 권각을 주고받을 수는 더 더욱 없었다. 소리에 부단히 신경을 쓰면서 절정고수와 근접전을 벌일 자신이 없었기 때문이다. 그것이 가장 큰 위협이었다.

'좀 더 숙달이 되도록 해야겠군. 몸을 마음대로 움직이면서도 음공을 원하는 만큼 조절할 수 있게 하든지 아니면…….'

"먼저 기습을 하는 수밖에 없겠지."

악마금이 자신도 모르게 소리 내어 중얼거리자 현령이 의아한 표정으로 물었다.

"무슨 말씀이십니까?"

"아, 아니다."

악마금은 짐짓 딴청을 피우며 말을 돌렸다. 사실 무림에 대해 궁금한 점이 있기도 했다. 현재 강호 돌아가는 사정을 알아서 나쁠 것은 없었다.

"무림 세력에 대해 좀 더 자세히 말해 보게."

"무림 세력이라 하시면 무엇을 말씀하시는지……."

"아, 뭐, 무림에 퍼져 있는 문파들이 보통 어느 정도 고수들을 가지고 있는지 어느 정도면 강한 문파에 속하는지 등등. 나도 무림이 어느 정도 규모로 움직이는지 상황을 자세히 알고 있어야 하지 않겠나?"

"흠!"

현령는 잠시 눈을 치켜뜨며 생각에 잠겼다. 그 후 천천히 입을 열어 자신이 아는 바를 설명하기 시작했다.

"우선 조금 전에도 말씀드렸지만 남무림에서 단일 세력으로 우리 만월교에 대항할 수 있는 곳은 사황교 빼고는 거의 없습니다. 점창파가 있지만 솔직히 중원의 구파일방에 속하기에 대우를 해줄 뿐. 아무튼 그와 더불어 남무림에는 열두 세력이라는 것이 있습니다. 남무림의 최강이지요."

"그럼 다른 문파는?"

"다른 문파야 대개가 천 명도 안 되는 곳입니다. 오백 명이 안 되는 곳도 상당수 있습니다. 이들 경우에는 거의 무림에 힘을 발휘하지 못하고 이번과 같이 큰일이 벌어져도 대부분 관망하는 입장이지요."

"관망한다고?"

"예, 모두가 가신들의 문파를 강력한 세력으로 만들고 싶은 만큼 고수들의 수를 보존하고 더욱 키우기를 원하니까요. 그건 어쩔 수 없을 겁니다. 한번 세력 다툼에 휘말려 고수들을 잃는다면 엄청난 손해거든요."

"그럴 수도 있겠군."

악마금은 계속 설명하라는 듯 손을 까닥였다.

"무림에서는 이천여 명의 고수 정도만 보유하고 있어도 상당히 큰 세력으로 보고 있습니다. 실제 이천이 넘는 수를 가지고 있는 문파가 귀주에서도 그리 많은 편은 아닙니다. 전체의 이 할, 아니면 삼 할 정도? 그 밖에 삼천 이상만 보유하고 있어도 상급 문파지요. 저도 정확히 수를 아는 것은 아니지만 귀주에서 그 정도 문파는 오십 군데가 넘지 않을 겁니다. 그리고 오천 이상의 고수를 보유한 곳은 열 개 정도밖에 되질 않습니다. 우리 만월교를 비롯해 적룡문, 단목문 등이지요."

"운남이나 다른 성도 마찬가지인가?"

"그렇습니다. 거의 그 정도 수준을 유지하고 있지요. 남무림뿐만 아니라 어디서나 그렇습니다. 약간 구분을 둔다면 남무림이 중원보다 세력적인 면에서 약간 큰 정도? 중원은 세력이 크지가 않지만 문파의 수가 많습니다. 하기야 그것도 평균을 따지자면 그렇다는 것일 뿐 실제 자세히 들여다보면 꼭 그렇지만도 않지요. 중원의 개방 같은 경우는 거의 삼십만에 육박한다고 들었으니까요."

"삼십만?"

"그렇습니다."

"허! 엄청나군."

"거지들의 집합인만큼 그 정도 되는 것은 당연할 겁니다. 그 외에도 우리처럼 종교적 입장을 취하며 머릿수를 상당수 자랑하는 곳들이 있사온데 대부분 사파로 분류되며 마인이라 불려 정파로부터 배척당하고 있는 실정입니다. 그리고 파천림이 사파에서는 머릿수가 가장 많은 것으로 알고 있습니다."

"파천림이라……. 그들은 몇 명의 고수들을 보유하고 있나?"

"대략 십만이라 들었습니다. 그 림주가 바로 역발산지기의 대가인 구패입니다. 들어보셨는지요?"

"구패? 고수인가?"

"예. 중원에서는 유명한 자죠. 전무후무한 무공의 기재로 소림의 속가제자였다고 알고 있습니다. 하지만 지금은 소림과 사이가 그리 좋지 않다고 들었습니다."

"뭐, 그런 것까지 상관할 필요는 없지."

악마금이야 구패가 자신의 사부를 패배시킨 장본인인지 알 수 없었으니 대충 흘려들으며 원하는 것을 다시 물었다.

"그럼 보통 한 문파에 고수들은 어느 정도의 비율을 차지하고 있는가?"

"호호호!"

현령이 음산한 웃음을 흘렸다.

"저희 흑룡사 같은 절정고수들은 많아야 반에 반 할도 되지 않습니다."

"뭐?"

악마금이 조금 놀란 표정을 짓자 현령은 자부심 강한 표정을 드러내며 계속 말을 이었다.

"예를 들어 천 명이 있는 문파라면 저희와 같은 절정이라 불릴 만한 고수는 삼십 명도 채 되지 않습니다. 그리고 그들 모두가 문파에서 길러낸 오래된 직전제자들입니다. 문파에서는 많은 제자들을 받습니다만 우리 만월교와는 조금 다른 방식을 택합니다. 우리 만월교는 자체적으로 뛰어난 아이들을 골라 어릴 때부터 체계적으로 양성하는 데 비해 그들은 받아들이는 형식이지요. 무공을 배우고 싶은 아이들이 있으면 돈을 받고 가르치는 수준 정도라는 겁니다. 그러니 뛰어난 무공을 가르칠 리도, 또 아이들의 배움이 그리 클 리도 없지요. 그중 뛰어난 성취를 보이는 아이들이 간혹 있는데 그들을 회유해 양성합니다. 돈을 받지 않고 따로 문파의 비급을 전수하는데, 바로 이들이 직전제자들이라 불리지요. 그 녀석들이 훗날 문파를 이끌 간부들이 되고 그들 중에서 상당히 뛰어난 고수들이 탄생합니다."

"그렇군. 그래서 그들이 절정고수라는 말인가?"

"그렇습니다만 그들이라고 모두 절정의 실력을 보유할 수는 없습니다."

"그럼?"

"문파도 힘을 키우기 위해 많은 노력을 합니다. 그래서 많은 수를 확보하려는 만큼 직전제자를 많이 두는 편입니다. 그러니 직전제자들 중에서도 실력이 많이 차이나는 것은 당연지사(堂然之事)이지요. 보통 천 명을 보유한 문파를 기준으로 했을 때 직전제자는 백여 명 정도입니다. 그중 삼십 명 정도가 절정고수 반열에 있다는 말입니다. 하지만 아까도 말씀드렸다시피 평균적인 것일 뿐 예외도 상당히 많습니다. 아예 고수가 없는 곳도 있고 혈천문같이 엄청나게 많은 경우도 있습니다."

"혈천문? 그들은 어느 정돈가?"

"혈천문은 귀주 개리에 자리잡고 있는 문파입니다. 문도수가 삼천 명 정도 되는 것으로 알고 있는데 고수가 많기로 아주 유명한 곳입니다. 삼천 정도로 남무림 열두 세력이 들어갈 정도니까요. 그곳에 속한 모두가 극강의 고수들이라고 소문이 나 있습니다. 뿐만 아니라 그들이 가장 위협적으로 다가오는 점은 화경의 고수가 무려 다섯 명이나 있다는 것이지요."

그 말에 악마금이 놀란 듯 되물었다.

"다섯 명? 엄청나군!"

"그렇습니다. 경제력이 뒷받침되니 그들 또한 자체적으로 고수들을 양성하는 것으로 알려져 있습니다."

"흠!"

현령의 이야기가 악마금의 호기심을 자극했기에 그 이후에도 상당히 긴 시간 동안 이야기가 오갔다. 그제야 악마금은 무림이 어떤 곳인지, 또 어느 정도 세력을 가지고 움직이는지 대략적으로나마 파악할 수 있게 되었다.

대충 이 정도면 됐다 싶자 현령이 잠시 말을 멈춘 틈을 타 악마금이 주위를 둘러보며 외쳤다.

"우선 시체부터 치우고 식사 준비를 한다! 나머지는 휴식!"

"존명!"

"참, 도균까지는 이제 얼마나 더 가야 하지?"

"내일 새벽녘에 출발한다면 다음날 현진에 도착할 수 있을 겁니다. 현진에서 도균까지는 팔십 리가 조금 못 되는 거리이니 무리를 한다면 이틀 후쯤? 늦으면 삼 일 정도 걸리리라고 예상됩니다."

"흠, 좋아. 내일 새벽에 출발하도록 하지."

"존명!"

제16장
시연(施戀)

 산채에서 새벽에 출발한 악마금 일행은 이틀 후 도균에서 십 리 정도 떨어진 작은 마을에 도착할 수 있었다. 그들은 마을에 들어서자마자 식사를 하기 위해 객점을 찾았다. 삼백 명이나 되는 인원을 다 수용할 수 있는 객점이 없었기에 이번에도 따로따로 흩어질 수밖에 없었다.
 악마금이 간 곳은 마을에서 그나마 큰 편에 속하는 객점이었다. 오십여 명의 여행객들이 갑자기 객점으로 들어서자 주인인 듯한 중년인이 허리를 구십 도로 꺾으며 인사를 해왔다. 안 그래도 작은 마을에 위치해 있어 장사도 안 되는 판국인데 횡재했다는 표정을 역력히 드러나 있었다.
 "어서 오십시오."
 악마금 등은 주인의 환대에는 신경 쓰지 않고 가장 가까운 자리를 차지하고 앉았다. 그 후 흑룡사들까지 모두 자리를 잡자 악마금이 외쳤다.

"빨리 되는 것으로 아무거나!"

그 말에 주인의 입가는 함지박만하게 째졌다.

"잠시만 기다리십시오."

주인이 급한 듯 주방으로 사라지자 악마금이 마주 앉은 현령에게 입을 열었다.

"식사 후 할 일이 있다."

"바로 달단방으로 가지 않을 생각이십니까?"

"그보다 우선 주위 상황을 먼저 파악하는 것이 급선무겠지. 너희들은 식사 후 조를 나누어 도균과 그 인근 마을로 가 분위기를 파악해라. 적이 어디에 집결해 있는지, 수는 어느 정도 되는지 등등, 되도록 잡다한 것까지 많은 것을 알아올수록 좋다."

"알겠습니다. 하지만 대주께서는 어떻게 할 생각이십니까?"

"나는 나대로 따로 할 일이 있지."

"무슨 일인지 여쭤봐도 되겠습니까?"

"그런 것까지 알 필요는 없고 너희들 일에나 신경 써. 그리고 나는 도균에 있을 테니 일이 끝나면 모두 집결시키고 너는 따로 나를 찾아서······."

그는 말끝을 흐리며 주방을 오락가락하고 있는 주인을 불렀다.

"어이, 주인장!"

"예, 예! 부르셨습니까?"

"도균에서 가장 유명한 주루(酒樓) 이름이 뭐요?"

주인은 잠시 눈을 뒤룩뒤룩 굴리며 생각하는 듯한 표정을 짓더니 대답했다.
"꽤 많지만 저는 회화루(繪畫樓)를 추천하겠습니다요. 사층짜리 건물이라 경치도 좋을 뿐만 아니라 우선은 그곳 기녀들이……. 헤헤헤!"
"알겠소. 이만 볼일 보시오."
주인이 다시 주방으로 들어가자 악마금이 말했다.
"회화루에서 기다릴 테니 그곳으로 찾아와라."
"알겠습니다."
식사가 끝이 나자 현령은 악마금의 말대로 집합한 수하들에게 지시를 전달한 후 조를 나누어 사방으로 흩어졌다.
그들이 사라지자 악마금은 도균으로 직행했다.
도균에 들어선 악마금은 약간 놀랄 수밖에 없었다. 마을은 당연하겠지만 지금까지 지나쳐 왔던 어느 현보다 컸기 때문이다. 사람들이 북적거리고 늘어선 객점과 노점상, 그리고 포목점이나 대장간 등 없는 것이 없었다. 거리가 거미줄처럼 늘어서 복잡했기에 악마금은 가장 가까이 있는 노점상 주인에게 다가가 물었다.
"이곳에 악기점이 어디 있소?"
영양가없는 질문에 잠시 인상을 찌푸린 주인이 짜증스럽게 대답했다.
"저쪽 길로 쭉 가보슈! 옷가게나 장식품 가게가 많은 거리니 그곳에 몇 개 있을 거요."
악마금은 인사도 없이 그곳으로 향했다. 복잡한 거리를 한참이나 지나자 노점상 주인의 말대로 고급스런 가게들이 늘어선 곳이 눈에 들어왔다. 좀 전과는 달리 사람들이 그리 많이 지나다니지 않는 것으로 보아 형편이 넉넉한 부자들만 상대하는 가게들이 모여 있는 것임을 알 수 있었다.

악마금은 그중 가장 먼저 보이는 악기점으로 들어갔다. 그가 들어서자 깔끔하게 차려 입은 삼십대 중반 정도의 사내가 그리 비굴하지 않은 몸짓으로 상냥하게 인사를 건네왔다. 악마금이 그의 인사를 흘려버렸는데도 인상 하나 변하지 않는 것이 상당히 교육을 잘 받은 점원인 것 같았다.

"원하시는 것이 무엇입니까?"

악마금은 주위를 둘러보며 대답했다.

"악기를 사고 싶은데… 별로 없군요."

"아, 악기요. 여기는 나무로 만든 세공품을 주로 취급하기에 악기가 그리 많지는 않습니다. 그래도 보시겠습니까?"

"한번 보여주시오."

점원을 따라 안쪽으로 들어서자 악기가 나열되어 있었다. 하지만 악기라기보다는 점원의 말처럼 화려한 장식품 같은 것들 뿐이었다. 그중 금이 있는 곳으로 다가가 몇 개의 금줄을 퉁겨본 악마금이 물었다.

"다른 것은 없소?"

"죄송합니다만 지금은 이것뿐입니다."

"그럼 다른 악기점은?"

"저희 가게를 나가 오른쪽으로 조금 더 가시다 보면 악기만 전문적으로 취급하는 가게가 몇 군데 보이실 겁니다. 그곳으로 가보십시오."

"고맙소."

악마금은 점원의 말대로 다른 악기점으로 향했다. 역시 악기점이 보였기에 가장 첫 번째로 눈에 들어오는 곳을 향했다. 하지만 그곳에도 그다지 눈에 차는 악기는 없었다. 약간 실망한 그는 좀 더 올라가 두 번째 악기점으로 들어섰다. 다행히 그곳은 지금까지와는 달리 상당히 큰 악기점으로 손님들도 꽤 있는 편이었다.

악마금은 가게에 들어서자마자 주위를 살폈다. 사방에 모두 악기가 진열되어 있는데 벽에 판을 달아 각 높이에 따라 여러 가지 악기들이 모양을 뽐내고 있었다. 건물 중간중간에도 화려한 장식의 탁자들이 놓여 있고 그 위에도 악기들이 진열되어 있어 악마금에게는 딱 좋은 곳이라 할 수 있었다. 뿐만 아니라 이층에도 손님과 점원의 목소리가 들리는 것으로 보아 거기에도 악기가 상당수 있는 것 같았다.

그가 주위를 살피자 점원이 다가오며 인사를 건네왔다.

"어서 오십시오. 악기를 보러 오셨습니까?"

"금을 한번 봤으면 좋겠는데……."

"그러십니까? 따라오십시오."

점원이 안내한 곳은 금만 나열되어 있는 곳이었다. 깔끔하게 정리되어 있는 진열대에 수많은 금들이 나열되어 있어 보기만 해도 흐뭇한 기분이 들게 했다.

역시 악마금이 슬며시 미소를 지었다. 어릴 때 부푼 기대를 안고 악기점에서 악기를 구경하던 생각이 났기 때문이다. 그때 본 악기들의 기억은 가물가물했지만 기대감에 부푼 어린아이의 기분만은 아직도 또렷했다.

그는 평소의 그답지 않게 밝은 미소를 지으며 점원에게 물었다.

"한번 만져 봐도 되겠소?"

"그럼요."

악마금은 그중 짙은 고동색의 칠현금을 들어 가까이 있는 탁자에 가져다 놓고 세심하게 살폈다. 바닥을 보는가 하면 검지를 구부려 공명통을 두들기기도 하고 줄과 받침대를 이리저리 만져 보기도 했다. 그런 그의 행동을 보고 있던 점원이 심상치 않았는지 슬며시 말을 건네 왔다.

대부분 금은 취미로 배우는 자들이 많았으므로 악기의 소리에 치중하는 손님이 많았다. 좀 더 나아가 기녀들이 기루에서 사용하기는 경우도 상당했는데 그녀들은 소리와 함께 외형까지 치중했다. 하지만 이렇게 공명통과 받침대까지 세세하게 살피며 악기를 고른 사람은 아직 점원으로서는 처음 보았던 것이다.

"상당히 세심히 살피시는군요. 혹시 악사이십니까?"

"아니오. 그저 금을 상당히 좋아했을 뿐이오. 지금도 물론 좋아하고 있고."

"그렇군요. 아무튼 상당히 조예가 깊은 분 같군요. 원하신다면 한번 연주해 보셔도 상관없습니다."

"정말이오?"

"그럼요. 악기 소리가 마음에 들어야 사실 것이 아닙니까? 마음에 드는 악기를 찾으시길 저도 바랍니다."

그 말에 악마금은 즉시 악기를 자신 쪽으로 끌어당겼다. 원래 앉아서 연주를 해야 하지만 자리가 마땅치 않았기에 그 자세로 연주를 하기 시작했다.

뚱!

중현을 퉁기자 실내가 꽉 찬 듯한 소리가 울려 퍼졌다. 그는 그 소리를 중심으로 바로 연주에 들어갔다. 조율을 해야 했지만 소리의 맛을 느끼기 위한 것이었기에 넘어갔던 것이다.

그의 연주는 시연(施戀)이라는 곡이었다. 이름 없는 어느 악사가 작곡한 곡으로 악마대에서 음악을 배울 때 우연히 접할 수 있었던 곡이다. 최저음과 최고음을 번갈아 사용하는 부분이 많았기에 줄의 소리를 파악하는 데 그만이었다. 하지만 사실 느린 곡조 속에 담긴 의미는 무조건적인 사랑을 베푸는 한 여인의 애절한 사랑이었기에 상당히 어둡고 슬픈 곡이었다.

화려하지만 느려서 화려하지 않고 느리지만 저음과 고음을 부단히 오가기에 지루하지 않아 악마금은 가끔 이 곡을 연주하곤 했다.

악마금의 연주는 그리 길지 않았다. 하지만 악기점에 있던 손님들이 모두 악마금 주위로 몰려와 있었다. 그래 봐야 여섯 명뿐이었지만 악마금이 연주를 중단하자 모두들 아쉬운 표정들을 지우지 못했다. 그만큼 악마금의 금 연주가 뛰어났던 것이다.

사람들을 뒤로하고 악마금은 고개를 저으며 악기를 진열대에 다시 올려놓았다. 그리고 다른 악기를 잡아 처음과 같이 세심히 살피더니 다시 연주를 시작했다. 하지만 그것도 잠시 후 멈추고 제자리에, 다음에도…….

그렇게 여섯 번을 하고서 일곱 번째에 비로소 연주는 마지막까지 계속되었다.

띵!

마지막으로 현음을 퉁기며 연주를 마무리한 악마금이 슬며시 눈을 뜨며 악기를 보았다. 악기의 외형은 다른 것과는 달리 상당히 투박했지만 소리만은 상당히 실력 좋은 장인이 만들었다는 느낌이 들 정도로 마음에 들었다. 특히 고음 특유의 가는 소리를 내지 않고 제법 묵직한 소리를 내는 것이 가장 그의 소유 욕구를 끌어내고 있었다. 하지만 그는 바로 결정하지 않고 다시 악기를 세심히 살폈다. 그때 그의 옆으로 누군가가 다가오더니 말을 걸었다.

"누구에게 배웠죠?"

돌연한 그 목소리에 악마금이 고개를 들었다. 그러자 이십대 초반의 여인이 서 있는 것이 보였다. 흘려 보기에도 상당한 미모인데 하늘하늘한 비단 성장(盛裝)이 상당히 잘 어울려 매력적으로 보이는 여인이었다.

"그건 왜 묻소?"

"상당히 좋은 소리를 가진 것 같아서 그래요. 부럽군요. 저는 그런 소리를 내지 못하거든요."

"금을 다룰 줄 아시오?"

여인이 다소곳이 고개를 끄덕이자 악마금의 표정이 밝아졌다. 같은 음악과 같은 악기를 다룰 줄 안다는 데 대한 동료 의식 때문에 여인이 친근하게 느껴졌기 때문이다. 악마금이 조심스럽게 물었다.

"한번 들려줄 수 있겠소?"

여인이 하얀 치아를 드러내며 웃었다.

"훗, 못할 것도 없지만 지금은 안 돼요. 정 듣고 싶다면 회화루로 오세요."

"회화루?"

"예. 저는 기녀랍니다."

순간 악마금의 표정이 굳었다. 그녀가 기녀라는 것에 대한 거부감 때문이 아니라 기녀인 것을 부끄러워하지 않고 밝히는 그녀의 당당함에 오히려 당황했기 때문이다. 하지만 그런 그의 표정은 나타날 때만큼이나 빨리 사라지더니 이내 고개를 끄덕였다. 어차피 회화루로 갈 생각이었으니까.

"찾아가지요."

"그런데 아직 대답을 못 들었네요?"

"무슨……?"

"누구에게 배웠는지 물어본 것 같은데, 아닌가요?"

많은 사람들을 상대하는 기녀이어서인지는 몰라도 그녀의 말투는 상대로 하여금 재밌고 부담없게 만드는 묘한 맛이 있었다. 악마금은 속으로 그런 생각을 하며 대답했다.

"아버지에게 배웠소."

"아버지요? 대대로 악사 집안이셨나 보군요?"

악마금은 곧이곧대로 말할 필요성을 느끼지 못했기에 그녀의 말에 고개를 끄덕였다. 그러자 그녀가 부러운 듯한 표정을 짓더니 활짝 웃었다.

"좋았겠군요. 당신의 실력을 보니 상당히 뛰어난 분 같은데 그런 분의 음악을 어릴 때부터 들었을 테니까요."

"……"

악마금이 그에 대한 대답을 하지 않자 여인은 그것이 악마금에게 뭔가 안 좋은 과거가 있다고 생각했던지 더 이상 묻지 않았다. 잠깐의 침묵이 흐르고 분위기가 조금 이상해지자 그녀가 고개를 숙이며 인사를 했다.

"그럼 저는 이만 가볼게요."

"나중에 회화루에서 보지요."

그녀는 살며시 미소로 답례한 후 몸을 돌려 악기점을 나갔다. 그녀가 사라지자 악마금은 다시 다른 악기들을 살피기 시작했다. 어차피 사야 할 악기라면 좀 더 마음에 드는 것을 찾아야 한다는 생각 때문이었다.

그는 그렇게 한 시진 동안 고심한 끝에 결국 마음에 드는 금을 고를 수가 있었고, 액수를 지불한 후 악기점을 나왔다.

하늘을 보니 어둑어둑해지는 것이 곧 달이 뜰 것 같았다. 그는 지나가는 행인에게 회화루의 위치를 물어 바로 걸음을 옮겼다. 우연히 만난 여악사의 금 실력을 감상할 수 있다는 약간의 기대감을 가지며.

제17장
회화루에서의 연주

악마금이 회화루에 들어서자 점소이가 급히 다가와 습관처럼 고개를 숙였다. 하지만 평범하다 못해 빈티가 줄줄 흐르는 악마금의 행색을 보고는 이내 떨떠름한 표정이 되었다.

"술 마시게요?"

"그러고 싶은데, 자리 있나?"

"글쎄요……. 이곳은 꽤 비싼 곳인데 돈은 있는지……? 요즘 무전으로 술을 마시고 도망치는 작자들이 너무 많아서……."

점소이는 거슴츠레한 눈으로 악마금을 한 번 더 훑어보며 심드렁하게 대꾸했다. 하지만 그는 채 말을 잇지 못하고 두 눈을 동그랗게 뜰 수밖에 없었다. 악마금이 품속에서 동전을 꺼내 보였기 때문이다.

"경치가 제일 좋은 곳!"

거두절미한 그의 말에 점소이 역시 그랬다. 표정이 순식간에 급변하며 비굴한 태세까지 갖추는 것이었다.

"따라오십시오."

말과 함께 건네 받은 동전을 기분 좋게 바라보던 점소이는 회화루 가장 꼭대기 층으로 악마금을 안내했다. 그를 따라 계단을 올라서던 악마금이 물었다.

"연주도 한다고 들었는데?"

"아아, 연주요? 후후, 끝내줍니다. 좋은 경치에 좋은 음악, 거기에 좋은 술까지……. 도균에서 우리 회화루만한 곳이 없죠."

그의 말대로 마지막 층에 올라서자 경치가 제법 좋았다. 창문을 통해 보이는 불빛 가득한 번화가 거리, 그리고 저 멀리 달빛을 받아 은은히 색을 발하는 숲은 저절로 기분을 상쾌하게 하고 있었다. 점소이는 악마금을 그중 가장 경치가 좋은 창가 쪽으로 자리를 잡아주며 물었다.

"무엇으로 주문하시겠습니까?"

"아무거나 가져와. 그리고 연주는 언제 하지?"

점소이가 계단 반대편에 낮게 솟아 있는 넓은 단상을 가리켰다. 단상 위로 발이 쳐져 있어 안이 자세히 들여다보이지는 않았지만 그 속에서 연주를 하는 모양이었다.

"저기에서 연주를 하는데 잠시 후 시작될 겁니다. 반 시진에 한 번씩 연주를 하거든요. 들으시면 아마 술맛이 더욱 당기실 겁니다. 헤헤헤."

"알겠으니 이만 가봐."

"그럼 좋은 시간 되십시오."

회화루에서의 연주 241

점소이가 사라지자 악마금은 우선 실내를 돌아보았다. 꽤 유명한 술집이어서인지 빈 탁자가 그리 많지 않았다. 그중 악마금의 시선을 가장 끈 것은 반대편 창가에 있는 인물들이었다. 제법 큰 탁자에 여덟 명이 앉아 있는데 모두 무기를 소지하고 있었다. 두 명은 여인, 나머지 여섯 명은 사내들인데 복장이 고급스러운데다 행동이 서툴지 않은 것이 무림인이 분명했다.

악마금은 슬며시 고개를 돌려 그들을 하나하나 살펴보았다. 물론 표시나지 않게 신경을 썼다.

여인들 중 하나는 삼십대 초반 정도로 그리 박색(薄色)하지 않았으며, 다른 하나는 이십대 초반 정도로 꽤 미모의 여인이었다. 그에 반해 사내들의 나이는 상당히 다양해 보였는데 이제 갓 십팔구 세 정도 될 것 같은 녀석이 있는가 하면 삼십대 후반 정도로 꽤 중후해 보이는 자도 있었다.

하지만 악마금은 그들의 보이는 외모로만 나이를 판단하지는 않았다. 오랜 심신 수양으로 내공을 가진 무림인들 대부분이 평범한 사람보다 나이가 적게 들어 보이는 것이 사실이었기 때문이다. 내공이 깊으면 깊을수록 노화가 억제되고 수명도 평민들보다 상당히 길어질 수밖에 없었다.

특히 신화경에 올라 환골탈태를 겪으면 더욱 노화가 느려지는데 그렇게 눈에 확 띄게 젊어지는 것은 아니지만 신체적으로 보통 무림인보다 젊게 보이는 것이 사실이었고, 그런 자들은 백팔십 세를 넘기는 경우가 많았다. 그래서 일찍 화경에 오를수록 좀 더 오래 산다고 알려져 있었다.

그와 달리 반로환동을 경험하게 되는 출가경에 이르면 상당히 젊어지기도 하는데 그 또한 노인이 이십대 청년처럼 되는 것은 아니었다. 골격과 근육이 무공을 시전하기에 좋은 조건으로 바뀔 뿐 젊어지는 것은 사실이지만 한계가 있었던 것이다.

출가경도 화경과 마찬가지로 비교적 빨리 올라서야 수명도 연장된다고 알려져 있었다. 당연히 화경보다 더욱 노화가 느려지며 실제로 출가경을 경험한 사람들 대부분이 이백사십 세를 넘겼다. 무림 사상 가장 장수한 자를 꼽는다면 오백 년 전 사십팔 세에 출가경에 오른 노독행(路獨行) 광양(恇勳)이었다. 무림 기록으로 그는 무려 삼백 세까지 살았다고 전해져 사람들을 경악시켰다.

아무튼 악마금은 그들에게 호기심이 일었으므로 딴청을 피우는 척 창밖을 바라보며 청력을 끌어올려 그들의 대화에 귀를 기울였다. 그러자 여인의 목소리가 먼저 들려왔다.

"정말 이래도 괜찮아요?"

다음은 사내 목소리였다.

"괜찮지, 그럼."

"하지만 얼마 후 할아버지도 오실 텐데 우리가 이렇게 나와서 술이나 마시고 있다는 것을 아시게 되면 어쩌려구요?"

"참내! 사조님이 어떻게 알겠어? 우리만 입을 다물고 있으면 상관없다고."

"그래도……. 게다가 이곳은 달단방 영역이잖아요."

"그래 봐야 소강 상탠데 지들이 어쩌겠어? 게다가 사조님은 화경의 고수라고. 사조님이 있는 우리 만독부를 누가 건드리겠어? 자자, 걱정하지 말고 마셔. 오늘은 내가 사는 거니까."

그러면서 그들을 술을 마시기 시작했다. 악마금은 그것으로 그들 또한 이곳에 온 지 얼마 되지 않았다는 것과 달단방을 공격하기 위해 모여든 태왕문의 연합인 만독부의 고수들이라는 것을 알 수 있었다. 그래서 그 이후로도 계속 관심있게 귀를 기울였지만 아쉽게도 무공이 어떻다는 둥 너는 어떤 부분이 취약하다는 둥 악마금으로서는 별 관심없는 것들을 얘기했기에 이내 신경을 돌렸다.

때맞춰 술과 안주가 나오자 악마금은 오랜만에 편안하게 음식을 먹을 즐길 수 있었다. 생전 처음 접하는 술맛이 상당히 마음에 드는 그였다. 특히 목구멍을 넘어가며 느껴지는 화끈함이 좋았다.

"꿀꺽!"

무료한 시간을 달래며 시원하게 술을 들이킨 그가 시선을 돌렸다. 단상의 발 안으로 누군가 들어가는 것을 보았기 때문이다. 발 안에 만들어신 검은 그림자가 자리에 앉았더니 곧이어 금음이 들려오기 시작했다.

곡은 청야음(淸夜吟)으로 소옹(邵雍)이라는 시인이 지어 그의 친구이며 당시 금의 대가였던 산양이라는 사람이 그 분위기를 생각하며 음을 붙여 작곡한 것이었다. 당연히 악마금은 알고 있었고 그렇기에 어떻게 연주를 하는지 상당히 관심을 가질 수밖에 없었다.

연주 방법은 상당히 특이했다. 소리를 들어보면 금의 줄이 날카롭고 가는 소리를 내는 것 같아 차분한 곡을 연주하기에는 적합하지 않을 것 같은데 그럼에도 가늘면서도 독특한 소리가 조화를 이루고 있었다. 기교 면에서도 이상한 점이 많았다. 악마금이 연주를 했다면 손의 떨림을 비교적 느리게 하여 소리의 굴곡을 크게 했을 것이지만 지금의 연주자는 잘고 빠르게 하고 있었다. 하지만 그것이 오히려 매력적으로 다가왔다.

악마금은 조용히 금음을 음미하며 눈을 감았다. 자신과는 전혀 다른 방식의 연주는 그의 호기심을 자극하고 있었기 때문이다. 좀 더 그 소리에 대해 알고 싶고 느끼고 싶었다. 그렇게 시간이 지난 후 청야음이 끝나고 다른 곡이 연주되었다. 이 곡은 악마금도 모르는 것이었지만 달밤에 괜히 술을 마시고 싶은 욕구를 불러일으키는 곡이었다. 슬프다고 해야 할까, 아니면 마음이 아려온다고 해야 할까?

다시 곡이 끝나고 잠시 숨을 고를 사이 악마금이 자리에서 슬며시 일어나 단상으로 향했다. 지금 연주자가 악기점에서 본 기녀일지도 모른다고 생각했기 때문이다. 하지만 단상 근처에 있던 점소이가 그의 앞을 막고 나섰다.

"죄송합니다. 여기는 손님들이 접근할 수 없는 곳입니다."

"잠깐 연주자가 누구인지만 보고 싶은데, 안 되겠소?"

"그러시면 연주가 끝날 때까지 기다려 주십시오. 지금은 조금 곤란합니다."

그때 발 안에서 상큼한 목소리가 흘러나왔다.

"천방, 괜찮으니까 들여보내."

"예? 하지만……."

"괜찮아. 아는 분이니 들여보내."

악마금은 그 목소리로 악기점에서 보았던 그녀임을 확신할 수 있었다. 그녀가 그렇게까지 말하자 천방이라 불린 점소이도 어쩔 수 없는

지 슬쩍 옆으로 비켜 악마금에게 길을 터주었다.

발은 정면을 가려 손님들이 볼 수 없게 해놨지만 옆쪽은 뚫려 발 안이 훤히 보이고 있었다. 악마금이 고개를 돌리자 거기에 악기점에서 보았던 여인이 금을 앞에 두고 앉아 있는 것이 보였다. 하늘거리는 홍의를 입고 곱게 앉아 있는 모습이 낮에 보았을 때보다 더욱 아름다워 보였다.

그녀는 악마금을 보더니 피식 미소를 지으며 고개를 까딱거렸다.

"올라오세요."

역시 악마금은 그녀보다는 악기에 관심이 갔다. 그녀에게 목례를 하기 바쁘게 악기 쪽으로 시선을 돌려 유심히 살피기 시작한 것이다. 그렇게 뚫어지게 악기를 보던 악마금을 향해 그녀가 물었다.

"정말 오셨네요."

"그보다 특이하군요."

"그렇죠? 보통 칠현금을 연주하지만 저는 육현금이 좋더라고요."

"어디에서 구했소?"

"기루에 오시는 손님 중에 전문적으로 악기만 판매하시는 분이 있었는데 그분에게서 구했죠. 그분도 이런 금은 없을 거라고 하더군요."

"흐음, 육현이라……. 줄이 다른 금보다 조금 더 길군요. 그래서 소리가 가늘게 느껴졌던 건가?"

"그렇죠. 하지만 제가 일부러 소리를 가늘게 내려고도 해요."

악마금이 고개를 갸웃거렸다.

"그래도 좀 전과 같은 곡은 중후한 맛을 내는 것이 낫지 않소?"

"훗, 그것은 고정관념일 뿐이죠. 솔직히 말해 보세요. 제 연주가 어땄나요?"

"글쎄요……. 무거운 곳을 가볍게 연주한다는 느낌? 하지만 그래서 왠지 독특하고 이질적인 매력이 풍겼소."

여인은 웃으면서 고개를 끄덕였다.

"제대로 보셨어요. 음악에는 정석이 없어요. 적어도 저는 그렇게 생각해요. 느린 곡이라고 느리게 연주할 필요도 없고 빠른 곡이라고 빠르게 연주할 필요는 없지요. 다만 그 음악이 가지는 특성을 생각하며 자신이 가장 잘할 수 있는 기교만 사용하면 된다고 봐요. 그쪽 생각은?"

잠시 생각하던 악마금은 고개를 끄덕였다. 하지만 완전히 수긍하는 것은 아니었기에 조심스럽게 물었다.

"나와 술이나 한잔하겠소? 음악에 대해 이야기하고 싶은데……."

그러자 여인이 얼굴을 살짝 붉히더니 이내 짓궂은 표정을 지었다. 그녀는 약간 장난기 섞인 말투로 입을 열었다.

"그것만 하시려고요? 다른 건?"

"다른 것이라니? 무슨……?"

"저는 손님과는 시간을 보낼 수 있어도 친구와는 시간을 보낼 수 없어요."

기녀와 함께 시간을 보낸다는 말이 어떤 의미인지 금세 알아차린 악마금이 즉시 고개를 끄덕였다. 기녀를 하룻밤 사야 된다는 의미였고, 그만큼 돈을 지불해야 된다는 뜻이기 때문이다. 악마금이 허락을 하자 여인은 더욱 얼굴을 붉히더니 잠시 후 자리에서 일어서며 악마금에게 육현금을 가리키며 말했다.

"한번 연주해 보시겠어요?"

순간 악마금의 표정이 묘하게 변했다. 어릴 때 거리에서 연주했던 생각이 났던 것이다. 그는 지금도 다른 사람들이 자신의 연주를 들어주기를 바랐고, 이곳에는 사람들도 많았다. 악마금은 더 생각하지 않고 자리에 앉아 금을 끌어당겨 앞에 놓았다. 그리고 연주가 시작되었다. 육현금이 익숙하지 않았기에 저음의 두 줄만 사용했고, 곡 또한 즉흥적으로 만들어냈다.

땅―! 땅! 퉁―!

느린 듯하면서도 굵은 음이 장내를 흔들자 분위기가 무겁게 가라앉기 시작했다. 하지만 악마금은 거기에서 멈추지 않았다. 내력을 끌어올려 음공을 합하기 시작했던 것이다. 소리에 내력을 실은 살상용 음공이 아닌 손에 내력을 실어 현을 뜯으며 사용하는 음공이었다. 굵직한 저음에 음공에 의한 파장이 더욱 깊어지자 현이 부르르 떨리며 요동쳤다. 그러자 사람들이 술 마시는 것도 잊은 채 발 쪽으로 시선을 돌리고 있었다.

악마금의 연주는 정점을 향해 치닫더니 이내 마지막 부분으로 흘렀다. 그쯤 되자 급기야 옆에서 은근슬쩍 다가와 있던 천방이라는 점소이의 눈에서 눈물이 주르륵 흘러내렸다. 하지만 눈물을 흘리는 것은 그뿐만이 아니었다. 주루 안에 있는 몇몇 사람이 눈물을 글썽이는가 하면 어떤 이들은 무언가를 음미하는 듯 눈을 감고 고개를 끄덕이기도 했다. 옆에 앉아 있는 여인 또한 예외는 아니었다.

곧이어 마지막 줄이 퉁겨지며 곡이 끝나자 사람들이 안타까움의 한숨을 절로 쉬었다. 연주를 마치자 옆에 있던 여인이 멍한 표정으로 물었다.

"어떻게 한 거죠?"

"뭐가 말이오?"

"소리가 너무 깊어요. 그런 소리는 지금까지 들어본 적이 없는데……. 너무 부럽군요. 악기점에서 들을 때와는 또 다른 색깔을 가진 것 같은데 그것도 아버지에게 배웠나요?"

"아니오."

"그럼?"

악마금은 고개를 저었다.

"나중에 이야기해 주겠소."

그러면서 그는 자리에서 일어나 고개를 숙였다.

"들어주어서 고맙소. 그런데 언제 일이 끝납니까?"

"훗, 사실 조금 시간이 걸리지만 당신 때문에 일찍 마무리를 지어야겠군요."

그녀는 말과 함께 천방을 돌아보았다.

"천방, 언니에게 오늘은 이번 연주까지만 한다고 전해줘. 이분과 이야기를 좀 나눠야 될 것 같아."

"알겠어요."

그녀는 다시 악마금에게 시선을 돌렸다.

"조금 있다 뵈요. 제가 찾아가지요."

"기다리겠소."

악마금은 단상에서 나와 다시 제자리로 돌아갔다. 사람들 앞에서 연주를 한 덕분인지 어느 때보다 기분이 좋은 그였다. 게다가 더욱 그의 기분을 흡족하게 한 것은 자신이 연주한 것을 아는지 사람들이 힐끔거리고 있다는 것이었다. 그는 그 시선이 싫지 않았기에 미소를 지어 보이며 술을 마시기 시작했다. 하지만 그런 그의 기분은 잠시 후 나타난 십여 명의 사내들 때문에 완전히 무너져야 했다.

쾅!

한참 기분에 취해 술을 마시고 있는데 무언가 부서지는 소리가 들리더니 소란이 일어났다. 악마금이 돌아보자 처음 관심있게 지켜보았던 만독부 녀석들 쪽이었다. 그들을 중심으로 무기를 든 열 명의 흑의인이 둘러싸고 있는데 여차하면 바로 공격할 태세로 분위기가 심상치 않았다.

악마금이 인상을 찌푸리며 자신의 기분을 한순간 망쳐 버린 그들이 어떻게 할지 지켜보고 있는데, 놀라운 말이 흑의인들 중 한 녀석에게서 튀어나왔다.

"감히 달단방 영역에서 술을 마시는 것이냐?"

'달단방?'

순간 악마금은 실소를 머금을 수밖에 없었다. 자신의 기분을 망친 녀석들에게 대가를 지불받을 생각을 하고 있었는데 그 원흉들이 달단방이라니…….

악마금은 섣불리 나설 자리가 아닌 것 같아 어떻게 상황이 변할지 잠시 더 지켜보기로 마음먹었다.

제18장
건방진 계집의 최후

　긴장감에 풀풀 풍겨나는 분위기 속에서도 의외로 무기를 뽑아 들지는 않았다. 한 달 전 태왕문과 달단방의 싸움으로 피해가 크자 서로 눈치만 보고 있는 실정이었기 때문이다. 태왕문 쪽은 자신들과 연합한 문파에서 좀 더 많은 고수들이 모일 때까지 기다리고자 했고, 달단방에서도 만월교에 도움을 요청했으니 구원의 손길이 올 때까지 기다려야 하는 상황이었다. 지금 회화루에 있는 만독부 고수들과 달단방 고수들도 그것을 알기에 섣불리 선제공격을 하지 못하고 있는 것이다.
　하지만 서로를 죽일 듯이 노려보며 분위기는 점점 무겁게 변할 수밖에 없었다. 게다가 주위 손님들 또한 눈치를 보며 일어나야 할지 말아야 할지를 갈등하고 있으니……. 침묵은 더욱 깊어져만 갔다.
　그때 악마금 쪽으로 금을 연주했던 여인이 슬며시 다가와 소매를 살짝 끌어당겼다. 악마금이 돌아보자 불안한 기색을 역력히 드러내며 나직이 속삭였다.

"일어나세요."

"왜 그러시오?"

"싸움이 일어나면 휘말릴지도 몰라요. 따라오세요."

하지만 악마금은 일어서지 않았다. 오히려 그는 앞에 놓인 술잔을 느긋하게 들이키며 여유롭게 행동하고 있었다. 그 모습에 여인은 애가 타는지 미간을 살짝 찌푸렸다.

"도균 사람이 아니어서 잘 모르겠지만 요즘 분위기가 심상치 않아요. 괜히 싸움에 말려들기 싫으면 잠시 후에 다시 오세요. 여기는 위험해요."

"이런 일이 자주 일어나나 보군요."

"가끔씩. 혹시 태왕문과 달단방이라고 아세요?"

악마금은 짐짓 모른 척하며 능청을 떨었다.

"글쎄요, 이 근방에 그런 문파들이 있다는 소리는 들어봤는데 자세히는 모르겠습니다. 그런데 그건 왜 물어보는 겁니까?"

"최근 들어 그 두 문파의 사이가 나빠졌어요. 원래부터 그리 좋은 편은 아니었지만……. 한 달 전에는 큰 싸움까지 일어나 많은 사상자를 냈다고 들었어요."

"얼마나?"

"그건 저도 모르겠어요. 그 후 서로 견제하며 분위기가 많이 안 좋은 것이 사실이에요."

"그럼 오늘같이 이런 경우도 종종 벌어졌겠군요?"

"직접적으로 싸움이 벌어지지는 않지만 저런 정도의 시비는 끊이지 않았죠. 가끔 마주치면 서로 으르렁거리다가 체면을 세워주고 끝내는 정도? 하지만 또 모르죠, 오늘은 칼부림이 날지도. 그러니 따라오세요."

"호! 그런데 왜 으르렁거리면서도 싸우질 않는 겁니까?"

"저도 잘은 몰라요. 듣기로는 서로 간에 고수들을 모으고 있다는 소문도 있어요. 그래서 힘이 생길 때까지 참고 있는 거리고, 양쪽 다 싸움을 꺼리는 것을 보면 맞는 것 같기도 한데……."

여인은 말끝을 흐리며 다시 악마금의 소매를 끌었다. 빨리 나가자는 표시였다. 하지만 악마금은 끝내 일어서지 않고 턱으로 계단 쪽을 가리킬 뿐이었다. 돌연한 그의 행동에 그녀가 고개를 돌리자 계단 밑에서 오십대 후반 정도로 보이는 비대한 덩치의 사내가 헐레벌떡 뛰어올라 오는 것이 보였다. 바로 회화루의 주인이었다. 그는 급히 만독부와 달단방 사이를 막아서더니 달단방 사내들을 향해 난감한 표정을 지으며 말했다.

"자네들, 회화루에서 무슨 짓인가?"

그러자 그때까지 꼼짝하지 않고 상대를 견제하고 있던 달단방의 사내들이 먼저 적의를 없애며 자세를 풀었다. 회화루는 인근의 술집들과 같이 오래전부터 달단방의 영역에 소속되어 달단방이 운영하는 전장에서 돈을 빌려 썼으며 술도 그들이 대주는 술만 받았다. 게다가 약간의 보호비도 상납하고 있었기에 달단방에서도 무시할 수 없는 존재였다. 만약 이유없이 싸움을 벌여 장사치들의 신용을 잃는다면 이 바닥에서 경제력을 확보하기가 상당히 곤란할 수밖에 없었다.

건방진 계집의 최후 253

하지만 꼭 그것 때문만은 아니었다. 먼저 시비를 건 이유는 태왕문과의 전면전으로 동료를 잃은 분노와 타 지역에서 온 무사들이 자신의 영역을 돌아다니는 아니꼬움 때문이었을 뿐 달단방의 방주 또한 상대를 도발하지 말라는 엄명을 내린 터라 처음부터 싸울 의사가 없었던 것이다. 그러니 회화루주의 말을 듣는 척하며 은근슬쩍 물러설 수밖에.

그들이 자세를 풀자 만독부 쪽에서도 언제라도 검을 뽑을 수 있게 잡고 있던 손잡이를 슬며시 놓았다. 화해의 기미가 보이자 다행이다 싶은지 회화루주는 경험 많은 장사꾼답게 급히 달단방 사내들을 다독이며 말했다.

"자자, 괜히 싸움이 나서 좋을 것이 어디 있겠나? 술을 마시러 온 것 같으니 내려가세. 내 따로 방을 마련해 주겠네. 그리고······."

그는 이번에 만독부의 무사들에게 비굴한 미소를 지어 보였다.

"무사님들께서도 계속 좋은 시간 보내십시오. 오늘은 술값을 받지 않겠습니다."

사건은 그렇게 여느 때처럼 조용히 넘어가는 듯했다. 그러자 한껏 긴장했던 주위의 손님들도 다시 시선을 돌려 술을 마시기 시작했다.

회화루주는 달단방 사내들을 데리고 계단을 내려가며 악마금의 옆에 서 있던 여인을 불렀다.

"해화(諧和)!"

"······?"

그녀가 돌아보자 회화루주는 손짓으로 단상을 가리켰다. 연주로 이상하게 흘러가는 분위기를 살려보라는 의미였다.

사실 그녀는 일을 끝마친 상태였지만 루주의 간곡한 부탁이 담긴 얼굴을 외면할 수 없었기에 고개를 끄덕였다. 그런 후 그녀가 악마금에게 말했다.

"조용히 넘어가서 다행이네요."

"그렇군요. 하지만 조금 아쉽군요."

"예? 뭐가요?"

"무림인들이 어떻게 싸우는지 한번 보고 싶었는데……."

실제로 그는 달단방과 만독부가 싸우기를 바랐다. 그들의 싸움으로 무림인들의 실력을 한번 보고 싶었기 때문이다. 이 한 번의 싸움으로 완전한 파악은 불가능하겠지만 짐작은 할 수 있을 것이 아닌가. 게다가 처음 만독부의 이야기를 훔쳐 들은 결과 그들은 만독부에서 직전제자 정도 되는 것 같았기에 그들의 실력을 달단방과 비교해 보고 싶기도 했다.

하지만 그의 말에 해화는 악마금을 멍하니 바라본 후 고개를 설레설레 저었다. 그녀가 보기에 악마금은 세상 물정 모르는 악사로밖에 비춰지지 않았기 때문이다.

'외모는 여자처럼 예쁘장하게 생겼는데 남자는 남자네.'

내심 그런 생각을 하며 해화가 말했다.

"위험한 생각 같은 것은 안 하는 것이 좋아요. 아무튼 잠시 시간이 걸릴 것 같네요. 조금만 더 기다리세요."

그러면서 그녀는 단상으로 향했다. 잠시 후 발 안으로 그녀의 그림자가 비치더니 은은한 금음이 들려오기 시작했다. 악마금도 다시금 술잔을 기울이기 시작했다. 하지만 귀는 만독부의 고수들이 무슨 이야기를 하는지에 대해 열려 있었다. 주위에 있던 손님들에게도 들릴 정도의 비교적 큰 소리로 대화하고 있었기에 특별히 청력을 끌어올릴 필요도 없었다.

"너무 체면을 세워준 것 아니에요?"

이십대 초반의 여인이 말하자 그 반대편에 앉아 있던 사내가 약간 기분 나쁜 투로 퉁명스레 물었다.

"무슨 소리야?"

"그렇지 않아요? 사형들 실력이면 금방 쓰러뜨릴 수 있을 텐데 왜 그랬어요?"

"말도 안 되는 소리 하지 마! 네 말이 사실이기는 하지만 지금 문제를 일으키면 전면전이 벌어질 수도 있다고. 게다가 사조님의 귀에 들어가기라도 한다면 어쩔 거야?"

"그래도 너무 건방지잖아요. 실력도 없는 하급 무사 주제에 감히 만독부에게……"

그러자 또 다른 사내가 그녀에게 핀잔을 주었다.

"철없는 소리 하지 말고 대충 먹고 나가자. 괜히 찜찜하다."

악마금은 그들의 대화를 들으면서 계속 미소를 짓다가 결국 피식 웃음을 터뜨렸다. 좀 전 달단방 녀석들과 대치할 때는 얼어붙은 표정을 하고 있었던 녀석들이 시간이 지나자 자신들의 실력이 어떻네, 사조님 때문에 참았네 하는 말들이 가소로웠기 때문이다. 그것도 남들이 들으라는 듯 하는 모습이 더욱 그랬다.

그런데 거기에서 약간의 문제가 생겼다. 대화를 하던 여인이 말을 하면서 악마금이 웃는 모습을 본 것이다.

사람이 웃는데 무슨 상관이 있겠는가마는 문제는 악마금이 자신들을 보고 웃었다는 것, 그리고 그 웃음이 한쪽 입꼬리를 살짝 말아 올린 뒤틀린 웃음이라는 점이었다.
 그것이 마음에 걸렸는지 여인이 자리에 일어나 악마금에게 다가왔다. 잠시 후 탁자 앞에 그녀가 서자 악마금이 슬쩍 그녀를 한 번 바라보았다. 하지만 이내 술잔을 기울이며 단상 쪽으로 시선을 돌렸다. 그 모습이 더욱 부아가 치미는 모양이었다. 여인이 나직하지만 약간의 위협적인 목소리로 물었다.
 "혹시 저희 때문에 웃은 건 아니겠죠?"
 "……."
 악마금은 대답도 하지 않고 여전히 단상에서 흘러나오는 금음을 음미할 뿐이었다. 종내에는 눈까지 감아버리자 여인의 인상은 점점 굳어져 갔다. 급기야 여인이 참지 못하고 검 손잡이를 잡으며 으르렁거렸다.
 "사람이 말을 걸면 대답을 해야 하는 것이 당연하지 않을까?"
 그제야 악마금이 눈을 뜨며 그녀를 보고, 그녀의 손에 잡혀 있는 검을 보았다.
 순간 여인은 황당하단 표정을 지었다. 악마금이 다시 비릿한 미소를 짓고 있었기 때문이다. 한 대만 쳐도 날아갈 것같이 비리비리한 녀석이 검까지 든 상대를 비웃고 있으니…….
 자신이 이 가난뱅이 악사에게 완전히 무시를 당했다는 생각이 들자 그녀는 참을 수 없는 분노를 느끼며 시원스레 검을 뽑아 들었다. 겁을 주어서라도 이 건방진 녀석의 사과를 받아야 속이 풀릴 것 같았기 때문이다.

하지만 검이 뽑힘과 동시에 악마금에게서 튀어나온 말은 그녀를 곧 혼란 상태로 만들어 버렸다.

"셋을 셀 동안 집어넣는 것이 좋을 거다."

"뭐?"

"오늘은 좋은 친구를 사귀어서 기분이 좋으니 이 정도에서 봐주는 건 줄 알아. 어서 집어넣고 꺼져."

그러면서 그는 곧바로 수를 세기 시작했다.

"하나!"

"이 자식, 뭐, 뭐야?"

그녀는 갑작스런 악마금의 반응에 어떻게 해야 할지 심각하게 고민할 수밖에 없었다. 죽일 생각으로 검을 뽑은 것도 아니고 아직까지 그녀는 사람을 죽여본 일도 없었다. 그렇다고 꼬리를 말고 돌아가기에는 자존심이 허락치 않으니 당연히 갈등이 될 수밖에.

그녀가 잠시 주춤거리는 사이 악마금은 둘을 세었고, 다음은 바로 셋이었다.

"셋!"

말과 함께 악마금의 눈썹이 꿈틀거렸다. 반면 그녀의 표정은 극심한 고통을 느끼는 듯 무지막지하게 구겨지더니 이내 그 자리에서 쓰러져 버렸다. 내력을 끌어올리지 않아 외부의 힘을 막기 힘든 상황에서 악마금이 그녀의 혈관 몇 군데를 터뜨렸기 때문이다.

그녀가 갑자기 쓰러지자 영문을 모르던 사람들이 웅성거렸다.

그녀의 동료들도 마찬가지였다. 그들은 멍한 표정까지 짓고 있었다.

사매가 갑자기 다른 탁자로 가서 뭐라 중얼거리고는 검을 뽑은 채 쓰러진 것이 이해가 가질 않았던 것이다. 급히 정신을 차린 그들은 쓰러진 여인에게 달려갔다.

"무, 무슨 일이야?"

그중 나이가 가장 많아 보이는 사내가 여인의 일으키더니 뺨을 때렸다. 하지만 여인은 깨어날 줄을 몰랐고, 그것을 느긋하게 술잔을 기울이며 보고 있던 악마금이 음침한 미소를 지으며 입을 열었다.

"혈관이 터졌을 테니 빨리 의원에게 보여. 조금만 늦어도 죽을지 모르니까."

그들은 악마금의 건방진 말에 상관도 하지 않고 사매를 들쳐 업곤 곧바로 회화루를 빠져나갔다. 사조의 손녀인 그녀의 목숨이 더욱 중요했기 때문이다.

잠깐의 소동이 있었지만 누구 하나 동요하지는 않았다. 악마금 역시 그에 상관하지 않고 계속 술을 마시고 있었다. 그때 연주를 끝낸 해화가 다가오며 물었다.

"무슨 일이죠?"

이각 정도 연주를 하고 악마금에게 돌아온 해화는 이해가 가지 않는다는 얼굴로 고개를 갸웃거렸지만 악마금은 자신도 모르겠다는 듯 고개를 저을 뿐이었다. 그런 이야기를 세세히 설명할 이유도 없었고 시간 낭비도 하기 싫었기 때문이다. 그녀에게는 그저 악사이고 싶은 것이 악마금의 마음이었다.

"나도 잘 모르겠소. 아무튼 이제 일이 끝난 것 같으니 음악에 대해 이야기를 하고 싶은데⋯ 어떻소?"

그녀도 좋다는 듯 고개를 끄덕이며 자리에 앉았다.

그 후로 그들은 오랫동안 음악에 대해 이야기를 나누었다. 누군가 자신의 주장을 펼치면 동조하기도 하고 반박하기도 하면서 토론은 계속되었다. 그렇게 밤은 점점 더 깊어져 가고 있을 때 갑자기 악마금이 하던 말을 멈추고 그녀에게 말했다.

"나가봐야 할 것 같소."

그녀가 약간 서운한 빛을 드러냈다.

"좀 더 이야기를 하면 안 될까요? 물어보고 싶은 것이 많은데."

"훗, 가는 것이 아니라 볼일이 있어서 그러니 잠시만 기다려 주시오."

말이 끝나기가 무섭게 악마금의 앞으로 흑의를 입은 건장한 사내가 다가왔다. 현령이었다. 그는 고개를 숙이며 입을 열었다.

"끝났습니다. 지금 보고를 올릴까요?"

"아니, 나가서 하지."

"알겠습니다."

현령은 즉각 고개를 숙인 후 몸을 돌렸다. 그런 현령의 행동에 해화는 놀란 듯 눈을 동그랗게 뜨더니 악마금과 멀어져 가는 현령을 번갈아 보았다. 나이로 보면 인사를 한 쪽이 악마금보다 훨씬 많아 보였기에 이해가 가질 않았던 것이다.

순간 머리 속에 무언가 스쳐 가는 생각이 있어 그녀는 얼굴을 붉혔다. 행색은 허름했지만 어느 부잣집의 도련님일지도 모른다는 추측이 섰기 때문이었다. 그렇게 생각하니 허름한 복장 때문에 감춰진 고운 피부와 외모가 이해가 갔다. 그런 사람에게 한낱 기녀가 허물없이 대했으니 창피한 기분까지 들었다. 그녀는 송구한 듯 급히 고개를 숙였다.

"죄, 죄송합니다, 공자님. 제가 몰라뵙고……."

그러자 악마금이 활짝 미소를 지었다.

"그런 소리 마시오. 나는 공자도 아니고 당신이 부담스러워해야 할 신분도 아니니까."

악마금은 자리에서 일어서며 말을 이었다.

"잠시 후에 다시 오겠소. 기다리시오."

"알겠습니다."

악마금은 그녀가 부담스럽게 생각하지 않도록 다시 한 번 미소로 답례한 후 현령을 따라나섰다. 그가 계단을 내려가며 물었다.

"그런데 어디에서 대기하고 있지?"

"마땅히 집결할 곳이 없어 회화루로 모두 데려왔습니다. 지금 밖에서 대기 중입니다."

순간 악마금의 인상이 구겨졌다. 무기를 소지한 수백 명의 무사들이 거리를 활보했다면 분명 시선을 끌었을 것이기 때문이다. 하지만 그것을 모를 현령이 아니었다. 악마금의 표정을 살핀 그가 대답했다.

"걱정 마십시오. 모두 몸을 숨기고 있습니다."

그의 말대로 회화루 밖으로 나오자 흑룡사는 아무도 보이지 않았다. 아마도 주위 건물의 지붕과 골목 등에 숨어 있는 것 같았다. 하지만 뜻밖의 인물들이 악마금의 앞을 가로막고 있었다.

"무슨 짓을 한 거지?"

만독부의 고수들 중 삼십대 초반의 여인이 노기를 억누른 목소리로 외쳤다. 그녀의 양 옆으로 회화루에 있었던 사내들이 공격적인 자세를 취하며 서 있었다. 그러자 악마금이 거만한 표정을 지으며 무언가 말하려는데 현령이 그들을 향해 인상을 찌푸리며 먼저 물었다.

"누굽니까?"

"자칭 만독부의 엄청난 고수라는군. 건방진 계집이 있기에 교육을 좀 시켰더니……."

더 이상 들어볼 필요도 없는지 현령이 앞으로 나섰다.

"지금은 당신들과 문제를 일으키기 싫으니 돌아가시오."

"그럴 수 없소. 저자가 사매를……."

하지만 그들의 말은 더 이상 이어지지 못했다. 현령이 내공을 실은 위협적인 목소리로 외쳤기 때문이다.

"돌아가라! 너희들과 상종할 분이 아니시다!"

"뭐?"

스르릉!

순간 만독부의 여인과 사내들 중 두 명이 참을 수 없는지 검을 뽑아 들며 현령에게 달려들었다. 하지만 그들은 현령의 실력과 비교했을 때 형편없었다. 현령은 검도 뽑지 않은 채 그들의 검을 간단히 피하더니 양 주먹을 아랫배에 꽂아버렸다.

"크윽!"

"헉!"

거의 동시에 답답한 신음을 흘린 두 사내가 고통을 이기지 못하고 뒤로 물러섰다. 그러자 다시 남은 자들까지 검을 뽑아 들었지만 그들은 공격을 할 수조차 없었다. 어디에서 나타났는지 그들 앞에 열 명의 흑의사내가 가로막고 있었기 때문이다. 사이하면서도 강렬한 기운이 풍겨나는 것이 얼핏 보아도 엄청난 고수임을 직감할 수 있었기에 감히 대들지 못하고 주위만 둘러볼 뿐이었다. 역시 그들 주위로도 이십여 명의 사내가 둘러싸고 있었다.

그들이 기가 죽은 듯 조용해지자 악마금이 흑룡사들을 헤치며 그들 앞으로 다가섰다.

"남의 영역에 왔으면 소란 피우지 말고 조용히 가야 하는 것이 원칙 아닌가?"

"서, 설마 달단방?"

그의 말에 여인과 사내들이 경악한 표정을 지었지만 악마금은 대답도 하지 않고 자신이 할 말만 하고 있었다.

"여기는 마음이 통하는 친구가 있는 곳이니 운이 좋은 줄 알아야 할 것이다. 그 때문에 이곳을 너희들 피로 더럽히긴 싫으니까. 그리고 태왕문과 그에 몰려든 몇몇 떨거지들에게 가서 전해."

"……."

순간 악마금의 몸에서 폭발적인 한기가 뻗어 나왔다. 여인과 사내들이 그 살인적인 기운을 감당하지 못하고 몸을 부르르 떨었다.

악마금이 말을 이었다.

"지금까지는 어땠는지 모르지만 내가 도착한 이상 이곳은 태왕문과 관련된 자는 올 수 없다! 아무도! 명심해 둬!"

그는 이번에 현령을 돌아보았다.

"흑룡사는 이곳에 대기한다! 적이 보이면 누구인지 알아야 할 필요 없다! 모두 죽여!"

"존명!"

"그리고 지금 한 명을 달단방에 보내서 우리가 왔다는 것을 알려라!"
"지금 들어가지 않을 생각이십니까?"
"약속이 있으니 내일 가도록 하지."
"알겠습니다. 그렇게 전하지요."

제19장
자만인가, 아니면 실력인가?

"그때는 정말 좋았어요. 남만과 가깝기에 내리쬐는 햇빛이 따갑기는 했지만 주위에 산들이 둘러싸여 있어 의외로 시원했거든요. 게다가 경치는 얼마나 멋졌는데요. 봄이면 푸른 새싹들이 여기저기 피어나고 여름이면 선선한 바람, 가을이 가장 멋지죠. 겨울도 추운 지방이 아니기에 유람을 하기 위해 여행객들이 많이 몰려드는 곳이었어요."

해화는 머나먼 기억을 끄집어내듯 멍한 눈이 되어 말하고 있었다. 어릴 적 고향을 그리는 사람이라면 누구나 그럴 것이겠지만 그녀에게는 더욱 특별한 모양이었다.

"믿지 못하시겠지만 사실 기녀가 되기 전 저는 꽤 부유했던 가정에서 자랐어요. 시중을 드는 시녀들까지 있었으니까요. 어머니가 돌아가시고 아버지가 노름에 손을 대면서부터 문제였지만……"

그녀는 말과 함께 살며시 인상을 찡그렸다. 하지만 그것이 술자리에 방해가 된다고 의식했는지 이내 미소를 지으며 악마금을 향해 물었다.

"제 꿈이 뭔 줄 아세요?"

"글쎄요."

"훗, 우습게도 돈을 좀 더 벌면 고향에 내려가 아이들에게 음악을 가르치는 거예요."

"그렇게 그곳이 좋소? 나이 들어서 같이 하고 싶을 정도로?"

"그럼요. 아주 평안한 곳이죠. 가난한 사람들도 항상 웃음을 잃지 않을 정도예요."

"그렇게까지 말하니 나도 한번 가보고 싶군요. 아이들을 가르쳐 보고 싶기도 하고……. 재밌을 것 같은데?"

"호호, 기회가 된다면 꼭 가보세요. 아마 떠나기 싫으실 거예요."

"정확한 지리가 어디입니까?"

"운남 서쪽 운현(云縣)이란 곳이 있는데 거기에서 오십 리 아래쪽에 있는 당황(唐黃)이라는 곳이에요."

"당황이라……. 나중에 꼭 한 번 가보겠소."

악마금과 해화는 객실에 따로 차려진 술상에 앉아 이야기를 나누고 있는 중이었다. 한참 동안의 음악 이야기로 주절대다가 이야깃거리가 떨어진다 싶으면 지금처럼 다른 곳으로 화재를 돌려 분위기는 계속 화기애애하게 유지될 수 있었다.

대부분 그녀가 이야기를 꺼내고 악마금이 맞장구를 치는 식이었지만 어색하지는 않았다. 사실 객실을 따로 잡아 들어왔을 때만 해도 해화는 악마금이 부담스러워 말을 아꼈었다. 하지만 악마금이 꽤 신경을 써 그녀를 편하게 해주려 노력했기에 차츰 시간이 지나자 그녀 또한 친구를 대하듯 스스럼없이 된 상태였다.

그렇게 밤이 깊어 오경 초(五更初:오전 3시)가 되자 드디어 악마금이 꾸벅거리며 졸기 시작했다. 술을 그리 많이 마신 편은 아니지만 내공을 운용해 술기운을 억누르지 않았기 때문이다.

무림인은 내공을 이용하여 술기운을 억누를 수 있지만 대부분이 그런 방식을 택하지는 않았다. 술은 취하기 위해, 그리고 마음을 달래기 위해 마시는 법. 그렇기에 굳이 술을 마시며 그 묘미를 잊을 필요가 없는 것이다. 오히려 술기운보다는 그 후에 거북한 속을 달래기 위해 약간의 내공 운용으로 장의 순환을 돕는 정도만 할 뿐이었다.

더 이상 참지 못하고 악마금의 고개가 슬며시 상으로 기울기 시작하자 그때까지 혼자 들떠 이야기를 하던 해화가 피식 미소를 지었다. 무공을 익힌 것은 아니지만 직업이 기녀인만큼 그녀의 주량은 상당했기에 아직도 말똥말똥한 상태였다. 그녀는 하던 말을 멈추고 악마금의 팔을 살며시, 거의 표시나지 않을 정도로 흔들었다.

"이봐요."

"……."

악마금은 대답이 없었다. 나중에 뭔가 중얼거리기는 듯했지만 해화로서는 알아들을 수가 없을 정도로 작았다. 좀 더 시간이 지나자 악마금은 아예 상 위로 고개를 떨궈 버렸고, 해화가 방을 나가 객실 복도에 대기하고 있던 점소이를 불러 악마금을 침상에 눕히는 것으로 그날 일은 마무리 지어졌다.

"안녕히 주무세요."

그녀는 듣지도 못하는 악마금에게 인사를 하고는 밖으로 나갔다.

*　　　*　　　*

"왔다고?"

달단방 방주 역원(逆元)은 기쁜 표정이 되어 별채에 연결된 정원 난간에 마련되어 있는 자리에서 벌떡 일어났다. 그는 그간 태왕문과의 일 때문에 마음 고생이 이만저만이 아니었다. 그래서 잠을 자다 말고 이렇게 정원에 나온 것인데 드디어 구원의 손길이 왔다니 어찌 기쁘지 않겠는가. 하지만 수하의 다음 보고에 그는 다시 자리에 주저앉을 수밖에 없었다.

"삼백 명입니다."

"뭐?"

"지원 인원을 물어봤더니 총 삼백 명이 왔다고 하더군요."

자리에 앉은 역원은 허탈한 웃음을 흘렸다.

"허허, 만월교는 지금 상황이 얼마나 위험하게 돌아가는지 알고는 있는 건가? 삼백 명이라니, 그 수로 뭘 하라고?"

방주의 모습이 안타까웠는지 수하가 그나마 위로의 말을 꺼냈다.

"그래도 엄청난 고수들인 것 같았습니다. 게다가 더 올 수도 있지 않습니까? 너무 걱정하지 마십시오. 우리가 도움을 준 것이 얼만데 설마 못 본 척이야 하겠습니까?"

"그렇겠지?"

"그렇습니다. 염려 마십시오."

"그런데 그들은 지금 어디 있나?"

"예, 회화루 일대 우리 영역에 들어와 있다고 들었습니다."

역원 방주가 고개를 갸웃거렸다.

"왜, 바로 이곳에 오지 않고? 그리고 그들이 온 것을 자네는 어떻게 알았나?"

"고수 한 명을 보냈더군요. 그리고 오늘은 그곳에서 지낼 것이라 했습니다. 내일 아침에 찾아오겠다는 말을 전해달랍니다."

그의 말을 들은 역원이 다시 표정을 일그러뜨리더니 나중에는 볼멘소리까지 했다. 오랜 여행으로 당연히 회포는 풀어야겠지만 때가 때이니만큼 자중해야 할 것이 아닌가 말이다. 적을 코앞에 두고 술을 마신다는 것 자체를 그는 이해할 수 없었다.

'오자마자 술판이라니……'

회화루의 일을 전혀 모르니 걱정이 되는 역원 방주였다.

"아무튼……."

그는 잠시 생각한 후 수하를 향해 말을 이었다.

"지금은 모두 잠이 들었을 테니 내일 아침 일찍 영접할 준비를 하게. 그리고 회화루에는 내가 직접 찾아가겠으니 그 또한 준비를 시키고."

"알겠습니다. 그런데 만월교도들은 어떻게 할까요?"

"기상과 함께 알리게."

"하지만 소동이 일지 않을까요?"

"소동?"

"예. 듣기로는 지금 온 삼백 명의 고수들 중 교주의 대리인으로 밀명을 받고 만월교 분타 세력들의 총책임을 맡고 온 사람이 있다고 들

자만인가, 아니면 실력인가? 269

었습니다. 만월교 교주의 명은 교도들에게 절대 신의 것이라 했으니 그들도 따로 지원 나온 자들을 영접하러 갈 것입니다. 모두가 몰려갈 수도……."

"그럴 수도 있겠군. 하지만 상관은 없지. 그들의 의식과 행동에 참견할 수는 없는 일이니까. 그건 그들에게 맡기고, 아무튼 신경을 좀 더 쓰게나."

"알겠습니다. 너무 걱정 마시고 그만 주무십시오."

"알겠네. 하지만 정말 요즘 잠이 없어지는군. 그리 나이가 많은 것도 아닌데 말이야."

　　　　　＊　　　＊　　　＊

"크으윽!"

창가로 쏟아지는 햇살 때문에 잠에서 깬 악마금은 눈살을 찌푸리며 힘겹게 침상에서 몸을 일으켰다. 처음 마셨던 술이었기에 온몸이 뻐근하고 아려옴이 느껴졌기 때문이다.

그는 즉시 가부좌를 틀고 앉아 운기조식에 들어갔다. 잠시 후 온몸이 붉어지더니 차츰 원래대로 돌아오기 시작했다. 운기조식을 마친 그는 침상에서 완전히 일어나 창가를 보았다. 햇빛이 강렬한 것이 시간이 꽤 흘렀다는 것을 알 수 있었다.

"크!"

악마금은 다시 한 번 인상을 찌푸렸다. 취기는 잠재웠지만 그래도 술 때문에 입이 말라 텁텁함이 느껴져 기분이 나빴다. 그는 목이라도 축일 요량으로 물을 찾기 위해 방 안을 두리번거렸다. 그런데 갑자기 인기척이 들리며 방문이 살며시 열렸다. 그가 돌아보자 곱게 단장한 해화가 방 안으로 들어서고 있었다. 그녀는 어제 그렇게 술을 마시고도 말짱한 모양이었다. 오히려 어제보다 더욱 혈색이 좋아 보였다.

해화는 방에 들어서더니 공손히 고개를 숙이며 손에 들린 쟁반을 악마금에게 내밀었다. 세심하게도 쟁반 위에 시원해 보이는 물이 담겨 있었다. 악마금이 물을 마신 후 물었다.

"고맙습니다. 그런데 어제는 어떻게 된 겁니까?"

"기, 기억이 안 나세요?"

"글쎄요, 기억은 나는데 어떻게 정신을 잃었는지는 잘……."

말을 하며 그릇을 쟁반에 놓자 그녀는 대답없이 다시 고개를 숙이며 뒷걸음질을 치기 시작했다. 그 모습에 악마금은 의아함을 드러냈다. 어제까지만 해도 친구처럼 스스럼없이 대해놓고는 갑자기 자신을 손님 대하는 듯한 몸가짐으로 신중한 행동을 보이고 있는 것이 이상했기 때문이다. 거기다 표정에 약간의 두려움이 묻어 있는 것도 동작이 어딘지 모르게 어색해 보이는 것도 이상했다.

잠시 그녀를 살피던 악마금이 무언가 물어보려는데 그럴 수가 없었다. 해화가 할 일을 마쳤다는 듯 재빨리 방을 빠져나가 버렸던 것이다.

그것을 보고 악마금이 고개를 갸웃거렸다.

"왜 그러지? 어제 내가 실수라도 했나?"

잠시 생각하던 그는 이내 고개를 저었다.

"상관은 없겠지. 늦었으니 나가봐야겠군."

그는 복장을 점검한 후 방을 나섰다. 그런데 행동이 이상한 사람은 해화뿐이 아니었다. 일층으로 내려가기 위해 복도를 지나는데 얼굴도 모르는 점소이들과 기녀들이 그와 마주칠 때마다 직각으로 고개를 숙이고 있었기 때문이다. 역시 해화와 같이 약간의 두려운 표정을 드러낸 채였다.

'이상하군. 아무나 붙잡고 물어볼 수도 없고……'

하지만 그에 대한 대답은 회화루 정문을 나오자마자 알 수 있었다. 왜 사람들이 자신에게 깍듯이 인사를 했는지.

"대주님을 뵙습니다."

순간 악마금이 멍한 표정으로 사방을 둘러보았다. 문을 나서자마자 거리를 가득 메운 흑의인들이 일시에 바닥에 부복하며 동시에 외쳤기 때문이다. 하나같이 가슴에 만월이 새겨져 있는데 달단방을 도와주고 있는 만월교도들임이 확실했다.

"뭐, 뭐야?"

그중 가장 선두에 기립해 있던 사내 현령이 다가오며 직각으로 고개를 숙이며 말했다.

"교도들이 대주님을 영접하는 것입니다."

악마금의 인상이 더욱 구겨졌다. 영접도 좋지만 칼을 차고 있는 무림인들이 거리를 가득 메우고 있으니 보기가 그리 좋지 않았기 때문이다. 그 모습이 신기한지 주위 건물의 창가에서 사람들이 힐끔거리고 있는 것은 더욱 거슬렸다.

"젠장! 모두 해산시켜!"

은은한 살기까지 감도는 그의 말에 현령이 급히 흑룡사에게 해산을 명령했고, 곧이어 만월교도들이 뿔뿔이 흩어지기 시작했다. 그때까지 그 모습을 못마땅한 눈빛으로 지켜보고 있던 악마금을 향해 다시 현령이 뒤에 서 있던 백의의 중년 사내를 보며 입을 열었다.

"달단방 방주님이십니다."

그러자 역원이 공손히 포권을 했다.

"만월교에서 오셨다고 해서 상당히 연륜이 있으신 분인 줄 알았는데 아니군요. 아무튼 잘 부탁드립니다. 역원이라고 합니다."

"악마금이라고 합니다."

"오시느라 고생이 많았습니다. 그럼 달단방으로 가시지요. 조금 늦기는 했지만 식사를 준비해 놓았습니다."

"알겠습니다."

역원은 악마금을 안내하며 연신 한숨을 쉬었다. 물론 들키지 않게 마음속으로 쉬었지만……. 그는 정말 답답한 마음뿐이었다.

삼백 명만 지원을 왔다기에 적지 않게 실망을 한 터. 거기에 만월교 총책임자라는 작자가 완전히 애송이인 것을 확인하자 불안감까지 엄습해 왔다. 많이 봐줘도 이십대 초반을 넘기지 못해 보였고 언뜻 확인한 외모는 그보다 더욱 젊어 보였다. 아니, 어려 보인다는 표현이 더욱 정확했다.

솜털도 가시지 않은 계집아이 같은 녀석이 책임자라니, 통탄할 일이 아닌가 말이다. 도대체 저런 녀석 하고 무슨 중대사를 의논해야 할지도 난감한 역원인 것이다.

그래서 조용한 침묵은 계속되고, 달단방에 도착해 식사를 끝마칠 때까지 그 침묵은 계속되었다.

식사가 끝나자 아늑한 방주의 집무실에 악마금과 현령, 그리고 역원이 의례적인 담소를 나누며 차를 마시기 시작했다. 하지만 그런 대화도 오래 지속되지 않았다. 급기야 참지 못한 역원이 단도직입적으로 물었다.

"어떤 방법을 택하실 겁니까?"

그 말에 악마금이 찻잔을 내려놓고 의자 등받이에 등을 기대었다. 어떻게 보면 상당히 거만해 보이는 자세인데다 표정 또한 심드렁해 역원은 불쾌한 기분까지 느낄 정도였다. 하지만 악마금은 전혀 상관하지 않고 뻔한 소리만 했다.

"공격해서 적을 무너뜨려야지요."

"구체적으로 말씀해 주실 수 있는지요?"

"글쎄요……. 우선 적의 동태와 지금 달단방의 사정에 대해 정확히 이야기해 주시는 것이 먼저 아닙니까? 현령에게 대략적으로 듣기는 했지만 정확한 것은 아니라서……."

말투 또한 상당히 건방진 악마금이었지만 역원은 노화를 억누르고 그간 있었던 일과 달단방, 그리고 태왕문에 대해 설명을 시작했다. 한참 줄줄이 설명하고 있는데 중간에 악마금이 그의 말을 끊었다. 이것 또한 상당히 예의에 어긋나는 행동이었지만 역원은 참을 수밖에 없었다. 상대는 만월교 교주의 대리인이었으니 무시할 수가 없었기 때문이다.

"한 달 전 입은 피해는 얼마나 됩니까?"

"달단방 고수 절반의 사상자를 남겼습니다."

"호! 꽤 많군요."

'빌어먹을 놈! 그것이 누구 때문인데?'

더 이상 표정을 숨길 수 없는 역원이 울그락불그락해졌지만 여전히 악마금은 상관없다는 듯한 표정이었다. 그것이 더욱 역원을 화나게 하는 줄을 모르는 모양이었다.

말없는 그를 향해 악마금이 다시 물었다.

"그럼 지금 달단방의 고수들은 몇 명이나 됩니까?"

"천 명 정도입니다.

"만월교는?"

"그 또한 천 명 정도."

"적들은?"

대화가 점점 짧아졌고, 분위기는 이상하게 변하기 시작했다.

"정확하지는 않지만 대략 사천 명 정도 되는 것으로 알고 있소."

"그 또한 꽤 많군."

"이 정도면 어느 정도 파악이 됐으리라 생각하는데 어떻게 할 생각이십니까?"

"글쎄요……."

악마금은 여유롭게 한참을 생각하더니 잠시 후 피식 미소를 지으며 답했다.

"기다리죠."

역원이 눈을 동그랗게 뜨며 물었다.

"무슨 소리요? 기다리자니?"

"말 그대로입니다."

"이해를 할 수가 없군요. 적들은 날이 갈수록 많아지고 있습니다. 지금 공격을 한다 해도 두 배의 세력 차가 나는데 더 기다린다는 것은

자만인가, 아니면 실력인가?

자살 행위입니다. 한시라도 빨리 기습을 하는 것이 나을 것으로 생각합니다."

"그럼 지금 기습을 하면 승리를 장담할 수 있다는 말입니까?"

"……."

순간 역원은 입을 다물어 버렸다. 솔직히 자신없었기 때문이다.

'만월교에서 충분히 지원만 나왔다면 이길 수 있었다. 젠장!'

그런 생각과 함께 그는 조심스럽게 자신이 알고 있는 정보를 이야기했다.

"혹시 섬독적화(殲毒赤花) 예상(豫想)을 아십니까?"

"그것이 누구요?"

"만독부의 부주입니다. 이런 말까지는 하지 않으려고 했는데 소문에는 그가 조만간 태왕문에 합류한다고 했습니다."

말을 하던 역원의 얼굴에 약간의 두려움이 비춰졌다. 그러자 악마금이 고개를 갸웃거리며 물었다.

"그가 어떤 자인데 그리 걱정하십니까?"

"그는 화경의 고수입니다. 만독부답게 독공을 특기로 하는데 그가 뿜어내는 붉은 장력은 스치기만 해도 살이 썩는다고 알려져 있습니다. 솔직히 그까지 가세한다면 저희는 정말 승산이 없습니다. 그가 오기 전에 지금 처리하지 않으면……."

"훗, 재밌군."

"예?"

"아아, 아니오. 얼마나 강한지 한번 보고 싶다는 말이니 신경 쓰지 마십시오."

순간 역원은 똥 씹은 표정을 지을 수밖에 없었다. 그의 생각대로 악마금은 무사라기보다는 머리를 잘 굴려 지금 자리까지 올라온 그저 그런 놈으로 비춰졌기 때문이다. 무공의 무 자도 모르니 당연히 화경의 고수가 어떻게 생겨먹었는지 궁금하기도 할 것이다.

한참 거드름을 피우던 악마금이 말했다.

"아무튼 제 계획은 변함이 없습니다. 적들이 다 모일 때까지 기다리는 것이죠."

난감한 표정을 짓는 역원을 향해 악마금은 기다리지 않고 말을 이었다.

"잡초는 잘라도 다시 자라는 법, 뿌리까지 뽑아내어야 후환이 없는 것 아니겠습니까?"

"그야 그렇지만……."

'그 정도 힘이 우리에게 없으니까 문제지.'

생각과 달리 역원은 공손한 표정으로 자리에서 일어섰다. 더 이상 있다가는 벌컥 성을 낼 것 같았기 때문이다.

"생각이 그러하다면 어쩔 수 없지요. 저는 볼일이 있어서 이만 나가 보겠습니다. 오랜 여행으로 피곤하실 테니 쉬십시오."

"잠깐!"

"무슨 할 말씀이 있으시오?"

"제 방법이 마음에 드시지 않는 모양인데, 저 또한 달단방의 지휘권까지 넘볼 생각은 없습니다. 길이 다르다면 달단방은 달단방 대로 대처를 하십시오. 그리고 도움이 필요하다면 언제고 부탁하십시오. 도와드리죠."

자만인가, 아니면 실력인가?

"고맙소."

"참, 마지막으로 이번 일을 마치면 귀하에게 많은 이득을 보장하겠소. 본 교는 결코 은혜를 잊지 않으니 기억하시오."

그 말 또한 고개를 끄덕인 역원은 방문을 닫고 거친 발걸음으로 밖을 향해 사라져 버렸다.

그가 방을 나가자 지금까지 침묵으로 일관하던 현령이 조심스럽게 물었다.

"무슨 생각을 하고 계십니까? 방주의 말대로 지금 공격해도 승산은 그리 크지 않습니다. 하물며 적의 수가 더 불어난다면……. 차라리 그의 말대로 공격하는 것이 어떻겠습니까?"

"말했지 않나? 잡초는 뿌리째 뽑아야 한다고."

"하지만……."

악마금은 귀찮은 듯 손을 저었다.

"아아, 그런 걱정 말고 너는 지시만 따르면 돼. 책임은 내가 지는 것이니까. 그리고 태왕문 말고 그와 연합을 구축한 다른 일곱 개 문파의 지리를 파악해 와라. 그들의 세력까지도 세세히 다."

"어디에 쓸 생각이십니까?"

"필요할 때가 있을 것이다. 그리고 한동안 아이들 단속을 철저히 해야 될 거야. 되도록이면 적을 도발하지 말고 좀 더 날파리들이 모일 때까지 기다려야 한다. 그동안 달단방 내에서 편히 쉬면 돼."

"알겠습니다."

말하는 것으로 보아 현령은 악마금에게 뭔가 계획이 있을 것이란 생각에 고개 숙여 대답했다.

하지만 역시 믿음이 가지는 않았다. 그 또한 역원 방주의 생각과 같았던 것이다.
 '자만인가, 실력인가?'
 그는 방을 나오며 중얼거렸다.
 "두고 보면 알겠지. 그보다 날파리라니……. 적이 들었다면 분노했겠군. 후후!"

제20장
혈풍(血風)의 시작

 그날 이후 악마금은 방탕한(?) 생활을 즐겼다. 방탕하다고 할 것까지야 없지만 역원 방주가 보기에는 충분히 그리고도 남는 행동이었다.
 하루 종일 방 안에 틀어박혀 두문불출(杜門不出)하는가 하면 어떨 때는 도균 주위를 유람 나가기도 하고 정원을 거닐며 산책을 즐기기도 했다.
 하지만 가장 역원을 열받게 하는 행동은 바로 기루의 해화라는 기녀를 달단방까지 불러들여 술을 마신다는 점이었다. 방탕하게도 악기를 연주하면서…….
 역원이 생각할 때는 완전한 유흥을 악마금은 충분히 즐기고 있는 것으로 보였다. 자신은 머리가 빠지도록 적을 어떻게 상대할지 고심하고 있는데……. 자연 곱게 보일 리가 없었다.

"여전한가?"

악마금이 온 지 열흘째 되던 날 집무실에 앉아 있던 역원이 물었다. 그러자 그 앞에 기립해 있던 늙은 총관이 난감한 표정을 숨기지 않고 떠듬거렸다.

"그, 그렇습니다. 지금은 해화라는 기녀와 술을 마시고 있다고 합니다."

"도대체 무슨 생각을 하는지 모르겠군. 적은 이미 육천을 넘긴 것으로 알고 있는데……."

"차라리 저희라도 선제공격을 하는 것이 어떻습니까?"

역원은 고개를 저었다. 이제는 전원이 공격을 한다고 해도 가망이 없어 보였기 때문이다. 섣불리 나섰다가는 오히려 방이 위험할지도 모른다는 생각까지 들 정도였다. 하지만 이대로 넋 놓고 있을 수만은 없으니 답답할 수밖에.

"빌어먹을!"

잠시 후 그는 총관을 향해 물었다.

"적들의 움직임은 어떤가?"

"심상치 않습니다. 이제는 확신이 있는지 대담하게도 우리 영역 주위를 드러내 놓고 돌아다니고 있습니다."

"어느 정도 힘을 얻었다는 것이겠지. 그럼 만독부주는 어떻게 됐나?"

"아직 소식은 없습니다만 그까지 도착한다면 그때부터가 진정 긴장해야 될 때가 아닌가 합니다."

"그렇겠지. 언제 온다는 소식은?"

"그것까지는 알아낼 수 없었습니다."

"휴! 머리가 복잡하군. 자네는 어떻게 하면 좋겠나?"

"제 생각은 역시 먼저 공격을 하는 것이 낫다고 여겨집니다. 이대로 가다가는 정말 기회가 없으니까요."

"하지만 우리가 너무 불리하지 않은가. 만월교가 도와주겠다고는 했으나 그들을 마음대로 움직일 수도 없고."

"그렇다면 적의 사업장을 치는 것이 어떨까요?"

"사업장을?"

"예, 도균 북쪽에 있는 영천가에 태왕문의 표국이 있지 않습니까? 그곳을 기습 공격한 다음 적의 반응을 살피는 것입니다."

"가만있지 않을 텐데?"

"그들은 설불리 공격하지는 못할 것으로 예상됩니다. 우리 쪽에서도 만월교에서 지원 나왔다는 소문이 퍼져 있으니까요. 아마 우리가 승리할 확신이 있으니 공격했을 것이라 생각할 겁니다. 게다가 적들이 아직까지 공격해 오지 않는 것으로 보아 지원 나올 고수들이 좀 더 있음이 분명합니다. 모두 모일 때까지는 신중하게 대처하겠지요."

"자네 말은 적들의 생각을 역으로 이용하자는 것이군."

"그렇습니다. 이번 기습으로 적에게 타격을 줄 뿐만 아니라 예상대로 적들이 움직이지 않는다면 다른 곳도 공격을 가할 수 있습니다. 조금씩 태왕문의 세력을 줄이는 것이지요."

"흐음, 그럴듯하군. 하지만 만약이라는 것도 있지. 저들이 곧바로 대응을 해오면 어쩌나?"

"곤란하기는 하겠지만 기다리는 것보다는 낫다고 판단됩니다. 그리고 지금 달단방에는 만월교의 고수들이 천삼백 명이 있지 않습니까. 지키는 것에만 주력한다면 못 막을 리가 없습니다. 뿐만 아니라 그렇게 위험에 처해진다면 만월교에서도 더 많은 지원이 올 것입니다. 실제 그렇게 되면 저희에게는 더욱 좋은 일입니다."

한참을 생각하던 역원이 고개를 끄덕였다. 상당히 이치에 닿는 말이었기 때문이다. 적들의 경제력에 타격을 줄 수도 있고 불리해질 경우 만월교에서 더 많은 지원까지 받을 수 있으니 실(得)보다는 득(失)이 많아 보였다.

"알겠네. 그럼 방도들을 대기시키고 기회를 살피게. 여차하면 바로 기습을 감행할 수 있도록."

"알겠습니다."

악마금은 회화루를 향해 걷고 있었다. 대접을 한다는 핑계로 그녀를 달단방으로 몇 번 부른 것이 미안해 직접 찾아가고 있던 중이었다.

이곳 도균에 온 지 벌써 보름. 별 사건 없이 시간만 지나가고 있었다. 하지만 그는 하루하루를 바쁘게 보내고 있었기에 그리 지루함을 느끼지는 않았다. 평소 모든 시간을 내공 수련에 전념했고, 산책이나 유람을 다닐 때도 음공에 대해 많은 생각을 할 수 있어 오히려 그 시간이 즐거울 뿐이었다. 가끔 해화를 만나 음악에 대해 이야기를 주고받는 것도 꽤 재밌는 일 중 하나였다.

회화루에 도착한 그는 객실을 하나 잡고 해화를 찾았다. 하지만 비교적 이른 시간, 게다가 소식 없이 무작정 찾아왔기에 그녀는 회화루에 없었다.

 약간 실망한 그가 차려놓은 술상을 바라보고 있는데 갑자기 방문이 열리며 비대한 중년인이 나름대로는 재빠른 동작인 듯 헐레벌떡 객실로 들어섰다. 악마금이 고개를 돌리자 전에 한 번 보았던 회화루주였다.

 회화루주는 악마금의 배경을 알고 있었기에 덩치에 맞지 않게 굽신거리며 난감한 듯 말했다.

 "죄, 죄송합니다. 지금 해화를 부르러 갔으니 잠시만 기다리시면 만날 수 있을 겁니다."

 "급한 것은 아니니 괜찮소. 그보다 요즘 태왕문 무사들이 행패를 부린 적은 없소?"

 "대주님 덕분에 아주 평안합니다. 감사드립니다."

 "그렇다니 다행이오. 그리고 그녀가 오면 이곳으로 불러주시고 그전까지는 조용히 있고 싶으니 신경 좀 써주시오."

 "여부가 있겠습니까. 그럼 좋은 시간 되십시오."

 회화루주는 연신 고개를 숙이며 객실을 빠져나갔다. 그가 나가자 실내에 조용한 정적이 감돌았다. 악마금은 그 정적을 음미하며 술을 마시기 시작했다. 그런데 그렇게 일각쯤 흘렀을 때 복도에서 거친 발소리가 들리더니 이내 악마금이 있는 방문이 열렸다.

 순간 악마금은 미간을 찌푸렸다. 기다리던 해화는 오지 않고 난데없이 현령이 모습을 드러냈기 때문이다. 짜증이 솟구친 악마금은 무언가 말을 하려 했지만 현령의 표정을 보고는 입을 다물었다. 그의 표정으로 보아 심상치 않은 일이 벌어졌음을 직감할 수 있었던 것이다. 예상대로 현령은 다급한 표정으로 악마금을 향해 고개를 숙인 후 즉시 입을 열었다.

"문제가 생겼습니다."

악마금이 표정을 풀며 물었다.

"문제라니?"

"태왕문 쪽에서 달단방의 전장을 공격했습니다."

"뭐? 이해가 가질 않는군. 아직 흑문(黑門)에서 지원이 나오질 않은 것으로 알고 있는데? 그들이 없어도 자신이 있다는 건가?"

"그것이 아닙니다."

"……?"

"사실은 달단방이 먼저 공격을 했습니다."

악마금의 미간이 다시 구겨졌다.

"멍청하군. 아직은 건드릴 때가 아닌데. 게다가 힘도 없으면서 뭘 믿고 선수를 쳤나?"

"이유는 저도 모르겠습니다만, 문제는 상당한 타격을 받았다는 것입니다."

"어떻게 된 것인지 알고 있는 대로 모두 말해 봐."

그러자 현령은 보고를 들은 대로 설명하기 시작했다.

"오늘 새벽에 달단방에서 고수들을 적의 표국에 투입시킨 모양입니다. 소강 상태인데다 사업장까지 공격할 줄 몰랐을 테니 적이 꽤 많은 피해를 본 것은 당연하죠."

"성공한 셈이군."

"그렇습니다. 하지만 한 시진 전에 적들이 다시 공격해 왔습니다.

대비를 한다고 한 모양인데도 적들이 철저한 보복을 하려고 했는지 전장은 초토화되다시피 했고 사상자도 상당히 많이 났습니다. 그리고 사상자 대부분이 달단방입니다."

"지금은 어떤가?"

"모두 끝난 상태입니다."

"잘됐군."

말을 하던 악마금이 문득 의아한 표정을 지었다. 문제가 생긴 것은 맞지만 한 번씩 주고받았으니 현령이 이렇게 직접 찾아와 보고할 필요가 없어 보였기 때문이다.

"그런데 뭐가 문제란 말인가?"

"지금 방주가 다시 공격을 하려고 준비 중에 있습니다. 게다가 우리에게 도움을 요청했는지라……. 어떻게 할까요?"

"자네 생각은?"

"거절하는 것이 좋겠습니다. 지금은 때가 아닌 줄로 압니다."

"때가 아니다……."

악마금은 말끝을 흐리며 생각에 잠기더니 잠시 후 현령에게 물었다.

"적의 수는 어느 정도지?"

"대략 육천 명 선입니다."

"흑문은? 그들은 언제쯤 저들과 합세할 것 같나?"

"이미 출발했다는 정보를 얻었습니다. 빠르면 이틀 후쯤."

악마금은 다시 생각에 잠겼다. 그리고는 자리에서 일어났다.

"가자!"

현령이 이해할 수 없다는 표정으로 악마금을 바라보았다.
"어디를……?"
"태왕문!"
"예? 다시 생각하심이……. 태왕문에는 적어도 천 명 이상의 고수가 있습니다. 게다가 그곳에서 이십 리 정도 떨어진 곳에는 연합 세력이 대기를 하고 있습니다. 태왕문이야 어떻게 할 수 있다 하더라도 연합 세력이 지원을 나온다면 문제가 커질 수 있습니다. 전부는 아니더라도 수백 명 정도가……."
귀찮은 듯 악마금이 그의 말을 끊었다.
"상관없어. 오라고 해. 막으면 그만 아닌가?"
그 말에 현령은 두 눈을 동그랗게 뜰 수밖에 없었다.
'말도 안 되는 소리! 그 많은 수를 어떻게 하려고?'
하지만 악마금은 이미 결정한 모양이었다. 그는 불신이 가득 찬 눈빛의 현령을 보며 비릿한 미소까지 지어 보였다.
"조금 빠른 감이 있긴 하지만 이쯤에서 적을 도발할 필요는 있겠지. 아무튼 교도들 전부를 달단방 방주의 지휘권 안에 집어넣어라. 그리고 흑룡사 백 명도 지원해. 그러면 우리 쪽 피해는 상당히 줄어들 것이다. 천 명 정도를 쓸어버리는 데 그것도 많겠지만. 마지막을 위해서는 피해를 줄여야겠지."
"남은 흑룡사들은 어떻게 합니까?"
"남은 이백 명은 지원 나오는 연합 세력을 나와 함께 중도에 차단한다."
"그 수로 가능하겠습니까?"

"접근하지 못하도록 겁만 줄 생각이다. 여차하면 다 쓸어버리든지."

"허!"

현령은 자신도 모르게 헛바람을 내뱉었다. 자신감이라고 하기라기보다는 오기 같아 보였기 때문이다.

'도대체 뭘 믿고 저러는지 모르겠군. 무공이 높은 것은 알겠지만 너무하지 않은가!'

그가 이런 저런 생각으로 잠시 혼란해하고 있는 사이 악마금은 자리에서 일어나 밖으로 향했다.

현령은 방을 나가는 악마금을 보며 한숨을 쉬어다. 아무리 생각해도 이해가 가질 않았다. 만약 자신이 책임을 지고 왔다면 방주의 말대로 초반에 달단방과 합세해 이미 결판을 냈을 것이다. 하지만 현령은 이내 고개를 저으며 중얼거렸다.

"상관은 없지, 어차피 책임자는 저 녀석이니까. 나는 시키는 대로 하는 수밖에. 아무튼 위험한 놈인 것은 확실해."

　　　　　　*　　　　*　　　　*

타타타타탁!

삼경(三更:오후 11시에서 오전 1시)이 다 되어가는 시간, 한적한 숲길이 미진하게 진동을 하고 있었다. 밝은 달빛을 등진 이천여 명의 사내가 한 방향을 향해 전력 질주하고 있었기 때문이다.

그 많은 인원이 움직이는데도 소리가 작은 것과 모두가 무기를 들고 있다는 것은 이들이 무림인이라는 것을 증명하고 있었다.

달단방과 만월교도, 그리고 흑룡사 백 명의 인원들이었다. 당연히 그 길의 끝에 놓인 것은 태왕문이 있었다.

잠시 후, 태왕문이 희미하게 보이기 시작하자 선두에 선 사내 달단방의 방주 역원이 손을 들어 정지를 명령했다. 모두가 멈추기 무섭게 최대한 몸을 낮게 깔아 어둠 속으로 몸을 숨긴 역원이 옆에 있던 총관에게 물었다.

"보초는 몇 명이나 있나?"

"삼십 명씩 삼 교대로 아침까지 서는 것으로 알고 있습니다. 보이지는 않지만 사방으로 보초들이 깔려 있으니 우리는 몸을 드러내는 즉시 일시에 달려들어 최대한 빠른 시간 안에 끝을 보아야 합니다."

"그래야겠군. 하지만 한 방향으로 하는 것은 바보 짓. 총관!"

"예."

"자네에게 오백 명을 줄 테니 조용히 뒤로 돌아가게. 여기는 반 시진 후 공격을 할 생각이니 소란이 일면 동시에 문 내로 들어가 적을 섬멸해야 하네."

"알겠습니다."

그는 대답과 함께 눈대중으로 대충 오백여 명을 이끌고 태왕문 근처에서 최대한 멀리 돌아가기 시작했다. 그가 사라지자 역원은 흑룡사들 중 선임에게 말했다.

"우리 달단방은 정면으로 뚫고 들어가겠소. 그러니 당신들은 네 갈래로 나누어 공격을 하시오."

"그렇게 하지요."

반 시진 후 대대적인 공격이 시작되었다. 역원의 손짓을 신호로 숨어 있던 달단방과 만월교도들이 일시에 일어나 태왕문을 향해 달려들었다.

쾅!
"무슨 일이냐?"
멀리서 언뜻언뜻 들리는 병장기 부딪치는 소리와 비명성에 놀란 태왕문의 문주 잔응도(殘鷹刀) 현마기(賢馬氣)는 속곳 바람으로 방문을 열며 외쳤다. 그러자 때맞춰 보고를 위해 달려오던 총관 진일(晉一)이 멈춰 서며 다급하게 보고를 올렸다.
"적의 기습입니다!"
"그럴 리가?"
"사실입니다! 정문과 뒷문으로 공격을 감행해 왔습니다!"
그 말에 현마기는 황급히 방 안으로 들어가 자신의 애도(愛刀)를 꺼내 들었다. 복장도 제대로 갖출 시간이 없는지 도만 달랑 들고 방 밖으로 나와 다시 물었다.
"몇 명인가?"
"소인도 정확히는 모르겠습니다. 워낙 갑작스럽게 일어난 일이라……. 우선 피하십시오."
"말도 안 되는 소리 말게! 적의 수도 파악하지 못했는데 문주인 내가 피하란 말인가?"
"하지만……."
"잔말 말고 나가서 무사들을 내당으로 집합시키게! 그리고 전서구(傳

書鳩)를 보내게! 구원이 올 때까지만 버티면 돼! 어서!"

"알겠습니다."

문주의 노기 어린 지시에 어쩔 수 없이 총관이 뛰어나가자 문주도 급히 밖을 향해 몸을 날렸다.

하지만 상황은 생각보다 훨씬 심각하게 돌아가고 있었다. 지키는 쪽과 공격하는 쪽의 승산은 당연히 지키는 쪽이 많았고, 그것은 병법으로도 널리 알려진 바였다. 하지만 기습이라는 면에서는 완전히 반대의 상황이 이루어진다. 적은 수의 기습으로도 그보다 열 배나 많은 적을 물리칠 수도 있다는 이야기다. 그것은 기습을 당한 쪽이 기습해 온 적들을 파악하지 못하기 때문에 일어나는 일이었다. 적이 몇 명인지, 어떻게 움직이는지, 또 어디에 있는지 아무것도 모르는 상황에서는 대처를 할 수 없을 것이고, 갑작스런 기습 때문에 수하들도 지시없이 제각기 움직여 불리할 수밖에 없다.

지금의 태왕문이 그랬다. 소란과 함께 얼떨결에 잠에서 깨어나 밖으로 나오다 갑자기 달려든 적들에 의해 저항 한 번 못해보고 목숨을 잃는 자가 부지기수였던 것이다. 심지어는 침실에서 당한 자들도 있을 정도였다. 그만큼 달단방과 만월교도들의 공격은 신속했고 정확했다. 그들은 처음부터 약속이라도 한 듯 일사불란하게 적들을 공격하고 있었다.

다행히 그런 황당한 일을 겪지 않은 태왕문도들도 많았지만 그 또한 결말이 그리 좋을 수만은 없었다. 달단방 쪽은 한데 뭉쳐 다니며 지휘자에 따라 체계적으로 공격을 하는 데 반해 태왕문도들은 지휘자가 없었다. 어떻게 대처할지 몰라 우왕좌왕하며 괜스레 돌아다니다한 떼의 적들이 만나면 속절없이 목숨을 내주는 자들이 점점 늘어가고 있었다.

밖으로 나온 문주는 이미 기세가 기운 것을 직감적으로 판단했기에 우선 내당으로 향하려 했다. 거기에 총관이 모아둔 무사들이 있으리라고 생각했던 것이다.

그런데 오늘 그의 운은 그리 좋은 편이 아닌 모양이었다. 평소에 믿고 있는 호위 무사들과 막 내당으로 향하려는데 우렁찬 함성이 들려왔다.

"저자가 태왕문주다! 쳐라!"

외침과 함께 반대쪽 건물 사이에서 얼마인지 모를 무사들이 달려오고 있는 것이 보였다. 적잖이 당황한 태왕문주 현마기는 몸을 빼려 했지만 너무 급한 상황이라 생각할 시간도 없이 그들과 엉킬 수밖에 없었다.

호위 무사들의 목숨을 긴 혈투 끝에 운 좋게 겨우 몸을 뺄 수 있었지만 처음 내당으로 가려는 생각은 완전히 사라진 지 오래였다.

그는 급한 나머지 보이는 대로 발걸음을 옮겨 경공술을 펼쳤다. 그러다 적을 만나면 몸을 숨겨야 했고 적들이 멀어지면 다시 도망치기를 계속 반복해야 했다.

그때 그 시각, 내당 안에서 총관 진일은 이백여 명의 무사를 모아놓고 문주가 오기를 기다리고 있었다. 하지만 그들 또한 다른 자들과 상황이 별반 다르지 않았다. 문주는 오지 않고 갑자기 내당 담을 넘어 백여 명에 달하는 흑의무사들이 모습을 드러냈기 때문이다.

적들은 작정을 했는지 입도 벙긋하지 않고 곧바로 태왕문의 무사들을 향해 덮쳐들었다. 흑룡사의 백 명이었다.

보통 문파들은 많은 제자를 양성하지만 성취도가 높을 수는 없었다. 어느 정도 무공에 대한 맛을 본 이후에는 문파의 일에 참여하기에 무공을 연마할 시간이 줄어들기 때문이다. 예외로 그런 제자들 중 상당히 뛰어난 자들은 미래에 대한 투자를 위해 따로 직전제자(直傳弟子)라 부르며 장로들이나 문주, 혹은 간부들의 제자로 받아들여져 더 높은 무공을 익히게 되기도 하는데 그 수가 그리 많을 수는 없었다. 지금 내당에 모여 있던 무사들이 그런 자들이었다.

하지만 강호에 나서지 않으며 평생 무공을 익힌 만월교에 비해 실력이 떨어질 수밖에 없었고, 특히 그중 가장 강한 흑룡사의 고수 백 명이 공격을 하니 당할 재간이 있을 리가 만무했다.

초반의 격돌은 두 배나 차이 나는 인원으로 평행선을 그렸지만 삽시간에 절반이 나가떨어지자 태왕문 무사들은 완전히 무너지기 시작했다.

전투가 아닌 살육전으로 변하는 것은 그리 많은 시간이 필요치 않았다. 급기야 태왕문 무사들이 이리저리 도망치기 시작했고, 흑룡사들은 더욱 거침없이 장내를 종횡무진(縱橫無盡)하고 있었다.

내당에 몰려 있던 적들을 완전히 쓸어버린 후 흑룡사들 중 선임이 주위를 둘러보며 입을 열었다.

"하나도 남김없이 모두 죽여라!"

"존명!"

대답과 함께 순식간에 백 명의 흑룡사가 사방으로 흩어져 갔다. 적들이 거의 와해되어 있었기에 지금부터는 뭉쳐 다니기보다 따로 떨어져 적들을 소탕하는 것이 더욱 효율적이라 판단했기 때문이다.

 그 후로는 태왕문의 여기저기에서 처절한 비명만이 밤하늘을 울렸다.

『음공의 대가』 제1권 끝

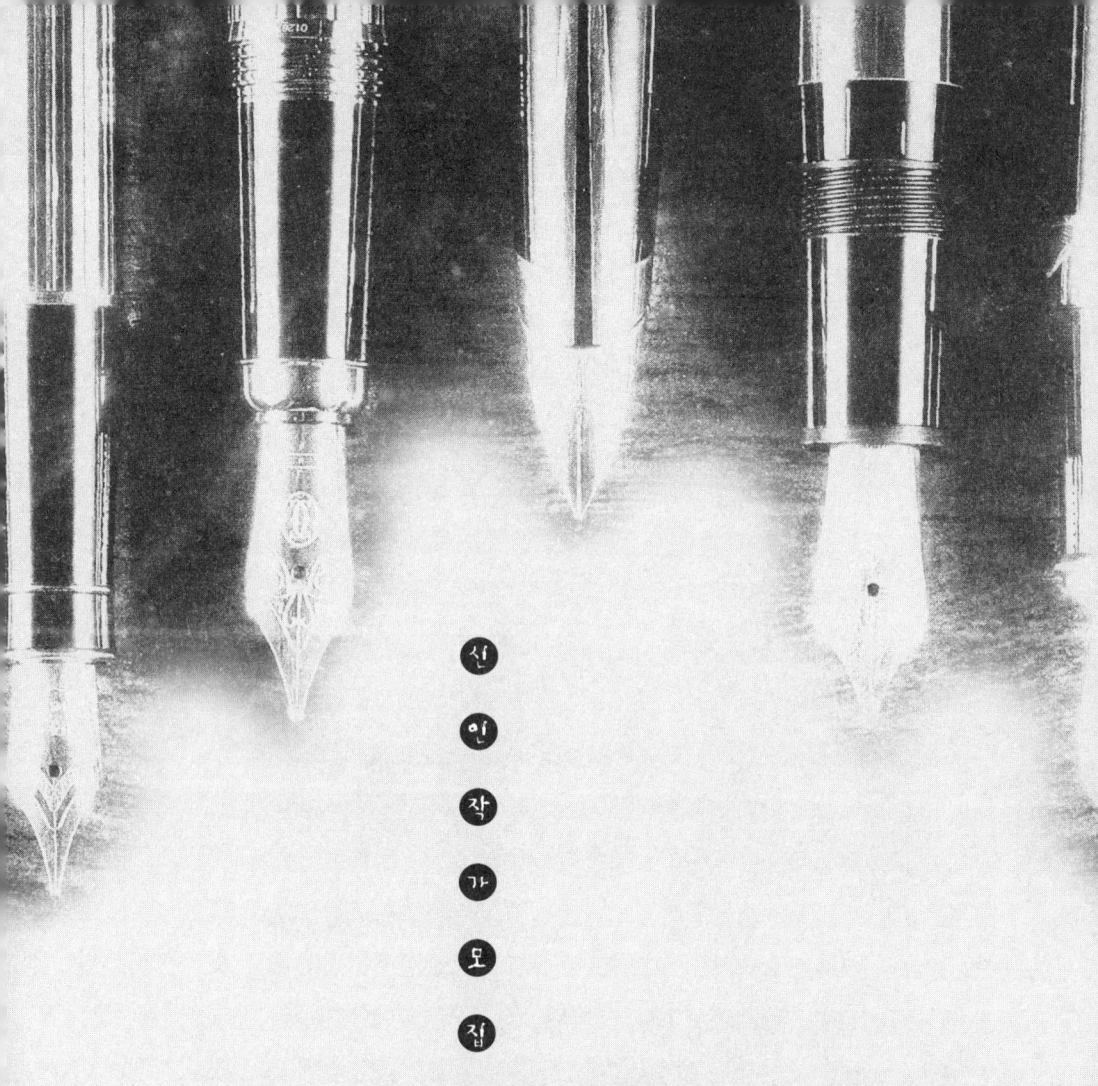